GC NOVELS
かませ犬から始める
天下統一
人類最高峰のラスボスを演じて原作ブレイク
1
Yayoi Rei
弥生零
Illustration
狂zip

「……視えていましたね、私の神速を」
ソフィア

ジル
教会最高戦力【熾天《してん》】が一人――ソフィア。
インフレにも付いていける実績を持つ存在が、
俺の目の前に立っていた。

「――ほう。届かぬモノに手を伸ばし、足掻く様が滑稽か。
随分と愉快な事を口にするではないか……【魔王の眷属《道化》】」
そこに、傷の癒えたエミリーを
横向きに抱いた状態でこちらを睥睨する、
絶対者が君臨していた。

GC NOVELS

# かませ犬から始める天下統一

## 人類最高峰のラスボスを演じて原作ブレイク

1


Yayoi Rei
弥生零
Illustration
狂zip

# CONTENTS

プロローグ
7

第一章
寝落ちしたらかませ犬
23

第二章
飲食店での波乱
35

第三章
VS大陸最高の殺し屋
61

第四章
新勢力の居城へ
82

第五章
【魔王の眷属】を名乗る者
216

第六章
おいでませ魔術大国マギア
260

第七章
忍び寄る魔の手
354

あとがき
399

設定資料
402

# プロローグ

一人、また一人と倒れていく。

先日まで平和が保たれていたはずの世界の均衡《きんこう》が、一瞬にして崩れ去る。そんなものは仮初《かりそめ》でしかなかったのだと嘲笑《あざわら》うかのように、地獄が広がっていく。人類最高峰に位置する実力者達による最後の砦《とりで》でさえも、それを止めることはできない。

空間を埋め尽くす猛吹雪が、それを超える規模の炎に溶かされる。

山を破壊して有り余る息吹が、涼風のように受け流される。

万象を斬り裂く斬撃が、指二本で受け止められる。

この光景を生み出したのが、たった一人の人間によるものだと誰が信じられるだろうか。全人類を同時に敵に回しても勝てると言わんばかりに、その青年は暴虐の限りを尽くしていた。

「貴様達の敗北により今の世は」

白い魔女が地に落ち。巨大な体躯の竜が海に沈み。黒き騎士は遠方へと吹き飛ばされた。

そして。

「終わりだ」

黄金の光が大地を貫き、大陸全土を揺るがす。半球状の衝撃波が周囲を呑み込み、戦場となった国を包み込んでいく。あらゆるものが、塵《ちり》すら残さず消え去る。


やがて光が止むと、二つの人影を中心とした真っ平らな空間が広がっていた。


同時、光の中心にいた神秘的な鎧《よろい》に包まれた青年が、力なく崩れ落ちる。それを悠然と見下ろすのは、崩れ落ちた青年の前に立つ銀髪の青年。その瞳は冷たいが、しかし僅《わず》かながらの敬意を灯してはいた。

「それなりに愉《たの》しめたぞ、大陸最強格」

口元に弧を描きながらそう言った青年。彼は頬に刻まれた一筋の傷を癒《いや》すと共に、ゆっくりと振り返った。

「――さて」

炎と氷に包まれた山脈。

「私の野望達成の上で、唯一障害たり得た大陸最強格は堕《お》とした。人類にとっての、最後の希望をな。如何《いか》な愚者であろうと、これほど分かりやすい絶望はあるまい」

小国を呑み込む規模のクレーター。

「絶望的な状況下において、有象無象《うぞうむぞう》は神という名の幻想に縋《すが》らざるを得ん。だがそのような幻想に縋る連中こそ、私が創る世界に不要なもの。自らで立ち上がる事のできぬ烏合《うごう》の衆では、私が望む世界には至らぬ故《ゆえ》に。よってこれより、選別を開始する……と言いたいが」

空間の裂け目に、重力の乱れ。亀裂が走り、融解する大地。周囲の混沌《こんとん》を示すに相応《ふさわ》しい凄絶《せいぜつ》な戦痕。先の戦いの苛烈《かれつ》さを雄弁に物語る世界を背景に、青年は静かに呟いた。

「どうやら貴様も私の邪魔をしたいらしいな、ローランド」

青年が言葉を言い切る寸前。光の矢が、彼の背後に差し迫っていた。一瞬という次元ですら生温い速度で迫るそれは、青年の命を刈り取ろうとして、

「笑止」

瞬間。青年の背後に、炎と雷が混ざった壁と、神々しさを纏《まと》う黄金の光が現れる。それらは光の矢と激突し——爆発。衝撃と爆風が周囲を薙《な》ぎ払い、青年の髪と衣服をはためかせた。

「魔術だけでなく、【神の力】をも使わせるとは贅沢な小僧だ。自覚はあるだろう、ローランド?」

ゆっくりと振り返る青年。その顔には、薄い笑みすら浮かんでいる。

そして、振り返った彼の視線の先。そこに、黒髪の少年が現れた。青年は少年の姿を認めると、より一層笑みを深める——寸前、その笑みが消失した。

「貴様を纏うその異質な力、外法の類か? 貴様も新たな領域に至ったようだが……」

僅かに目を細めて訝《いぶか》しみながら少年を観察していた青年は、やがて何かに気づいたように頷く。

「成る程」

頷いて、その声音に若干の苛立ちが混ざった。

「ここに来て、ようやく理解した。貴様は存在してはならん類のものであるとな」

青年の心情に呼応するかのように、青年を中心に空気が逆巻く。

「その精神性は好まんが、能力は評価に値する。故に放置しても構わんと考えていたが……撤回だ。貴様はここで消すとしよう」

「相変わらず、自分の中で完結させるのが好きなようだな。意外と喋る割に、会話をする気はないらしい」

「生憎《あいにく》だが、貴様のようなものと交わす言葉を、私は持ち合わせておらん」

「そうか」

少年と青年の視線が交錯し、そして。

「貴様を排し、今の世を終わらせるとしよう」

「その今の世とやらに俺達の日常が含まれている以上、お前は俺の敵だ」


そして、世界の命運を懸けた戦いが始まった。


黒髪の少年が蹴りを放てば、銀髪の青年はそれを受け流す。銀髪の青年が手刀を繰り出せば、黒髪の少年はそれを打ち払った。

互いに一歩も譲らぬ攻防。時に空中戦も織り交ぜられしその戦いは、余人の介在を許さない。この戦闘に介入できるだけの実力者は、既に戦闘不能の状態に陥っている。

「……存外、しぶといな」


片や今の世界を終わらせる者。

片や今の世界を守護する者。


対極に位置する二人は、その余波だけで周囲を破壊する。

「終わらせる」

少年が大地を踏みつけた音と共に、大地が震撼した。それは振動により青年の体勢を崩し、その隙を突くことが狙いの一撃である。

「ふん」

しかし、青年は大地が揺れたところで微動だにしなかった。それどころか、少年のブラフを含めた全ての動きを看破し、完璧に対応する余裕さえ残していた。

「逸《はや》ったな、小僧」

嘲笑の直後、天から雷が降り注ぐ。青年ごと巻き込んだその一撃は、大地を割りながら少年にのみダメージを与えていた。

「っ……！」

「耐えるか、だが」

雷が止めど、戦闘は終わらない。青年が少年の鳩尾《みぞおち》に膝を入れ、その肉体を浮かせる。そのまま顔面を鷲掴《わしづか》みにしようとして――直後、少年の拳が放たれた。

「チッ」

首を傾けて回避した青年に対し、続けざまに裏拳が放たれる。

「む」

その裏拳を右腕で防御した青年だったが、瞬時に逆手にした少年の手に腕を掴まれ、肉体を大地に叩きつけられた。

だが。

「くだらん」

だが、青年には意味がない。攻撃が成立したところで、ダメージが通らないのだ。青年が足を振り上げ、少年の体を吹き飛ばす。上空へと打ち上げられた少年を見やりながら起き上がった青年は、冷徹に呟いた。

「つまらぬ幕引きだが、これで死ね」

炎。水。風。雷。地。

五属性の魔術を、少年に向けて順に放った。その余波だけで遠くの山が塵となり、天候が一変する絶殺の一撃。国を破壊する際に用いるような技を、個人に向けて放つ無法。まさに絶体絶命の危機に陥る少年だが――

「隙を見せたな」

――その瞬間を待っていた少年の手元に黒い武器が現れ、そこから光の矢が驟雨《しゅうう》のように降り注ぐ。

矢の軍勢は青年が放った魔術の全てを裂きながら、青年を穿《うが》たんと突き進んだ。

だが、

「……面白い」

だが、自分の魔術を打ち破られたにもかかわらず。

「もっと見せてみろ！　小僧ッッ！」

青年の顔に浮かぶのは、凄絶な笑みだった。この状況が愉しくて仕方がないといった様子を隠そうともせずに、青年は魔力を滾《たぎ》らせ吠える。光の矢が直撃して傷を負おうとお構いなしに、少年に向かって突貫した。

対する少年も、冷静に対処すべく用いる全ての技術を集結させる。近中遠全てが得意分野の両者の戦闘は、まさに頂上決戦と呼ぶに相応しい。彼らは互いに全力を賭し、相手を叩き潰さんと死力を尽くし、そして――

「……詰みだ、ローランド」

その勝敗は、銀色に傾いた。

静寂に包まれた世界の中。少年の首が、青年の手に掴まれ――

§

幸せとは何か、と訊《き》かれたら俺は思考停止状態でこう答えるだろう。平穏で安寧な生活。怠惰《たいだ》を貪《むさぼ》り、アニメをダラダラと視聴する余裕がある……今のような生活である、と。

（こうして人をダメにするソファに座りながら、怠惰を貪る。……人の幸せとは、ここにあるのだ）

出費は痛かったが良い買い物をしたな、と俺は一人笑みを浮かべる。もやし生活が待ち構えている気がするが、おそらく気のせいだろう。パンの耳だって買えるはずだ。

（……いや待て。コスパを考慮すれば、鶏の胸肉も許されるかもしれん）

そんなことを考えながら、俺は今現在視聴中のアニメに集中すべく、視線を前方に固定した。

〈笑止。この世界の人間の大半は不要なものだ。神々の残滓《ざんし》に縋るだけに留まらず、怠惰を貪る有象無象など、醜悪《しゅうあく》にも程がある。人類にとっての不幸とは停滞だ。だがそれは私の支配によって好転する。私の言葉が理解できぬのは、その者の認識不足によるものに過ぎん〉

アニメのキャラクターに俺の幸せが全否定された気がするが、おそらく気のせいだろう。画面の中で偉そうにしている青年は、俺の怠惰な生活には拍手喝采すら送ってくれるという確信を抱ける程に、俺は彼のことを理解しているつもりだ。なんなら彼の後方で腕を組み、彼の発言全てに頷いてやっても良い。だから俺の幸せは否定されていないのである。

〈……そして、貴様も私に敗北した。これをもって、今の世界は真に終わりを迎える〉

銀髪の青年が黒髪の少年の首を掴みながら色々と語るバイオレンスな光景を眺めながら、俺はとうとう第一部のクライマックス近くまで見返せたな、と内心で呟いた。

（第三部も半分を過ぎて暫く経ったから見返していたが……やはりこのアニメは第一部が一番好きだな、俺は）

全三部構成深夜アニメ【神々の黄昏《ラグナロク》】。それが、俺が現在進行形で視聴しているアニメのタイトルである。

そのストーリー構成はとてもシンプルなもので、主人公とその仲間達が予言にある【世界の終末】を回避するために戦っていくというものだ。なおこの【世界の終末】は物語の開始時点では完全に原因不明の代物であり、主人公達は原因を探しつつ疑わしきは罰する方式で犯罪者などをぶっ飛ばしていく形式になっている。

俺が今見ている第一部作のストーリーに関して軽く説明すると、第一部はずばり、【レーグル】と名乗る犯罪組織との戦闘をメインに描いたストーリーである。

犯罪組織【レーグル】は世界中に散らばる【神の力】を集めることを目的とした組織であり、そのために国を複数滅ぼしたことさえある連中だ。構成員は【大陸最高の殺し屋】や【大陸最強の傭兵】、【世界最強の魔女の元一番弟子】といった名立たる実力者達を筆頭に、全員が単騎で小国を滅ぼせるようなチート集団。世界を滅ぼす原因かもしれないと認識されて主人公達と敵対するのは、当然の帰結と言えるだろう。

そしてそんな犯罪組織を束ねる男こそが、第一部のラスボスにして、画面の中で大暴れをしていた青年。人類史上最高のスペックを有した超越者と評される人間――ジルである。

青年のような見た目をしているが、実年齢はなんと百を優に越えるという点からだけでも察することができる、人間の枠組みを超えた異質性。

性格はラスボスらしく傲岸不遜《ごうがんふそん》。自分こそが絶対であると信じて疑わない彼の目的は、絶対的な支配者として世界に君臨することだった。そのために、不要なものを殲滅《せんめつ》するという特典付きで。

『神々などという幻想の支配者は根本から不要だ。世界を脆弱《ぜいじゃく》にする無益な概念など排し、私が支配者になるとしよう』


他と隔絶した力を有していた彼の行動は早かった。

まずは自分が生まれ育った国の王や上層部を裏で排除し、国を支配する。その後暫くは当時の王などを装って行動し、世代交代などのタイミングに合わせて各方面を少しずつ調整しながら、彼の理想国を造るための改革を始めたのである。調整内容は教育方法の一新、法制度の整備、国民の価値観の誘導、人員の編成、その他多岐に渡っていたと考えられる。

当時の王を装うことを止め、彼が正式に王として君臨したことになった――といっても、顔出しだとかはしていないようだが――のは、支配から数十年以上は経過後とのこと。なお、基本的に他人の能力を信用していないジルは、二百年以上も独力で国営を行っていたようである。尤《もっと》も、城の掃除や町の工事、王命の伝達といった雑事を任せる類の人材はいたのかもしれないが。

（ジルの国がどんな形なのか、どういった改革が具体的に行われたのかだったりはあまり描写されなかったが……一人で国として成立させてきちんと運営していた辺り、統治者としても有能という実績はあるんだよな。世界を支配するための小規模実験の一環だとは思うが。国の一つすら理想の形にできないのであれば、世界を理想の形にするなんて到底不可能……みたいな考えだったのだろう）

国の運営が落ち着き始めてから暫くして。


彼は大陸の過去に関する調査を開始したことで、世界中に【神の力】と呼ばれる莫大なエネルギーが存在することを把握。その力の塊は彼が手中に収めた国にも存在したようで、それを取り込んだ彼は「神々が過去に実在自体はしていた」ことを察知した。

とはいえ、彼にとって神々が実在していたかどうか自体はさほど重要ではなかったのだろう。そんなことよりも、【神の力】の方が彼にとっては重要だった。

『ほう。これは中々に使えるな』

彼は【神の力】の有用性を認め、神話の力を手にするべく行動を開始する。自らが絶対者として君臨するのに、使える道具であると認めたが故に。

そしてそのタイミングで投入された戦力こそが、第一部の主たる敵【レーグル】である。

ジルは有用な犯罪者や流れ者、殺し屋や傭兵などの人材をスカウト、あるいは実力で屈服させるなどして、自らが取り込んだ【神の力】の一端を貸し与えることで彼らを強化し、各地に尖兵《せんぺい》として放ったのだ。

それを認知した主人公達は【世界の終末】を防ぐため、【レーグル】と戦闘を繰り広げ、撃退を繰り返していく。

主人公達の活躍の影響により途中までは順調だったはずの計画の進捗が悪くなっていき、ついに痺れを切らしたジルが自ら表舞台に立つことで第一部のクライマックスに――というのが第一部の大まかな流れであり、今現在画面の中で流れている光景そのものである。

（いやマジでこの時点だとジルが強すぎる）

第一部のラスボスを務めるだけあって、彼は桁違いに強かった。

あらゆる才能が埒外《らちがい》なことに加えて、取り込んだ【神の力】、更には彼が持つ生来の固有能力までも駆使してくるのだ。放送当時は「こいつだけでええやん」などと言われていたものである。

（主人公のローランドもジルには勝てなかったしな、結局）

あらゆる面において、人類最高峰の才能を有する怪物。それが、ジルという男だ。頼れる味方は全員がジル一人に倒され、大国が地図から消滅し、主人公が覚醒してすら届かなかったその事実は、まさに絶望的という他なかった。

〈大陸最強格は斃《たお》れ、これまで私の邪魔をしてきた貴様もここで終わる。有象無象と異なり見どころがない訳ではなかったが、貴様を生かす事は断じてあり得ぬ。ここで死ね、流浪者《るろうしゃ》〉

俺の視線の先。テレビの画面の中では、ジルが主人公の首を掴んだ状態で、死刑宣告を行っていた。

絶対者としか思えないその姿は、まさにラスボスの名が相応しいだろう。

（……だが）

そんな彼の呆気ない最期。かませ犬化は、ある瞬間に世界が完全に変貌したことから始まった。

〈……？〉

その現象は、ジルが最初の【神の力】の封印を解き、その身に取り込んだことによって確定する、決して避けられない世界の変化だった。神々が千年以上も前から仕組んでいた、巧妙な罠。それは即《すなわ》ち、ジルの行動は全て神々の掌の上だったことを意味する。圧倒的な強さを誇っていたジルは、神々の計画通りに行動していた道化に過ぎなかったのだ。

故にジルにとって、それは突如起こった出来事だった。

（始まったな。第一部のラストが）

§

「……なんだ、あれは」

突如現れたそれに、青年は大きく目を見開き、驚愕の入り混じったような声を漏らす。そしてその反応は、青年に首を掴まれている少年も同様だった。二人してそれに視線を送り、そのまま硬直してしまう。

「――」

そして青年は全身を震わせ、額に一筋の汗を流した――瞬間、絶句したかのような表情を浮かべた。

「……なんだ、今の感覚は。まさか、恐怖だとでもいうつもりか?」

あり得ない、と言外に告げる青年。その表情は、瞬時に怒りの表情へと塗り替わった。

「貴様は後回しだ、小僧」

少年を放り投げ、青年は宙を蹴って飛び出した。その身に魔力と【神の力】を纏い、全人類を鏖殺可能な程の力を揮おうとして。

「奇怪な■■《いぶつ》風情が、私を――」

直後、青年の全身から血が噴き出る。速度が一気に減少し、体勢が崩れて、

「ご、ふっ……!」

数瞬を経て、青年はそれによって喰われてしまった。

骨の潰れる音や肉体が千切れる音、真っ赤な血が大地に滴る歪《いびつ》な音だけが、周囲に響く。されど断末魔の声の類はあがらず、一種の静寂が世界を包み込んだ。その静寂が、周囲により一層不気味な雰囲気を満たしていき――。

(む、惨い……このような末路は全力で拒否したくなる死に方だ)

そのままエンディングへと突入した画面を見ながら、俺は一人引き攣《つ》った表情を浮かべていた。ここで第一部は終了し、インフレの幕開けとされる第二部が始まるのだが……。

(盛者必衰の理《ことわり》、とはよくいったものだ)

第二部以降は教会勢力やら海底都市やら何やら色々と世界観が広がっていき、インフレが加速する。第一部では他を寄せ付けなかったジルと同格以上の存在が、普通に蔓延《はびこ》り始めた魔境の到来。ジルが実力面において、そこまで特別な存在ではなくなってしまった瞬間である。

それでも「いやまあジルには固有能力があるし……」などのフォローが彼のファンからはされていたのだが、その固有能力は神々ならデフォルトで備えていることが判明。加えて、ジルがその固有能力を有していたのは、神々が仕組んでいたからという事実まで発覚し、彼の特異性はほぼ消失。ジルのファンは、完全にお通夜状態となったのである。

(まあ俺もその一人ではあるのだが、……)

Cパートに突入していくアニメ映像。……そういえば、第一部の最終話はここで――。

§

……意識が、遠のいて、いるよう……な――。

# 第一章　寝落ちしたらかませ犬

俺は今、大変座り心地の良い椅子に座っている。それはどう考えても人をダメにするソファではない。俺は今、着心地の良すぎる服に身を包んでいる。それはどう考えても慣れ親しんだパジャマではない。俺のすぐ隣には、紅茶の入ったカップが宙に浮いている。それはどう考えても俺が好きな某炭酸飲料水ではない。

Q. この状況において、異常な点を述べよ。
A. 全部異常である。

「……どうなっている？」

おかしい。本当に全てがおかしい。本来であれば、俺は自分の部屋にいるはずだ。追っているシリーズ物のアニメがいよいよ第三部の終盤に差し掛かってきたので、復習を兼ねて第一部から見返そうと意気込んでいた記憶がある。その際に俺は人をダメにするソファに座っていたし、アニメ視聴のお供は某炭酸飲料水だったはずだ。加えて万が一寝落ちしても大丈夫なように、適当なパジャマを着ていたはず。

(寝落ちに備えていたら実際に寝落ちして、目が覚めた……というのが俺の状況のはずだ。ごく普通の、よくある日常の一幕。……そのはずなのに、この光景はなんだ？)

少なくとも、俺の部屋ではない。何もかもが、俺の記憶にないこの光景。はっきり言って、異常だ。真っ先に思いつくのは〝誘拐された〟という可能性だが、それにしては高待遇すぎる。誘拐犯が、誘拐対象を高級そうな部屋になんの拘束もなく閉じ込める意味が分からん。

「……落ち着け俺。一度、喉を潤おそう」

そう言って、俺はカップに手を伸ばした。自分を落ち着かせるため、水分を求めたが故の行動だったのだが。

——いや待て。宙に浮いているカップってなんだ？

「……」

ピタリ、と俺は手を止め、宙に浮いているカップをガン見した。恐ろしいことに、種も仕掛けもない。なのに、カップは宙に浮いているのである。ワイヤーで吊るされていてほしかった。

(待て待て待て。本気でなんなんだ、ここは)

ぐるりと周囲を見回せば、大量の本棚の中に所狭《ところせま》しと本が並べられていた。その中に、漫画やライトノベルの類は存在しない。まさに、厳《おごそ》かな書斎といった光景だ。それはどう見ても、俺が頑張って作り上げたオタク部屋ではない。

(というか、この文字はなんだ？)

本に書かれているのは、日本語でも英語でもなかった。ギリシャ文字といった類の文字でもなさそうで、完全に初見の言語。

初見の言語のはずなのに。

「……読める、だと？」

読める。読めてしまう。見たこともない文字の意味が、スッと頭に入ってくる。

(――っ、どうなっている？)

ここまで、あり得ないことだらけだ。言い知れぬ不安を抱いた俺は頭を掻《か》いて、ふと気がついた。

(なんだ。この前髪の色は)

俺は日本人らしい黒髪の持ち主である。しかし、視界に映る前髪は完全に銀色なのだ。一体全体どうなっている。

(ここまであり得ないことだらけだが、それでも起きたら銀髪になってるなんて本気であり得んぞ。……だとしたらこれは、白髪か？)

とすると俺は、寝ている間に白髪になっていたのか？　それはつまり、老けた？　一気に老けたのか？

「……」

俺は鏡を見て、自分の姿を確認したいと思った。そしてそう思った時、何故か俺の体は指を鳴らしていた。

「…………」

そして指を鳴らした直後、目の前の虚空に鏡が現れる。指パッチンで鏡が出てくるという意味不明な現象だがしかし、もはやそんなことはどうでも良かった。カップが宙に浮いているのだから、指パッチンをすれば鏡くらい出てくるだろうと投げやりな気分になっていたのである。

(⁉)

そして俺は、鏡に映る自分の姿を見る。そこに、見慣れた自分の顔はない。その代わりと言ってはなんだが、好きなアニメの第一部のラスボス――ジルという男の顔があった。

「は?」

鏡の前に立っているのは俺のはずなのに、その鏡に俺の顔が映っていないという異常事態。思わず、俺は困惑の声を漏らしていた。

「……」

何度見ても、どの角度から見ても、俺の顔は現れない。

神々しさすら感じさせる銀色の髪と、鮮やかな青紫色の瞳を持った非常に整った顔立ちの男だ。鉄壁の無表情が氷のような冷たい雰囲気を放っているが、それがまた神聖さを感じさせる。

まあ、つまるところ。

(……イケメンだな)

イケメン。そう、イケメンである。

俺の顔はここまで人間離れした美形ではない。アニメを見ていた時にも思っていたことだが、ジルという男は本当に顔が良いのだ。

これはもう間違いなく、モテる。

(いや違う。そうじゃない)

完全に思考の方向がおかしい、と俺は頭を振った。

今俺が考えるべきは「この姿ならどれくらいモテるのだろうか」だとか「本当にイケメンなら何をしても許されるのか検証でもするか」だとか「リアルギャルゲーやれるのではないか」だとか、そんな現実逃避《アホなこと》ではないはずだ。

(どうしてこうなった?)

目が覚めたらアニメのキャラクターになっていました。

……うん。とても意味が分からない。ならば原因を探そうと思うのは、当然のことだろう。

しかし。

(……いや分かんねえよ)

いくら思考を巡らせたところで、全くもって意味が分からない以外の結論が出なかった。

何せ、あまりに突然すぎる。いきなり二次元のキャラクターになっていたとして、冷静に原因を突き止めることのできる人間がどれほど存在するというのか。

考えども考えども、原因なんて分かりやしない。分からないことに対して、思考を割き続けてなんになるのだろうかとすら思ってしまう。

(あー……)

だから俺の思考は、こうなってしまった原因を突き止めることではなく、次第にジルというキャラクターに関してのものへと移行していった。

（ジル……ジルか。ジルなあ……）

この姿の持ち主。ジルという人物を簡単に説明してしまうと、アニメのかませ犬キャラである。

俺が好きなアニメ【神々の黄昏《ラグナロク》】にて、第一部ラスボスを務めていた男――ジル。その強さは圧倒的という他なく、世界最強の魔術師やら【人類最強】といった怪物達を一人で同時に相手し、余裕を残して勝利を収めたという実績まで保有している。

そんな第一部にて最強の座に君臨していた彼の最期は、第二部のラスボスの強さを見せつけるため瞬殺されるという非常に悲しいものであり、それ以降はオタクからかませ犬と呼ばれるようになってしまったキャラクターだ。

（インフレの犠牲。長編のアニメのお約束ではあるが、あれは本当に残酷だった）

性格は俗にいう俺様系に近い。犯罪組織の長にして一国の王でもある彼は、いろんな意味でかませ犬に相応しい人物だった。あらゆる分野で人類最高峰の才能とスペックを有しているというチート設定すらも、踏み台としての性能を遺憾なく発揮する助けになっている。それこそネット掲示板では「人類最高峰のかませ犬」なんて呼称もあった程だ。

（序盤のラスボスを務める男の末路としては、あまりに悲惨すぎたな、アレは）

そして現在、俺はそのかませ犬になってしまっているらしい。自分で言っておいてなんだが、まるで意味が分からない。しかし、鏡に映っている姿がジルでしかないのだから俺にはそうとしか表現しようがなかった。

（何故だ……いや本当に何故だ？　もう一度考えてみよう。実は、最後の記憶はアニメを見ていた訳じゃないのかもしれん。何者かの陰謀によって、トラックに轢《ひ》かれてでもいたのかもしれん）

記憶を遡《さかのぼ》る。

（俺がこうなる直前の記憶はなんだ？　その記憶こそが、俺がこんな状況になってしまった原因の手掛かりのはず）

遡って遡って遡って、そして。

「……ダメだ、変わらん。【神々の黄昏《ラグナロク》】を見ていて、気がついたら寝落ちしていた。それだけだ」

やはり、アニメを見ていたという記憶しかなかった。つまり、原因なんてさっぱり分からん。せめてトラックにでも轢かれていたら、多少は納得でき……たのだろうか？

（……気がついたら前世のアニメの第一部のボスでしたってか）

まるでアニメのタイトルみたいだな、と思った。

思って、なんだかおかしくなって一人で笑ってしまって――

（笑えねえ）

――横にある本棚を殴った。

瞬間、腹の底から響くような轟音が上がる。衝撃が周囲へと拡散し、勢いよく本と粉塵《ふんじん》、そして瓦《が》礫《れき》が宙を舞った。

（……え？）

呆然としながらも、恐る恐る殴った場所に視線を向ければ、トラックでも突っ込んできたのかと思ってしまう程の巨大な穴が壁に空いていた。本棚に関しては、もはや跡形もない悲惨な状態である。

「……」

……違うんです。そんなつもりはなかったんです。器物破損罪で訴えたりしないでください。

などと思っても後の祭り。現実問題として、この部屋は既に半壊状態だ。おそらく、本棚を殴った時の衝撃が本棚を破壊するだけでは収まらず、その奥にまで伝って壁も綺麗に粉砕したのだろう。なんなら、通路を挟んだ向こう側の壁にも穴が空いている。レーザービームでも放ったのだろうか、俺は。

「………………」

どこまでいっても一般人メンタルでしかない俺は、自分でやったという事実を棚に上げてその光景にドン引きしていた。

「……………………」

この身体能力。間違いなく、俺のものではない。本気で殴った訳でもないのにこの威力……ちょっと意味が分からない。

間違いなく、ボクシングか何かで世界を狙える拳だ。狙ってどうする。

（……）

予想だにしなかった事態に混乱が極みに達し――ふと、我にかえる。

（ああ成る程、これは夢か。夢なんだな）

あまりに非現実的すぎる光景。それに、一周回って俺は冷静になり始めた。

（そうだ、これは夢だ。夢に違いない）

普通に考えて、アニメのキャラクターになるなんてあり得ない。軽く殴っただけでコンクリート製と思わしき壁を破壊するなんてのもあり得ない。

（バカバカしい。何を悩んでいたんだか、俺は）

だからこれは、夢に違いない。むしろ何故、真っ先にその可能性を考えなかったのかと自分の頭を疑うレベルである。

「……ふっ」

ということで夢から覚めるために、俺は自分の顔面を思いっきり殴ってみた。


書斎は見るも無残なことになってしまった。

顔面を思いっきり殴った途端に衝撃が周囲に拡散し、書斎が爆発して瓦礫の山と化したのである。

いや書斎だけじゃない。それ以外の部屋らしきものも全て、瓦礫の山。

幸いにして建物自体が倒壊とかはしてないし、奥の奥の方まで見れば無事な壁もある。だとしても、瓦礫以外ほとんど何もない悲し過ぎる空間が生まれてしまったことに変わりはない訳で。

「……あっ、あの無事な壁見たことある。もしかしなくても、俺がいる場所ってアニメでジルが初登場した城なのか。成る程な、これが聖地巡礼ってやつか」

ははは と乾いた笑みを浮かべながら現実逃避気味に呟いて、すぐに頭を抱えた。

顔面を殴った時には多少の痛みを感じたので、やはりこれは現実なのだろう。これだけの破壊力を有するパンチを顔面に受けながら「ちょっと痛い……いや痛いかこれ？　分からん」くらいのダメージで済んでいるのが、この肉体の脅威のスペックの高さを物語っていたが。

何せ、鼻血すら出ていないのである。どうなってるんだこの体は。

（いや、体の仕組みなんてどうでも良い。何故に俺はジルになっているんだ。憑依《ひょうい》か、憑依なのか？　よく分からんが魂だけ異世界転移した系か？　ｗｅｂ小説始まってるのか？）

あるいは転生したらジルになっていて、今更前世の記憶が蘇ったみたいなパターンか。こういった異世界転生あるいは転移には、複数のパターンが考えられるため、状況の特定が難しい。

……しかし、今世がジルで今更記憶が蘇ったパターンだとしたら、やはり寝落ちで死んで転生したことになるのだろうか。寝落ちしてそのまま永眠したということなのだろうか。もしそうだったら、寝てる間に死んでしまう可能性が怖すぎて、今後の睡眠活動に支障が出そうだ。それこそ、未来永劫睡眠を拒絶してしまいそうである。

「てかいきなり自分の拠点を破壊するのはどうなんだ……？」

ゴミ屋敷ならぬ瓦礫屋敷と化した周囲を見て、思わず溜息。異世界転生において、拠点の確保は重要だ。それを自ら破壊するなど、なんと愚かな。

そもそもこれどうやって片付ければ良いんだと悩み——気がつけば、頭に浮かんだ呪文を唱えていた。

「――」

途端、まるで逆再生するかのように瓦礫の山が動きだす。それらは遅くも速くもない速度で元の位置に戻っていき、ついには何事もなかったかのように元の書斎の状態が再現されていた。

「修復、か？　便利な力だ」

詳しい原理は分からない。時を巻き戻したのか。空間そのものを元の状態に戻したのか。俺の記憶の通りに現実を再現したのか。分からないが……便利な力であることに変わりはない。とはいえそれなりの力……おそらく魔力を持っていかれたことを感じる。相応の代償はある魔術なのだろう。まあそれなりの量といっても、この肉体のスペック的には微々たるもののようで、相対値としては大したことはないが。

「ここまで便利な力があるのに、かませ犬キャラなんて本当に不憫《ふびん》なキャラクターだ、な……？」

そこまで言って、俺はピタリと体を硬直させる。次いで、内心でダラダラと大量の汗を流し始めた。

（このままだと、俺は殺されるのでは？）

ジルがかませ犬なのだから、そのジルに転生している俺はかませ犬以外の何者でもないのではないか？

「……」

ジルの最期は、第二部のラスボス――【邪神】に瞬殺されることである。ならばジルに転生した俺も、第二部のラスボスに瞬殺されるのではないだろうか。

「……」

椅子に座り、天を仰いで一言。

――助けてくれ。

「……バカバカしい。愚行にも程があるな」

助けてくれなどと内心で呟いてみたが、その無意味さは分かっている。ヒロインムーブをしたところで、助けなんて来る訳がない。ジルはイケメンであって、美少女ではない。ジルは王様であって、囚われの姫ではない。ジルは悪のカリスマであって、悲劇のヒロインではないのだ。

ヒロインに転生したのならともかく、ラスボスに転生した以上、信じられるのは己だけ。ラスボスが助けを求めてどうする？　魔王が勇者に土下座をして許されるのか？　討伐されて終わりだろう？

（……さて。幸いにして、ジルは人類最高峰の才能を有しているという脚本家のお墨付きがある。ならば、俺はどうするのが正解か）

天井を見上げながら、俺は第一部のラスボスと第三部のラスボスを脳裏に浮かべる。その他にも、第二部以降に出てくる強者達。そして、彼らを強者たらしめるインフレ要素。そういったものを思い浮かべながら、俺は言った。

「――第一部のラスボスを、舐めるなよ」

# 第二章　飲食店での波乱

俺が入った途端にシン、と静まり返る店内。

新手のいじめではないだろうかと勘繰ってしまうような状況だが、しかしどちらかというといじめっ子的立場にいるのは俺の方なのだろう。何故なら、部屋の中にいた人達が、俺の方を見ながら皆一様に顔を青褪《あおざ》めさせて震えているからだ。

「……」

俺が椅子に座った途端、ビクッと肩を震わせる店員の方々。それから暫くして、一人の少女が震えながら俺の方へと歩いてきた。その姿はさながら、生贄《いけにえ》に捧げられた村娘が如《ごと》く。尋常ではない程の居心地の悪さを感じてしまうが、しかしそれを表に出すことなく俺は口を開いた。

「娘。――とやらを一つ、だ」

「う、承りました！　（だから殺さないでください）」

「……」

慌ただしく去っていく少女。それと入れ違うかのように、次々と別の人間が俺の方へとやってくる。

「なんでもお申し付けください（だから殺さないでください）」

「…………」

「最高級のお酒はいかがでしょうか⁉　も、勿論サービスでございます！　（だから殺さないでください）」

「…………」

「余興をご披露いたします！　（だから殺さないでください）」

「…………」

何故だろうか。直接言われている訳でもないのに、殺さないでくれという迫真の想いが込められた副音声が聞こえてくる。そんな状況の中、俺は内心で天を仰いだ。

（——どうしてこうなった）

俺は記憶を掘り返す。

俺がジルとして君臨することを決意するまでに至った、経緯の記憶を。

§

「第一部のラスボスを、舐めるなよ」

インフレの犠牲になったとはいえ、ラスボスはラスボス。原作主人公だって、直接的にはジルを倒すことはできなかったのだ。ならば、やりようによっては第二部のラスボスが相手でも勝ち目がない訳ではないはず。であれば、第二部第三部のラスボスを下して俺が頂点に――

(――なんて。そんな簡単にいく訳がないな)

基本的にバトルアニメには、最初に出てくる敵よりも後に出てくる敵の方が強いという法則が存在する。この法則により、物語が進むごとに敵が強くなっていく――俗にいうインフレという現象が発生するのだ。【神々の黄昏《ラグナロク》】もその例には漏れず、第一部と第二部では、登場キャラクターの平均的な戦闘力に差があった。

(それでもジルは強いことには強い。伊達にラスボスを務めてはいない。だが……)

自らを奮い立たせてみたが、原作を知っているからこそ無理ゲー具合がよく分かる。ジルは人類規模で最強の存在だが、神々はその上をいくのだ。強さ議論スレなんかでは最新版でも上位に君臨していたが、同じ上位でも格差が存在する。考えれば考える程に、絶望感しかない。いっそ、逃げてやろうかとさえ思ってしまうが。

(逃げてどうなる？　……いや、違うな。逃げるという選択が最善かどうかを検証することなく、思考停止で逃げてどうする？)

落ち着け。落ち着いて、あらゆる未来を考え尽くせ。パニックになってしまえば、それこそゲームオーバーなのだから。

（第一部のラスボスのスペックを手に入れてるとはいえ、インフレを考えると絶体絶命の危機であることに間違いない。だが、それで慌ててしまうのは愚の骨頂だ）

むしろ、こういう場面でこそ冷静になるべきだ。視野を狭くしてしまえば、生き残れる状況でも生き残れなくなる。そう自分へ言い聞かせながら、俺は瞳を閉じた。

（ジルというキャラクターの直接的な死因は【邪神】に殺されることだが、しかし待て。まだ慌てるな。【邪神】を直接戦闘で倒せなくとも、そもそも【邪神】が降臨するフラグをへし折ってしまえば、原作と同じ結末にはならない。第一部のラストを変えてしまえば俺は生き残れる……はず）

つまり、避けられる戦闘は避けてしまえば良いという作戦である。「第一部のラスボスを舐めるなよ」などと啖呵《たんか》を切っておきながら実に消極的な姿勢だが、目的が死の回避であることを忘れてはいけない。手段の目的化は、一番やってはいけないことなのだから。

（さて）

俺は高速で、【神々の黄昏《ラグナロク》】というアニメ及びジルというキャラクター周りの情報の整理を開始する。幸いにして、俺は【神々の黄昏《ラグナロク》】を見ている最中に寝落ちしたのだ。情報の整理は容易だった。

（……ここは間違いなく、城の中。ならば少なくとも、ジルは既に国の王になっているということか。王になる前に憑依できていれば一般人として平凡に生活して生存するルートを選べたんだが……）

俺が即興で考えた生存戦略のベストメソッドは、国を堕とす前にジルに憑依していることだった。何せ王になる前であれば、一般人としてやり過ごし、適当に生きることさえできたのだから。ラスボスとしての立ち位置だと取ることができない行動も、一般人であれば取れるのである。

（まあ仕方ない。ない物ねだりをして嘆き続けるよりも、建設的な思考を心がけよう）

一般人の立場で生活することができないのは非常に面倒だ。しかしまだだ、この程度であればまだリカバリーが効く範囲だと自分に言い聞かせ、記憶を掘り起こしていく。

（確か国の運営が落ち着き始めてから暫くして、ジルはこの地に眠る【神の力】の封印を解き、肉体に取り込むんだったな……）

現在が国を堕とし、支配を済ませた時系列であることは確定。だがその先——即ち、【神の力】を取り込み済みかどうかに関してはまだ未確定である。

（【邪神】が降臨するには、【神の力】を取り込むことで世界の変貌が起きなければならない……）

そしてそれは逆に言えば、ジルが【神の力】を取り込んでいなければ世界の変貌なんて起きない訳で。更に突き詰めてしまえば、世界の変貌が起きなければ【邪神】も降臨なんてしない訳である。とまあ、ここまでジル周辺の情報を整理してみたが……ぶっちゃけここで俺にとって重要なのはただ一つだけだ。

即ち——ジルが既に【神の力】を取り込んでいるか否か。

（取り込んでいなければ、世界は変貌しない。変貌しないならば、【邪神】も神々も降臨なんてしないはずだ。そしてそいつらが降臨しないならば、ジル《俺》は死なない——!!）

前世において、数多く存在したジル救済二次小説。

その中にはジルが【神の力】を取り込まなかったＩＦも存在し、その二次創作における彼は自由気ままな生活をしていた。

（それと同じことを、俺も成し遂げてみせる。目指せスローライフ。現代知識を使って農家でも始めよう）

そんなことを考えながら、俺は意識を自分の内側に向けてみた。

すると、なんか「これ【神の力】じゃね？」みたいな力の波動を感じた。

「……」

一番楽な道が途絶えた。

世界の変貌を起こさないことで【邪神】が降臨するフラグそのものを撤去するという、ジルの死亡フラグをへし折る最優にして最善の手立てが、完全になくなってしまったからだ。これ以上に楽な方法など、正直存在しないだろう。

「……くそ」

このまま原作通りに未来が進めば、間違いなく俺は死ぬだろう。それもかませ犬として。かませ犬として。

「……」

死ぬのはとても嫌である。好き好んで死ぬなんて真っ平御免であるし、それがかませ犬としてなら尚更《なおさら》である。

何が悲しくて、寝落ちして起きたら死ぬことが確定しているかませ犬になっていなければならないのか。

お前今日からかませ犬な！　死ね！　とか言われて納得できる訳がないだろう？

「……」

そう。神々の思惑通りに利用されて、死亡して退場。そんな理不尽な話に、納得なんてできる訳がない。

――ならば、どうすれば良いか。

「……やはりやるしかないか。原作ブレイク」

険しい道であることは重々承知。

先程も言ったように、ジルは第一部のラスボスに位置する存在だし、第二部第三部に入っても強さ議論スレなんかでは上位の位置に君臨してはいた。人類最高峰の才能を有しているという肩書きは伊達ではなく、神々や神々に準じる連中以外では、間違いなく最強の一角ではある。

だがしかし、頂点との差は大きい。ジルは世界最高峰の人間であるが、世界最高峰の神ではない。人類基準では神に等しい力を持っていても、神からすればそれは持っていて当たり前の力でしかないのだ。

「……」

だが、それでもやるしかない。

先程も言ったようにこの体のスペックは非常に高く、曲がりなりにも神々と同じ力を有していることも大きい。一応は【神の力】を扱える以上、神々相手に全く通用しないなどという道理はないはずなのだから。

「加えて、俺には知識がある」

アニメはまだ放送途中だったせいで結末こそ知らないが、それでもこの世界でトップクラスの情報量を有してはいるはず。情報の偏りは大きいだろうが、情報の分野によってはそれこそ神々にだって劣らないだろう。それに、メタ視点による先読みだって通用するかもしれない。

神に近いスペックを持ったジルに、原作知識という圧倒的なアドバンテージを持った俺が憑依している以上、下剋上の可能性は全くない訳ではないはずだ。連中が天界で余裕をこいている間に、俺は神々を殲滅する手札を揃えてしまえば良い。

また、アニメにおいてジルが瞬殺されたのはとある一件でジルに付与された属性による相性の問題ではないか、という考察もあった。その考察が正しいのかどうかもここでは検証可能だし、正しければ活路は見えてくる。

(いずれにせよ、現在の時系列がどの辺りかを確認する必要があるか)

特に気になるのは、ジルの配下である【レーグル】の状況である。

既に原作が始まっているのなら各国に尖兵が派遣されていることになる。原作が始まっていないのなら、どの程度配下が集まっている状況なのかが問題だ。

まあいずれにせよ、一度【レーグル】の面々とは顔合わせをする必要があるだろう。

(バレないようにしないとな……)

【レーグル】の面々にとって、ジルは絶対的な強者である。だが、彼らはジルに絶対的な忠誠を誓っていた訳ではない。第一部の終盤にて、ジルは生き残っていた【レーグル】の連中に向かって「お前ら雑魚すぎ。ここで消すけど良いよね？」みたいなことを宣告。

これに激昂《げっこう》した【レーグル】の行動は、ジルに対する一斉の叛逆《はんぎゃく》である。

第一部においては最強格の敵であった【レーグル】の面々。実際、ジルによって付与された【加護】は非常に強力な異能であり、主人公達を大いに苦戦させたのだ。それ故に、それほどの実力と実績を持つ彼らを一瞬で返り討ちにするジル登場回が視聴者諸君に与えたインパクトは、それはそれは絶大であった……というのは別の話。

ここで重要なのは、激昂した部下に叛逆を起こされたという事実である。

この事実が意味するのは、【レーグル】の面々は別にジルに完全な忠誠を誓っていた訳ではないということだ。ジルに従ってはいたが、それはきっかけ次第で反抗される程度のものということである。

「……」

それは困るな、と思った。

ジル自身ならともかく、今の俺はジルではない。ジルの持つスペックを御《ぎょ》しきれていないし、この体が何をできるのかも知っている範囲でしか知らない。

そしてそれは別に、ジルの肉体を使いこなせることを意味している訳でもない。

初見のゲームを遊ぶ際に、そのゲームで最強スペックのキャラを選択したところで、そのゲームに精通している対戦相手に勝てるかと言われると微妙なラインだろう。というか多分、普通に不可能だ。

それと同様のことが、俺にも言えた。

なので仮に【レーグル】の面々がジルを偽物と認識、そうでなくとも己より弱者であると認識し、叛逆でもしてきたら、もしかすると俺は死んでしまうかもしれない。

仮にも【神の力】の一端を貸し与えられた連中である。加えて、戦闘技術も非常に高い。一芸に特化した連中の技量は、その分野においては大陸でも随一、あるいは頂点の能力を有している。それこそ、暗殺の分野においては世界最高の殺し屋の方がジルより優れているだろう。単純なスペックならジルの体を持つ俺が圧倒的優位であるが、戦闘技術や経験値は向こうの方が上なのだ。そんな状態で、どうやって勝利を確信しろというのか。

（ある程度ならスペックのゴリ押しも通用するかもしれんが……慎重に行動しておいて損はない）

俺は気を引き締めた。

バレないようにしなくてはならない。それこそ、多少オーバーキルな威圧感を与えることになってでも、ゴリ押しで俺《ジル》こそがお前達の支配者であるということを理解させねばならない。

故に俺は覚悟を決める。修羅になる覚悟を。

絶対にかませ犬にならないための一歩を、俺は踏み出——そうとした瞬間、俺は自らの腹部から鳴り響く、思わず気が抜けてしまうような音を認識してしまった。

「……空腹だ」

……食べ物を、探そうか。


空腹を感じた俺は書斎を出て、城の中を歩いていた。その理由は至極単純で、食べ物を探すためである。

（政治的な面を任せる人材は皆無らしいが、雑事を任せる使用人くらいはいてもおかしくないというのが考察勢の総意だったか……）

ジルは基本的に、他人の能力を信用していない。というより、自分の能力が高すぎるあまり、他人に要求する最低限の能力でさえ非常に高くなるのだ。あらゆる面で人類最高峰のスペックを有しているからこそ、彼は自らの手駒も厳選している。その結果、【レーグル】は第一部最凶集団と化した訳だが。

（だが、いくら他人の能力を信用していないとしても、流石《さすが》にジルが自分で買い物や料理をしているとは思えん）

ラスボスが自炊をしているなど、流石にキャラ崩壊でしかない。炊事洗濯家事掃除が得意な魔王に威厳もクソもないだろう。あざとい系ラスボスならともかく、ジルはそういう系統のラスボスではないはずだ。なので多分、ジルはその辺を自分ではやっていない。……いや、自分で作る方が美味いなら食事くらいは作る可能性もある、か？

（まあ、全ての家事をジルがするはずもなし。使用人さんの行動範囲は、可及的速やかに把握しておきたいところだ）

使用人さんと不意打ちでご対面なんて未来は流石に笑えない。トイレの最中に、トイレ掃除しに来た使用人さんとはじめましてなんてした日には、どうなってしまうことやら。なので使用人さんの行動パターンなどは把握しておきたい。

（かといって、使用人さんを探すために自分の城を歩き回るラスボスというのもそれはそれでみっともないな）

自分の城の中を彷徨《さまよ》い歩くラスボス。それは今後どれだけ威厳を見せようと、主人公に「でもこいつ、城の中で迷子になるんだよな……」みたいな視線で見られてしまうことを意味する。

（……よし。外食するか）

ただ、ここでも一つ問題が生じる。即ち、俺は無事に城の中から出られるのだろうかという問題が。

ここまで歩いた範囲だけでも、この城の埒外な広さがよく分かるというのに。

（……）

ジルの城が攻略不可能な迷宮ダンジョンである可能性を恐れながら、俺はまだ見ぬ玄関へと思いを馳せて足を踏み出した。

城は広かったが、しかし内部構造自体はシンプルだったので難攻不落な迷宮ダンジョンという訳ではなかった。俺は無事に城を出て、その後広大すぎる敷地からも抜け出すことに成功したのである。

（城の周囲に人の影はなし。町も距離的には離れているな。人を遠ざけているといったところか）

ジルがこの国の王であることを知る人間は、おそらく皆無。それでよく国の運営が成り立っていたなとは思うが、現実問題として成り立っているのだから、何かしら内部統制などの技術はあるのだろう。その辺はおいおい確認するとして。

（食事の時間だ）

適当な飲食店に入ろう。金銭価値は不明だが、それなりの枚数の金貨を城から持ってきた。そこまで高そうな店を選ばなければ、十分足りるだろう。

§

多くの視線を集めながら、俺は町を歩いていた。ここまで視線を集めることを最初は不思議に思ったが、容姿が容姿だしそうなるのも仕方がないかと納得し、適当な飲食店を発見する。

（……ここで良いか）

この店で食事を取ることに決めた俺は、特に気負うことなく扉を開いた。店員さん同士が談笑を交わしていて——そして俺が姿を現すと同時に、静寂が店内を包み込む。店員の方々は俺の姿を確認すると、会話をやめて一斉に背筋を伸ばした。顔は皆一様に青褪めており、まるで幽霊にでも出くわしたかのよう。

（え、なにこの反応）

彼らがジルの正体を知っていることはないだろう。ジルは、あくまでも表に顔を見せずに国を支配しているのだから。外出することがあっても、王という立場は秘匿していたはず。なので彼らがこうなっている理由から、自分の国の王様が現れたことに対する緊張という線は消去して良い。

（……ふむ）

ジルの国は小国で、ジルによる絶対的な君主制。富豪のような人間がいるかは要確認として、少なくとも貴族は存在しないはず。この辺りの情報から察するに。

（金持ちを見慣れていない。あるいは金持ちの接客をしたことがないから臆している、といったところか）

まあどうでも良いが、と冷めた思考で俺は近くの席に座る。ビクッと肩を震わせながらも懸命に俺のもとへと注文を聞きにきた少女に対して、俺は簡潔に注文を済ませた。

「う、承りました！」

大きく頭を下げ、静かに、されど慌ただしく駆けていくという器用な真似をする少女の背を見送り、俺は頬杖をつく。調理が簡単な料理と思しきものを頼んだが、実際のところはよく分からない。三十分くらいは見ておくか。いや、店内の様子からして食事時は外しているだろうから、一時間程度なら待機しても構わない。考えたいことは多いので、それはそれで好都合。そんなことを考えていた俺のもとに、次々と店員の方々が媚びへつらい始めて現在に至る。

（いや本当に、どうしてこうなった）

突然視界に入ってきたかと思えば、恐怖に染まった表情のままfärせわしなく動き始める店員さん達。何かしらをしなければ殺される、とでも言いたげなその様子に、俺は内心で若干引いていた。彼らが必死なことは分かるが、それはそれとして引いていた。

（……こんな状況でも、ジルの肉体だからか無視をして考え事に集中はできる。できるが）

見る気もない芸をさせ、そのまま放置し続けるというのは、罰ゲーム過ぎて不憫な気もする。しかし、優しい言葉をかけて諫《いさ》めるのはそれはそれでジルとして違うだろう。

（ジルが偽物と思われるような行動を取るのは、今後を考えると良くないからな。いずれ王として表舞台に立つ時が来る以上、その際に『でもあの人、昔優しい言葉をかけてくれたんだ。多分、ツンデレさんなんだよ！』みたいな噂が回らないようにしなければ）

よし、興味がないとでも言って解散させよう。俺は邪魔な店員さんを視界から排除できるし、キャラ崩壊も防げる。彼らも仕事がなくなってハッピーだろう。誰も不幸にならない完璧な作戦である。

（それはそれとして、口調を大切にしなければな。威厳を保つためにも）

ジルに相応しい言い回しと声音を実行すべく全神経を研ぎ澄ませて、俺はゆっくりと口を開いた。

「――不要だ。貴様達は持ち場につけ。仕事のない者は、適度に骨を休めていれば良かろう。私に対して、無駄に何かをする必要はない。目障りだ」

遠回しに、さっさと失せろと告げてやる。明らかに身分の高い人間による命令という大義名分を得た彼らは、嬉々としてこの場を去るに違いな――

「……えっ？」

去るに違いないと思ったが、そんなことはなかった。呆然とした様子のまま、彼らは俺の視界の中に居座り続けている。

「……貴様。私の決定に異を唱えるのか？」

「い、いえ！　滅相もございません！」

「ならば去れ。貴様らのそれは、己の職務を超えた行為であろう？」

宅配便さんが休憩中にコーラを飲んでいることに対して文句を言うような趣味は、俺にはない。そういった意図を込めて言ってやったのだが、しかし青年は立ち去る様子を見せない。まだ何かあるのか？　と胡乱《うろん》げな視線を送ると。

「で、ですがその！　……で、では、無聊《ぶりょう》の慰めにならずとも、お許しになられるのですか⁉　よ、余興は必要ないと⁉」

「……生産性がない故に、不要だ」

「そ、それで罰があったりはしないのですか⁉」

「ないに決まっているだろう。貴様達は、己の職務を遂行することを考えると良い。貴様の職は、間違っても道化ではなかろうに」

バカバカしいと内心で吐き捨てつつ、しかしこのような発想に至ってしまう店員が自国にいるというのは、それなりに有益な情報かもしれんと思い直す。もしや悪役令嬢や悪徳貴族でもいるのだろうか、この国には。貴族の類はいないので、あくまで〝もどき〟になるが。

まあそれはそれとして、そろそろ彼らにはお引き取り願おう。

「今後、私がそのような無駄な行為を貴様に求める事はないと心得よ」

原作ジルは悪役で理不尽だが、しかしその理不尽さにも一貫性のようなものはある。なので、俺もそれに倣《なら》うべきだろう。叛逆者や敵対者は鏖殺するが、そうでないなら適度に寛容に、だ。この考え方は、生存戦略にも繋がるものであるからして。無駄に敵を増やす必要はないだろう。

(まあ、後は放置で構わんだろう)

そう結論づけて、俺は考え事に集中――

「お食事の用意ができました！　お客様！」

「……いただこう」

非常に迅速なお仕事である。先程と違って、緊張した様子を見せなくなった店員さんの切り替えの早さに呆れながら、一旦思考を止めて食事を開始する。なお、食事前後の挨拶は内心だけに留めておいた。ラスボスが「いただきます」するのはおかしいからな。

(美味い)

これは当たりだな、と思いながら二口目を食べようとして――ニコニコとした笑顔で待機している店員さんが視界に入った。

……まあ、これくらいならキャラ崩壊にはならないか。

「ふん。悪くない。今後も励め」

「ありがとうございます！」

異世界の料理ということで少し身構えていたが、普通に美味しい。見た目としては海外の郷土料理に近い感覚かもしれん。味付けは日本人の俺にも馴染む――いや、ジルの肉体だから適応している可能性もあるか。まあなんにせよ、美味いなら構わん。お代わりを所望したい。

（最高だ。見識を深めるためにも、色んな飲食店を漁るのも悪くはないかもしれ――）

「やあ、邪魔をするよ」

「ごめんあそばせ」

そんなことを考えていた矢先、俺の耳に男女の声が響いた。客か、と軽い気持ちで考えていたが、俺の視界の中で店員さんの表情が固まったことと、店内の空気が張り詰められていくことから、何やら事情がありそうである。

（……いや、待て。そういうことか）

少しだけ思考を巡らせて、なんとなく察した。俺が来店した時に店員さんがどこか怯えた様子だったのは、今しがた来訪してきた男女の二人組が原因なのだろう、と。

「ほら、客を楽しませるのが店員の仕事ではなくて？　料理が来るまでの間、わたくしたちのお相手をしなさいな」

「とりあえず、犬のモノマネなんてどうだろうか」

「あらあら。それだと直接的すぎて面白くありませんわ。彼らの想像力を働かせるためにも、もっと婉曲的にお伝えして芸をご披露していただきましょう」

随分と悪質な客だな、と思った。如何にもといった三下キャラと言うべきか。なんというかその、三下キャラのお約束のような言動である。

だがまあ、それがどうしたという話だ。ジルはラスボスであって、主人公ではない。ここで妙な正義感を振りかざして行動するのは違うだろう。積極的に悪意を振り撒くつもりはないが、かといって正義の味方として振る舞うつもりもないのである。

だが。

（……だが。提供された料理は、美味かった。俺が初めて受けた善意とも言える）

…………。

…………………。

…………………この国は、ジルの所有物だ。ならばこの国にある店だって、全てジルのもの。そしてこの飲食店は、俺《ジル》に対して貢物《みつぎもの》を献上した。つまり、臣民としての義務を果たしたとも言える。

その俺《ジル》の臣民に対して、身勝手に振る舞う輩はこう捉えることができるのではないだろうか。

即ち、ジルを舐め腐っている不届き者であると。

（いや、だがしかし。だとしても、ジルが行動を起こすには少し弱いか……？）

そんな風に、俺が葛藤している時だった。

「お、お客様。その、他のお客様がいらっしゃいますので……今回は――」

「それ、僕達よりも偉いのかい？」

随分と、愉快な言葉が聞こえた気がした。

（それ……それと言ったのか。あの男は。ジルのことを）

安い挑発。事情を知らぬ輩の戯言《ざれごと》。売り言葉に買い言葉――だが、それでもジルを見下した発言であることに違いはない。

で、あれば。

「そ、そういう問題ではなく……」

「あらあら。辞世の句はお決まりかしら？」

舐められた状態を放置するのは、ジルが取る行動として相応しくないだろう。故に俺は、非常に自己中極まりない理由で不届き者を排除するべく行動しよう。


そう。全ては己のために。

§

ああまたいつもの客だ、と誰もがその表情を曇らせた。それなりに金を持つようになった人間は、こうも横暴な態度を取るようになってしまうのかと、諦観にも似た気持ちが湧いてくる。

「で、ではその……」

「芸を披露いたします……」

お客様に心地良い空間を——という店の理念を考えれば、彼らを楽しませるために体を張るのは当然といえば当然なのだ。たとえ、嫌だと思っていても、こんなことを想定していなかったとしても、やらなければならないのだ。

大丈夫。これまで通り、下手《したて》に出ていれば時間は過ぎ去って——

「愚民共が」

——違った。

今回は、いつもと状況が違ったのだ、と誰もがハッとした様子で声のした方向へと顔を向けた。

今日、初めて来店したお客様。高貴な服装と端整な顔立ち。そして何より、身に纏う雰囲気からして、金を持つ側の客であることは明白で。そのことを察したからこそ、いつもの悪質な客と似たような性格だと思いながら接客して——実のところ、全然違った。そんな、どこか不思議なお客様。

「誰の許しを得て、その口を開いている？」

そんな彼が食事の手を止めて成金客を睨むと、それだけで成金客は怯んだ。そしてそのまま冷や汗を流し始める成金客を見て、誰もがこの場の空気が変化していくことを感じた。

「ゆ、許しも何も……き、キミは何様のつもりなのかな？」

「——ほう。何様、か。この国で私に何様ときたか……くくっ」

「な、何がおかしいのかな……」

少しだけ、青年は愉快げに口元を歪めた。だが、それもほんの一瞬のこと。先程と同じ無表情に戻ると、青年は成金客を氷のような視線で射抜く。

「……っ！　わ、わたくしたちの行為に、あなたが関与するなど、どういったご了見……」

「黙れ、食事が不味くなる。不愉快だ」

「そ、それならもっと良い店をご紹介す――ひぃぃっ！」

ズン、と青年を中心に重圧が放たれ。

「な、何が……!?」

成金の二人組が、重圧に耐え切れず膝を突き。

「良いか。二度は言わんぞ、小童《こわっぱ》共」

そしてそれを見下ろしながら、青年は口を開いた。

「私は、貴様らが、不愉快だ、と言った」

「――――」

震えだす成金と、そんな二人組を睥睨《へいげい》する絶対者。両者の格付けは、第三者から見ても決定的だった。

「貴様達が私の前で、この店を所有物にしているかのような振る舞いをする。それは即ち、貴様達が私の事を下に見ている、という認識に相違ないな？」

「あ、あ……いえ、そ、の」

「私の記憶領域に留める程の価値もない貴様達が、私の視界に居座り続けている時点で大罪に値するが、私は寛容だ。その程度の些事《さじ》は許そう」

「あ、ありがたき幸……」

「だが、それはそれ。これはこれ、だ」

「ひっ」

「慎《つつし》めよ、下郎《げろう》。貴様ら自身の品位の程度が知れる。この店は、これより私の管轄下に入る事とした。以後の貴様らの行動は、その身に返ってくると、知れ」

邪魔をしたな、といつのまにか食事を終えていた絶対者は金貨を席に置いて立ち去っていく。だが、その金貨の量は――

「お、多すぎます！　これだと――」

「ふん。迷惑料も込み、というやつだ。それにその程度、私にとっては端金《はしたがね》でしかない。……精々、その金を上手く活用する事だ。それと、貴様達も強く在《あ》るが良い。搾取《さくしゅ》されるだけの存在であり続けるならば、私が目をかける価値はないが故」

そう一方的に告げて、今度こそ絶対者は店から去って行く。それを見た一同は、慌てた様子で絶対者を見送るべく外に出て。

「ありがとうございました！」

一斉に、頭を下げた。

なおこの絶対者の行動により、この場にいる全員が、救われていることが分かるのは、彼らが店の中に戻ってすぐのことであった。

§

（さて、腹拵《はらごしら》えは済んだ）

ならば、俺が次にやるべきことは一つだろう。

「ご対面といこうか、【レーグル】の構成員諸君」

アニメ【神々の黄昏《ラグナロク》】第一部における最凶集団【レーグル】。彼らと顔を合わせることで、今後の行動指針を決めようか。

## 幕間　その後の店内

「凄い人だったな……」

「ああ。俺たちは、お客様が相手とはいえ、少し下手《したて》に出すぎていたのかもしれない」

「そうですね。よし、私たちも、頑張りましょう！」

「……ところで、成金客はどうする？」

「あっ。どうしましょう」

「……出禁にする、とか？」

「そうだな。とりあえず、帰ってもらうか」

どこかすっきりしたような表情を浮かべて、店員は扉を開いた。

「……イイ」

「ゾクゾクしますわ……」

「あの視線、めちゃくちゃイイ……」

「ああ……ああ……!!」


パタンと扉の閉まる音が虚しく響いた。


「……」

「……先輩。俺、見たくないものを見た気がするんですが」

「……いや、気のせいじゃないか？」

「で、ですけど――」

「す、凄い！　凄いですよ店長！」

「は？」

「え？」

「だって、成金客の人たち、幸せそうじゃないですか？」

「し、幸せそう」

「ま、まあ、そうとも言え……るのか？」

「そうですよ！　凄いことですよこれ！　だって、救われた私たちがハッピーなのは当然だとして、糾弾された彼らもハッピーなんですよ！　悪い人も幸せにするなんて、凄すぎますよ！」

「……確かに」

「そう言われると、ヤバイくらい凄く感じますね……」

「一体、何者なんだ……」

# 第三章　VS大陸最高の殺し屋

上司たるジルからの突然の呼び出し。それに男、キーランは表情を変えることなく、されど困惑を覚えながら応じていた。

（……なんだ。何故、オレは呼び出された……？）

キーランは優秀な殺し屋である。

とある国の王位継承権第一位の王子とその護衛を務めていた騎士を殺害し、更には異変にいち早く気づいた宮廷魔術師さえ行動不能状態へと陥らせた程に。

流石に国の最高戦力たる【騎士団長】を相手には防衛戦に徹しつつ逃亡を選ぶしかなかったが、それでも彼が大陸で有数の実力者であることに違いはない。

それから紆余曲折《うよきょくせつ》あって彼はこの国——確か、バベルという名前だったか——の王であるジルという男に拾われ「時期が来るまでは好きにしろ。それまでこちらは干渉しない」という言葉を受けて、今日まで傷を癒しながら過ごしていたのだ。

にも拘《かかわ》らず、突然の呼び出しである。キーランが訝しむのも無理はない。

（【加護】とやらはこの身に馴染んでいる。時期が来れば、オレはあの国に派遣される手はずだったが……）

眉を顰《ひそ》め、キーランは内心で警戒心を強めた。

感謝や恩義は多少なりともある。故に、あの男に従うだけの理由はあるし、仕事上の関係として縁を結ぶ価値もあった。何せ、己が認めるに値すると感じた数少ない人間の一人だ。義理もある以上、従うことに否やはない。

だが、ジルという男が得体の知れない人間であることも事実である。そもそも、このような規格外の力を貸し与えることができるという事実だけでも、警戒に値する。

（……さて）

指定された部屋の前に辿り着いた彼は、軽く息を吐いて扉を開こうとして。

「……？」

違和感。

まるで、肉体がこの先に進むことを拒絶しているかのような感覚。

脳が、全身に危険信号を鳴らしている。この先に、危険が潜んでいるのだろうか。だが、この先にいるのは、自分を呼び出したジルのはずで。

（……引き返すべきか？）

罠かもしれない。そう考えたキーランはしかし、己の考えを即座に棄却した。仮にこちらを害そうとする気があるならば、何もこのタイミングである必要はない。それこそ、出会った直後で良かったはずだ。あの時の自分は、間違いなく隙だらけだったのだから。

（仮にあの男が戦闘狂の類であれば話は変わる……か。とはいえ、この身を標的にするとは考えにくい）

己への勧誘文句を思い出す。あの男の価値観の一端は予想できているし、発言に嘘がないことも経験則から分かる。今持っている情報から推測できるジルの人物像を思い浮かべ、この状況で己を陥れる可能性は極めて低いと判断。

――だが、危険信号は止まらなかった。

「……」

念のために、キーランは手元にナイフを忍ばせた。あらかじめ武器を持っているのといないのとでは、初動に大きな時間差が生まれるものだ。キーラン程の実力者であれば、その時間差は熟練の兵士であっても認識できない領域である。だが、互いの実力が人間として頂点に近づけば近づく程、この差が致命的となる。そのことを、キーランはよく知っていた。

（杞憂で終われば、それが良いがな）

杞憂で終わる可能性。敵対組織や第三勢力による襲撃の可能性。ジルと敵対する可能性。その他複数の可能性を頭に入れながら、キーランは扉を開く。

――そして彼は、絶望を見た。

（な、あ……）

まるで空間が凍結したかのような錯覚を、キーランは抱いた。

いや本当に錯覚なのか？　現実として、空間が凍結しているのではないか？　そう思わせる程の威圧感が、この空間を蹂躙《じゅうりん》し尽くしている。

（なんだこれはなんだこれはなんだこれは……ッッ!!）

かつて味わった、殺気立つ【騎士団長】と相対した時以上の重圧。それが、キーランの全身に降り注ぐ。それはつまり大陸最強格と呼ばれる【騎士団長】以上の怪物が、この場に存在していることを意味していた。

もはや物理的な重力と化している重圧にキーランは全霊をかけて抗うが、しかし激しい動悸《どうき》を抑えることができない。

恐怖によるものか、全身が震える――いや。これは本当に、己の体が震えているのか？　震えているのは、世界そのものではないのか？

「……っ、あ」

全身から大量の汗を流しながら、彼は気力を振り絞って視線を前に向ける。

「来たか。キーラン」

そして聞こえてきた声は、確かに聞き覚えのある声だった。だが、その姿には全く、見覚えがない。

「……ジ、ル殿なのか……っ？　その、姿は――」

「……姿、だと？」

「――一体……ぬぐぅ!?」

不機嫌そうな声が聞こえたかと思うと、重圧が増した。

「貴様は私の姿を見て何を思った？　貴様が有している私に対するイメージと、今の私にどこか齟齬《そご》でもあったか？　貴様に口を開く権利を与える。疾《と》く、申してみよ」

「そ、そごはぁ！　ありまぜん！　わ、私にはジル殿の、ぐふっ……す、がたがぁ!?　ぐ、はっきりどぉ！　目じっ、でき、ま、ぜん……!!」

そう。そもそも、目視できないのだ。

おそらくジルがいるであろう場所。そこにはドス黒いオーラが漂っているだけで、ジル本人の姿が全く見えない。

深淵。

そう呼ぶことしかできない程の、闇。一寸先の光すら見えない常闇は、見るもの全てを絶望へと誘《いざな》うだろう。

まるで死の具現ではないか、とキーランは心の底から震え上がった。

おそらく、あれはジルの放つ重圧が見せている錯覚だ。あれこそがまさにこの世界の死そのものであり、全ての生殺与奪の権利を有する王であると、本能が訴えかけているのだ。

殺し屋としての己の経験と、本能が叫ぶ。

大陸最高の殺し屋にして、大陸最強格とも相対したことがある己だからこそ、分かる。目の前の男――ジルは、まさしく別格であると。

常人の域を脱しているという言葉ですら生温い。男はそれほどまでに隔絶した存在であると、キーランは正しく認識できていた。

それこそ、視線だけでも人を殺せるに違いないと。殺し屋としての自分以上に、目の前の男は——卓越した領域にいる。

その姿は、まさに死神。

大陸において、殺し屋の頂点の一角として数えられているキーラン以上に、〝殺〟という概念を具現化している怪物だ。

（なん……たる、事だ……）

その事実に至った瞬間。全身を震わせ、キーランは内心でその想いを口にしていた。

（私は……これほどの御方にお仕えできる栄誉を与えられていたというのに……あまつさえ警戒など……なんたる不敬か……ッッッ!!）

心の底から震えながら——心の底から歓喜に打ち震えながら、キーランはカッと目を見開く。

元々、彼の生まれた国は宗教国家であった。周りを見れば狂ったような信者しかいない。神をその目で直接見たこともないくせに、神という存在を盲目的に信じて、意味の分からない研鑽《けんさん》を積む人々。

それらを見ながらキーランは「かみさまなんていないのにきもちわるい。こうはなりたくない」と思っていた。

そんな思想を持つキーランが、国の爪弾《つまはじ》き者になったのは言うまでもない。日頃より研鑽を積まず、才能や素養がないと落ちこぼれ扱いされていたことも、キーランに対する迫害への拍車をかけた。

それからより一層、彼は神を信じなくなり。また国に対する憎悪のような感情も募り——いつの日か国を抜け出し、殺し屋になっていた。その理由が、神が実在しているならば殺し屋となった自分に裁きを与えてみろという皮肉か。あるいは法で裁かれないものを神の代わりに裁いてやろうという意気込みだったのかは、もはや覚えていないが。それだけの時間を、彼は過ごした。「やはり神なんぞ存在しない」と達観するだけの日々を、過ごしてしまったから。

だが、神はいたのだ。

目の前にいるジルこそが、神なのだ。それはこの圧倒的な力の差からして明白だ。大陸最強格と謳われる【騎士団長】でさえ、一蹴可能と確信できる程の、規格外。人類の最高峰を超越した存在を、神と呼ばずしてなんと呼ぶのか。

そしてその神は、自分を〝異端〟と扱い、あまつさえ殺そうとしてきた祖国の連中ではなく――この身を見出して【加護】を授けてくださったという事実。その事実に、キーランは感激していた。

（神は、神は私を見てくださっている……。あの連中ではなく、この私を認めてくださった!!）

国を恨み、また憧れとはいえ劣等感を抱いていたキーランにとって、これほど痛快なことはない。神は、自分を見てくださっていたのだと。自分のこれまでの行為を、肯定してくださったのだと、そう思えてならなかった。

（ジル殿……いえジル様。私は、私は愚かでした……!!）

心の底から、キーランは懺悔する。

あの国に対する憎悪は変わらないが、しかしそれ以上に神への信仰を疎《おろそ》かにしていた自分が憎い。これまで自分を目にかけてくださっていたのに、自分は祈りを捧げていなかったのだ。あの国の連中の祈りは偽物だったが、自分は偽物以下なのかもしれない。その事実は、今すぐにでも自分の喉《のど》を引き裂きたくなる程に罪深い。

だがしかし、そこで己の天命を終わらせるのであれば、それは愚者の極みに他ならない。故にキーランは懺悔し、祈りを捧げる。

偉大なる神。ジルに向けての祈りを。

そして、奇跡は起こった。

（こ、これは……！）

先程まで黒いオーラで埋め尽くされていた空間が、ゆっくりと晴れていく。やがて黒いオーラは完全に消え去り、豪奢《ごうしゃ》な椅子に腰掛けながらこちらを悠然と見下ろしているジルの姿が、はっきりと目に映った。

何故——と思い、キーランはすぐさま結論に至る。

（わ、私の忠誠が届いたのだ……！）

先程の重圧は、神罰だったのだ。

神に忠誠を誓わない愚者に降り注ぐ神の【権能】。キーランが心より忠誠を誓った瞬間に重圧が止んだ事実が、それを証明している——！

（私の忠誠が……この御方に認められた……）

気がつけば、キーランは涙を流していた。

なんと慈悲深い御方なのかと。そしてこれほどまで慈悲深く、偉大なる御方のもとに仕えることができるなど、なんたる幸福なのかと。

キーランは己の置かれた状況を理解し――そして己のこれまでの行動を恥じた。

（今まで私は……何をやっていた……？）

新たな力が馴染んできた？　その程度で満足していたのか？　ただただ無為《むい》に時間を過ごすなどなんと度し難《がた》い行為だ？　自分はなんという無様を晒していたんだ、と今すぐにでも自害したい衝動に駆られる。

が、自害する許可は下りていない。この身は全てジル様のものなのだ。なればジル様の言葉なくして、自害するなど言語道断。

（ジル様……このことを、私に気づかせるために……）

恍惚《こうこつ》とした表情で、キーランはジルの顔を眺めていた。

§

自分の正体が露見しないかを実験するため、そして今後の行動指針を決めるために、ジルはとりあえず、原作で一番まともそうだったキーランを呼び出そうと考えた。

（【レーグル】のメンツは戦闘狂とマッドサイエンティスト、魔術狂に超絶シスコンブラコン兄妹。

他にも幹部とモブの境くらいの連中が複数名いる訳だが……まあ、キーランが一番マシだろ）

殺し屋が一番まともとは……と思わなくもないジルだったが、その辺に関しては深く考えないことにする。理性的な対話が可能な相手であることが重要なのだから。

幸いにして、キーランは【レーグル】最古参の一角。人材確保が既に始動しているなら、陣営に属しているだろうと考え——推測は見事に的中。呼び出しに応じてもらえた。

（さて。こういうのは始めが肝心だ。初っ端に違和感を抱かれてしまうと、その後の発言や行動全てに疑惑を持たれてやりにくいからな。ジルを演じているつもり……なんて無様な真似はしないようにせねば）

原作ジルを知る人物——それも、殺し屋という如何にも察しが良さそうな人物から正体がバレないように振る舞うには、どうするのが最適解か。キーランが来るまでの間、彼は悩みに悩んでいた。

（ジルは演技の才能も人類最高峰。だが、その才能を扱うのは一般人の俺。油断は禁物だし、間違った方向にジルを演じてしまった場合、才能が最悪の形で発揮されてしまいかねない……）

そして、悩み抜いた結果。

（……とりあえず、必要以上に威厳を出していたらなんとかなるのではなかろうか）

自分より強そうかつ上司にあたる人物が物凄く威厳を出していたら多分大丈夫だろう、と彼はとんでも理論に行き着いた。

（原作のジルのキャラ像を思い出せ。そしてそのキャラ像を崩さない範囲で、更なる威厳を引き出すんだ。相手は殺し屋だ。生半可な態度では俺が殺されるかもしれん。見るもの全てが怯え、反抗する

気も起きなくなるような感じで相手を威圧していくべきだろう）

ラスボスに相応しい態度で、堂々と構えよう。そう結論づけると、彼は玉座に深く腰掛ける。その姿はさながら、勇者一行を迎える魔王が如く。

——そして、その時は来た。

「来たか。キーラン」

何やら震えているキーランに向かって、ジルは厳《おご》かに口を開く。顎を上げ、見下すような視線を送ることも忘れない。更に、体内では魔力や【神の力】も練り上げつつ、肉体の方にも力を込める。こうすることで、他者を圧倒する空気を纏うことができるのだ。口調だけではなく、態度やその他も駆使して、ジルは高圧的に振る舞おうとする。

（どうだ？　とてもではないが、今の俺を一般庶民とは思えないだろう？）

成功を確信するジル。そのまま彼は、キーランとの対話を続けようとして。

（……いや待て。流石に震え過ぎじゃないか？）

体を震わせ続けるキーランの姿を見て、「ちょっと威圧出し過ぎたかな？」と思い直す。

（敵になる可能性がある以上、警戒を緩めるつもりはないが……今の俺は流石に限度を超えているのかもしれん。理不尽な理由で、キーランの精神を過剰に圧迫させてしまうのは不本意だ。……今後の関係性を良好にするためにも、パワハラをするつもりはないしな）

——それに、ここで過剰な威圧系キャラとして確立してしまうと、今後も相手を過剰に威圧し続けることになってしまう。それはそれで、ジルのキャラクター像と微妙に違う気がする。何より、呼び出しに応じてくれたキーランが不憫だ。

即座に結論をまとめたジルは、周囲に振り撒いていた威圧感を緩めようとして。

「……ジ、ル殿なのか……っ？　その、姿は――」

緩めようとして。決して聞き逃すことのできない単語を耳に入れてしまった。

「……姿、だと？　（まさか、俺の姿に何かおかしな点でもあったのか⁉︎）」

結果。ほんの一瞬だけ威圧感が緩んで、しかしキーランの言葉を受けた後、先程とは比較にならない程の威圧がキーランに向けて放たれるという悪夢が発生する。

（仕草や表情に、何かしらの不審を抱くようなものがあった可能性があるか⁉︎　だとしたら、迂闊《うかつ》にも程があるぞ……！）

自らの姿について言及されて、焦るジル。動揺を隠すために語気を強めた結果、更なる重圧が放たれたことを、彼は知らない。しかも、なまじ中途半端に緩んだせいで威圧に緩急がつき、より一層ダメージを与えてしまうという高等技術を無意識に行っている。

キーランがその肉体に受ける重圧は、もはや想像を絶するものになっていた。それこそ、精神にも強すぎる負荷が掛かっている。現在のキーランの精神状態は、正常とは言えないだろう。一種の恐慌状態にあった。

「貴様は私の姿を見て何を思った？　貴様が有している私に対するイメージと、今の私にどこか齟齬でもあったか？　貴様に口を開く権利を与える。疾く、申してみよ」

その姿は、まさしくパワハラ上司。

あまりにも理不尽。自分にとって都合が悪いことが起きた瞬間に、圧倒的優位性をもって配下を締め付けるその姿は、パワハラ上司以外の何者でもなかった。

そして何より、ジル本人にそんなつもりはないという事実。典型的な自覚なきパワハラ上司である。

「そ、そごはぁ！　ありません！　わ、私にはジル殿の、ぐふっ……す、がたがぁ!?　ぐ、はっきりどぉ！　目じっ、でき、ま、ぜん……!!」

息絶え絶えのキーラン。

当然である。ジルの放つ威圧感は、それだけで即死攻撃の領域に至っている。むしろ訓練された兵士でも心臓麻痺待ったなしのそれを不意打ちで喰らっておいて、意識を保っているキーランを褒めるべきだ。

だがそんなことは、ジルにとってどうでも良かった。大事なのは、キーランが「齟齬はない」と口にしたことである。

（なんだ、齟齬はないのか。つまり、俺が偽物とはバレていない。なら安心だ。……俺の姿が見えないってのはよく分からんが）

ほっと息をついたことで、ジルの威圧は収まった。

（それにしても、キーランは何故あんなに震えて――）

そして、ジルは見た。

上と下から液体を垂れ流しながら、恍惚とした表情を浮かべているキーラン《変態》を。

「――――」

ただただ絶句するジル。

当然である。このような変態を見て、言葉を失わないほど彼のメンタルは人間をやめていないのだから。彼のメンタルは、あくまでも一般人のそれ。変態を目にすれば、無言で１１０番する善良な市民である。

だが、ジルにとって本当に恐ろしいのはこれからだった。

「（わ、私の忠誠が届いたのだ……！）」

（え、なにこれ。キーランの声……？）

突然、キーランの声が頭の中に響いたのだ。

その声からは感極まったという様子がありありと感じ取れ、更なる混乱がジルを襲った。

キーランの言葉は続く。

曰く、「（なんと慈悲深い御方なのかと。そしてこれほどまで慈悲深く、偉大なる御方のもとに仕える事ができるなど、なんたる幸福なのかと。己の置かれた状況を理解し、そして己のこれまでの行動を恥じなければ）」と。

（……）

結論を言おう。ジルはキーランにドン引きしていた。完全に狂信者か何かである。はっきり言って怖い。

「(私の忠誠が……この御方に認められた……)」

(待って)

――認めていない。そんなこと認めていないから。てかなにこれ。ジルに読心能力があるなんて聞いたことないんだが？

そう言いたいのは山々だが、しかしそんなことを口にすればそれこそキャラ崩壊である。ここまで頑張ったのに、それを無駄にするなんてあり得ない。

「……」

故にジルは表情筋をフル稼働させ、なんとか内心を零《こぼ》さぬよう努めていた。徹底した無表情を貫くことで、内心の動揺を周囲に悟らせないように。

しかしその後も、キーランのジルドン引き案件な独白は続く。精神的にキツイと感じたジルは、もはや完全にトリップしかけのキーランを下がらせ――

「…………俺、これどうなるんだ」

虚ろな瞳をしたジルは、そう一人呟いた。


なおこれは、ほぼ吊り橋効果と似たようなものである。

ジルの威圧感のせいで、キーランは正常な思考力を失っていた。それに加えて、生まれて初めてキーランは激しい動悸を覚えたという事実。

失われた思考力。生まれて初めて高鳴る心臓。キーランのこれまでの経験。それら全てが綺麗に化学反応を起こした結果、ジルを神と錯覚してしまい、狂信者が爆誕したのだ。

つまるところ、ジルはキーランに壁ドンをしたようなものだったのである。ジルがそれを知れば絶望感から膝を屈するのは言うまでもない。

(……まあ、忠実な部下を得たと思っておこう)

乾いた笑みを浮かべながら、ジルは紅茶を飲んだ。

——これが自らの胃を痛め続ける事態の幕開けであることを、彼はまだ知らない。

§

俺がキーランと邂逅《かいこう》してから、つまりこの世界にやってきてから二週間の時が過ぎた。

「ジル様。こちらお召し物でございます」

「ジル様。お食事のご用意が」

「ジル様。朝の目覚めの到来を僭越《せんえつ》ながら私がお告げに参りました」

「ジル様。何やら国に不法侵入をしようとしていた輩を発見いたしました。いかがなさいますか?」

「ジル様」

「ジル様」
「ジル様」

誰だこいつ。

目の前に現れてはイイ笑顔でジル様ジル様連呼してくるキーランを見て、俺は表向きは無表情を、内心では引き攣《つ》った笑みを浮かべていた。

（おかしい。どう考えてもこれは俺の知るキーランではない）

原作のキーランは、言うなれば淡々と仕事をこなす職人。焦らず、慌てず、冷静に仕事をこなす。そんな人物だ。容姿の良さもあって、彼を好きになる視聴者も多かった。視聴者とは異なるが、それこそ原作のジルも結構キーランはお気に入りのようであったし。

だからこそ、俺は声を大にして言いたいのである。誰だこいつと。

正直、行動と言動が完全に原作のそれとは別人である。原作のキーランはジルとビジネスライクな関係を築いていたはずだ。だというのに、このキーランの姿はなんだ。なんだその笑顔は。なんだその甲斐甲斐しさは。

正直、キャラ崩壊すぎる。

そのキャラ崩壊ぶりは、一瞬だけ「実はこいつ憑依系オリ主とかじゃないだろうな」と疑って警戒すらしたほど。

ちなみにオリ主とはオリジナル主人公の略であり、主に二次創作なんかで使われている用語である。

現代人がアニメの世界に原作知識を持った状態で転移転生し、神様から貰った転生特典で無双するという展開が多く、元々原作にいた面々からすると非常に理不尽極まりない存在である。

だが、結論から言うとその可能性はない。

というのも、何故か俺はキーランの心が読めるのである。そして心を読んだ結果、彼がキーラン本人であることは確定した。まあ、変態の心の内など読みたくもないというのが本音だが、便利なことは便利なのだ。少なくとも、突然背中から刺されたりする心配は必要ないのだから。

（……それに、心を読めなかったらこいつがホモであると疑っていたかもしれない）

特に目が覚めたら視界ドアップにキーランがいた時など、キャラを演じるのをやめて悲鳴をあげそうになった。

「……」

今もニッコニコでこちらを見ているキーランをチラ見しながら、内心でため息をつく。まさかこんなこと《キャラ崩壊》が起きるなんて思いもしなかった。

これのせいで、残りの【レーグル】と顔を合わせるのが嫌になった。従える部下の全員がキーランのように変な性格になったら、俺のメンタルが耐えられる気がしない。

（……とはいえ、いつまでも放置してはおけないか）

【レーグル】は貴重な戦力であり、駒だ。

少なくとも第一部において、彼らは最強格の存在だったのだ。そんな彼らを放置するなんて勿体ないことを、できるはずがない。使えるものはとことん使わなければ。

（原作ではジルが【レーグル】を各国に放ってから暫くして、大国以外ほぼ全ての国から【神の力】が手に入る。その辺りから本格的に【レーグル】編が始まるはず……）

【レーグル】編が始まるまでの期間がどれほどなのか、正確にはイマイチ分からない。この辺の時系列はあまり詳細に明かされていないので、どうしようもないと言えるのだが。これが学園モノであれば文化祭や体育祭みたいな目立つイベントを標《しるべ》にできただろうに。

（とりあえず分かっているのは、このまま何も変化させずに原作が開始されたら俺がかませ犬待ったなしコースになってしまうこと）

それを避けるために、俺にできることは何か。

鍛錬《たんれん》は当然こなしている。

当初は不安定だった力のコントロールが可能になったし、この体ができることもおおよそ把握した。最初は「軽く魔術を使ったつもりで国が消し飛んでしまったらどうしよう」みたいな部分に不安を抱いていたから進捗が良くなかったが、今は問題ない。

だが、足りない。このような鍛錬を続けていても、その先に待っている成長は原作ジルの延長線上でしかないからだ。その程度では、神々との決戦を考えると全く安心できない。異なるアプローチから、更なる成長を己に促す必要があるだろう。

だから、俺は本来ならあり得ない方向からの成長を欲した。原作のジルになくて、俺にあるものそれは——

（……海底都市、はないいな。あそこは俺ではどうしようもない極悪難易度都市だ。それこそ原作のジル本人でも攻略は無理だろうし。そもそもあそこは……）

——それは、知識だ。

原作のジルは知らなかったから、対処できなかった。しかし俺は、この後に起こる出来事を知っている。それどころか、原作のジルでは知らない情報をいくつも有している。

ならばそれを、利用しない手はない。

神々が過去から俺に対して死の呪いを仕掛けてくるならば、俺は未来の知識から神々への対抗策を講じてみせよう。

さしあたって、やるべきことは。

（インフレの象徴である教会勢力。奴らと接触するか）

思い立ったが吉日である。

教会勢力と接触するため、俺は国を発つ準備を始めた。

# 第四章　新勢力の居城へ

教会勢力。

第二部において新たに物語の表舞台に上がったその勢力は、はっきり言って人類の完全な味方とは言い難い。

彼らは「【レーグル】が世界を終末に導く」と考え行動していた主人公や大陸の人々と異なり、【世界の終末】という予言の真の意味を把握していた。つまるところ教会は、ジル率いる【レーグル】が世界を終末に導く連中ではないと知っていたし、何故世界が変貌したのかも知っていた。

極端な話、彼らが幼い頃のジルを殺害なりなんなりしていれば世界は変貌せずに何事もなく、ただただ続いたであろう。

だが、彼らは何もしなかった。世界そのものが変貌するという異常事態が発生することを、知っているにも拘らず。

何故か？　それは、彼らの目的がただ一つだからだ。

——神々の降臨。

教会の人々にとって、それが最も重要なのである。

ジルが【神の力】の封印を解いてその身に宿したことで確定する世界の変貌。それは、現世が天界へと昇華する予兆なのだ。

時間が経てば今ある世界は終末を迎え、神々が降臨可能である天界の環境へと変貌し、そこに神々が降臨し救済が訪れるという筋書き。

彼らにとっては【レーグル】による大陸の被害など、神々の降臨と比較すればどうでも良かったのだ。何せ、神々が降臨すれば全て解決するのだから。

しかし、そんな教会の上層部にとって予想外だったのは【邪神】の誕生である。

ジルなどという神もどきはどうでも良かったが、曲がりなりにも本物の神である【邪神】は、彼らにとって看過できるものじゃなかったらしい。そんな明らかな異物が存在した場合、果たして世界は本当に正しく天界に変化できるのか。

万が一にでも世界が天界に変化しなければ、神々の降臨は成されない。その未来は教会勢力にとって、死を遥かに凌駕《りょうが》する地獄である。

故にそれまで独自の技術を用いて異なる次元にいた彼らは不安を解消すべく、不安の元凶たる【邪神】を討つため表舞台に上がることを選び、第二部にて新勢力として台頭する流れになるのだ。

（まあそいつらの技術や戦力のせいで、インフレが加速するんだが。第一部の最強格である【レーグル】クラスの人間が、ゴロゴロ出てくるんだが）

さて、何故俺が教会とパイプを結ぼうと考えたのか。その答えは彼らの持つ技術と物語での役割に起因する。

彼らは人類が失った技術、神話の時代の叡智《えいち》を有している事実に加え、曲がりなりにも神である【邪神】にも対抗できる勢力なのだ。傘下に加えることができずとも、同盟関係に持ち込めれば上々。

加えて、人類の全てを救うという思想を持ち合わせている訳ではないのも好都合。

それは第一部において一切表舞台に上がっていないことからも明白だろう。彼らにとって、最終的に神々に導かれて世界に恒久的な平和が訪れるのならその過程はどうでも良いのだ。

それこそ外の世界での立場が犯罪者の人間だろうと聖人の人間だろうと、彼らからすれば大差ないだろう。

(といっても普通に考えて、教会勢力と手を組むなんて不可能だ)

彼らは神々しか信じない。

そんな連中を相手に、交渉なんて普通は不可能だと思うだろう。

だが、どっちにしろやらなければかませ犬で死ぬ可能性が高いのだ。ならばやるしかない。

それに、俺には見えていた。己の活路が。勝利への道しるべが。

――と。

「……」

国を出て目的地に向かい始めてから、約五時間。目的地に辿り着いた俺は立ち止まり、ゆっくりと何もない空間を見上げた。

そう。何もなかった。

一面荒野の土地。作物は育たず、人が住める環境でもないため、有していたところでなんのメリットもない。それ故に、どの国も所有権を主張しない。そんな何もない場所。

「……なあ」

故に、立ち止まった俺の背中に同行者から困惑の声が向けられるのは必然だった。

「歩きだした方向の時点で妙だなとは思ってたが、本当にここが目的地なのか？　何もねえぞ、ここは」

「口を慎めヘクター。信仰なき貴様に、ジル様の崇高なるお考えが分かるはずもないだろう。そもそも、貴様とジル様では見ている世界が異なるのだ。貴様は黙って付き従っていれば良い」

「ああ？　テメェが口を慎めよクソ雑魚が。俺に指図するんじゃねえ」

「……」

――一人で来ればよかった。

そう後悔し天を仰ぐも、そこには澄み渡る青空しかない。どうしてこうなったんだろうかと、少し前の出来事を振り返る。


元々、俺は一人で教会勢力と顔を合わせるつもりだった。仮にも王である自分が国を離れるので、一応直属の配下である【レーグル】の面々に一報だけして。

すると、未知の勢力と接触するという言葉に一人の青年が反応を示した。

金髪に、茶色い瞳と目元のペイントが特徴の青年の名はヘクター。

第一部でジルが率いる【レーグル】の一角にして、白兵戦であれば【レーグル】最強の戦闘狂。戦いに行く訳ではないと言ったが、それでも気になるらしい。強者を求めて国を抜けた男だしそういうこともあるのだろうか、と納得した俺は暴れないことを条件にそれを承諾。ヘクターと共に教会に向かおうとしたのだが。

『お待ちください。であれば私も同行させていただきたい』

俺は悩んだ。

ヘクターなら教会勢力相手に万が一直接的な戦闘になっても、最高戦力が相手でもなければ生存可能だろうが、キーランは【加護】の特性的に正直微妙なラインだからである。

とはいえ、彼の忠誠心を見ているとこれを断って万が一恨まれたりしたらとても怖い。深い愛情が深い憎しみに変わることほど怖いものはない。不相応な力を持っただけで、小心者でしかない俺はビビってキーランの言葉を承諾した。それがいけなかった。

『貴様には信仰心がない』

『……は？』

顔を合わせた直後のキーランとヘクターの会話がこれである。

突如そのようなことを口走ったキーランに対して、当然ヘクターは困惑。こいつは何を言っているんだ？　という視線をこちらに向けた。

『……』

だが当然ながら俺も、キーランの言っていることは全く理解できない。

正直なところ信仰心ってなんだよ、以外の言葉がないのである。とはいえそれを言ったところでどうなるのか、キーランがどう行動するのか、全く読めない。よって、俺の選んだ選択は沈黙である。逃げたとも言う。

『見ろ。ジル様も貴様の信仰心のなさを嘆いておられる』

『いや、俺にはボスもお前の言葉が意味分かんねえから沈黙してるようにしか見えねえんだが？』

ヘクターの言葉はまさしく的を射ていた。

思わず俺が一度頷いてしまう程に、ヘクターは正しく真実を射抜いていたのだ。

だが、信仰心が頂点に達しているキーランは聞く耳を持たない。

『見ろ。ジル様も私の言葉に頷いていらっしゃる』

『いや、どう考えても俺の言葉に頷いてただろ』

『口を慎めヘクター。貴様はジル様のなんだ？　言ってみろ。貴様如きがジル様の思考を推し量り、代弁するなど烏滸《おこ》がましいと思わんか？』

『いや、それそっくりそのままテメエに突き刺さるんじゃやねえか？』

『口を慎めヘクター。私はジル様に信仰を捧げ、またジル様も私の信仰をお受けになられている。貴様とは違い私はジル様の代弁者としての権利を授かっているのだ』

『そんなことはない、と言いたげな顔をしているが？』

『口を慎めヘクター。貴様如きがジル様の思考を推し量ろうなど、不敬にも程がある』

『テメエのそれは構文か何かか？』

そんな会話が道中に何度も起きたのだ。

基本的に、ヘクターは戦闘狂な面以外まともな感性を持つ人間だった。それこそ、同僚が無礼であってもいきなり仕掛けたりしない程度には。

しかし、どんな人間でも流石に許容量というものが存在する。

俺をしてキーランの言動は度が過ぎていると思ったのだ。直接向けられたヘクターの内心は言うまでもない。


「大体な、信仰ってなんだよ。テメェは無神論者だったろうが」

「何を言う。神はここにいらっしゃる。ジル様こそが神だ。神を知った以上、その神に信仰を捧げるのは当然の理《ことわり》」

「……イカれてやがる」

「イカれているのは貴様だヘクター。今すぐにでも矯正してやりたいところだ」

「ハッ！　吠えたな！　良いぜ、ボスもお前には辟易してるだろうしよ！　帰ったら殺してやる！」

「ふん。信仰なき貴様の刃が、私に届く事はない」

二人の仲は最悪だった。

このまま放置していれば、殺し合いに発展しそうな程に。

（はあ……）

――故に俺は己の固有能力を発動し、その身に取り込んだ【神の力】を解放することで、二人の注意を強制的にこちらに向けさせた。

俺を中心に大地が陥没し、大気が震える。少し離れたところから、鳥の群れが逃げるように羽ばたいていくのを察知した。

(さて)

俺から溢れ出る神秘的なオーラは、大陸有数の強者である二人の間に流れる険悪な空気を吹き飛ばして余りあるもの。ジルの実力は間違いなく、現時点において大陸最強なのだから。

そんなジルが力を解放すれば、強者の側である二人は決して無視できない。

「……っ!」

「おお! 神!」

ヘクターが目を見開いてこちらを注視し、キーランが変態と化す一歩手前にきている。

後者を全力で無視して、俺は続いての工程に移った。

(教会勢力は、神話の技術を用いて自らの拠点を別次元に移している)

それは、現代では失われた神代の秘術。失われた秘術が故に、干渉することは不可能。だから本来であれば、現代人の方から教会勢力と接触するなど、無理難題なのだ。

(だが、この肉体は例外だ)

ジルの持つ固有能力。それは、神ならば例外なく有しているありふれた力——だが、それでも神々の【権能】であることに違いはない。

ジルが取り込んだ【神の力】の一部は、文字通り神々の力の一端でしかない——だが、それでも神々の力であることに変わりはない。

(固有能力だけじゃ神威が足りない。【神の力】だけじゃ神格が足りない。故に俺はこれら二つを同時に発動することで、本来であれば目視すら許されない境界線を、無理やり現実に実体化させる)

神話の技術。

確かにそれは、現代のそれとは一線を画《かく》すものなのだろう。理《ことわり》が異なる以上、干渉すら許されないのだろう。だがそれに、同じく神話の時代の力である【神の力】そのものが干渉できない道理はない。本来なら適切な手順を踏む必要があるそれを、俺は強引にこじ開けてみせよう。

(さあ、こい!)

突如、空間に現れた歪な線。それこそが現実と別次元を隔てる空間の境界であり、教会勢力の拠点への入り口なのだ。

キーランとヘクターにも見えているのだろう。二人の纏う空気の変化が、こちらにもはっきりと伝わった。

(実体化さえさせてしまえばこちらのものだ)

俺が境界線へと足を踏み出すと、体が境界線へと沈んでいく。

(さあ、ではご対面といこうか。教会勢力)

§

その空間に入って、まず思ったことは〝世界が違う〟だった。言葉では上手く表現できないのだが、根本からして世界が違うことだけは確信できた。

体が軽い。思考が冴え渡る。呼吸が楽。力が湧いてくる。

世界の変化に伴ってか自身の体にも変化があったが、それらは全て絶好調の言葉でまとめられる。

——間違いなく、前世も含めてこれまでで最高のコンディションだ。

(これは……)

なんとなくだが悟る。この空間の環境は、おそらく天界とやらに近い。

ジルの体は人間でありながら、しかし固有能力を筆頭に神々の要素も含まれている。それ故に、神々が住まう世界であればスペックが上昇するのだろう。

いや、上昇するというよりは、今の状態こそがこの肉体の本来のスペックに近いものなのかもしれない。いずれにせよこの環境にいる間は、単純な最大出力であれば同時間軸の原作のジルをも超えているだろう。

(成る程)

何故、世界を変化させねば神々が降臨しないのかが分かった。しないのではなく——そもそも、現世は神々が降臨すること自体が不可能な環境なのだ。

(この環境と比較すれば、現世は穢《けが》れているとすら思ってしまうな)

わざわざ快適な空間から、劣悪な空間に移動する物好きはいないだろう。今の現世は、神々にとっては人間でいうところの大気が汚染されきった区域といったところか。

だから神々は、世界が変化して神代に回帰するまでは降臨しなかった。自分達が降臨するに相応しい舞台の幕が降りるのを、彼らは待っていたということだ。

（ふむ。これは割と朗報なんじゃないか？）

この情報はつまり、俺がどれだけ対神々用の行動を取ったとしても、連中は妨害が不可能なことを意味する。それは、俺にとって朗報と言えるだろう。

（……いや、神々にとって快不快程度の違いか、降臨が可不可の違いなのかによって変わるな）

様々な可能性を考慮しながら暫し思考を巡らせ――【邪神】が現れても神々が降臨しなかった以上、おそらく後者だろうな、と結論づけた。

（しかし、ふむ、そうか。くく……）

百聞は一見にしかず、とはよく言ったものだと思う。

俺が教会勢力の立場だったとしても、大陸で暴れ回っていたジルや【レーグル】なんて放置して、ただ現れただけの【邪神】には討伐隊を編成して進軍するだろう。

何せ、あまりにもアレは異質だった。神でありながら、神々とは異なる存在という異常事態《イレギュラー》。そんなものを放置すれば、本当に世界が正しく変化してくれるのか不安にもなる。

武力面による脅威度の問題ではなく、異質面で【邪神】を脅威判定していたその意味を、その理由を、俺は理解した。

「……なんだこりゃ。若干体が軽い」

「……」

どうやらこの環境下では、俺から【加護】を受けている二人もある程度能力が向上するらしい。向上率は俺ほど高くないが、若干二人の存在感が増しているのを感じた。

（本当に若干ではあるが。まあ、万が一の二人の生存率が上がったと思っておこう）

それにしても美しい空間だな、と思う。

緑豊かなリゾート地、とでも言えば良いのだろうか。大地は芝生が生い茂り、視線を横に向ければ透き通って綺麗な川も見える。空は雲ひとつなく、降り注ぐ日差しも心地良い。

（とはいえ目を引くのはそいつらじゃないんだよな）

目を細めて、視線を正面へと移す。

視線の先に君臨するのは、巨大な建物。それこそ、俺《ジル》が居を構える王城よりも巨大だ。あの建物で一つの国として機能させているのだから、当然といえば当然だが。

「なんだあれ、デケェ」

「……」

「あれが私達の目的だ。いや、正確にはその中身がというべきか。いずれにせよ、今回の目的の第一段階には至った」

「つまり、あそこに強い連中がいるかもしれねえってことだな」

「戦いが目的ではない。まあ、貴様の望みは叶うであろうよ」

それこそお前より遥かに強い連中もいるからな、という言葉を飲み込んで一歩足を踏み出す――直前、金属同士の激突する音が耳朶《じだ》を打った。

「ジル様。お下がりください」

「……っ」

「いいねえ！　分かりやすい！」

一瞬の出来事だった。

先程まで背後にいたキーランとヘクター。二人は突如現れた襲撃者二人から俺を守護するように、前に躍り出ていたのだ。

キーランは短刀を用いて襲撃者の放ったレイピアによる一閃を防ぎ、ヘクターは拳でもう一人の襲撃者からの一撃を防いでいた。

それらの攻防は常人では視認することすら不可能な、本当に一瞬の出来事であり――常人を遥かに凌駕するジルの肉体スペックは、その全てを余裕で目視できていた。

(成る程、妙な感覚だ。時間で言えば一秒にも満たなかったんだろうが……その間の動作がはっきり見えている)

前世……といって良いのか分からないが、前世の俺では何も見えなかったに違いない。

何も見えないからこそ逆に涼しい表情を浮かべ、「今、何かしたか？　(知らぬが仏)」みたいな感じで謎のイキりムーブはできたかもしれないが、そんなものは直接戦闘に移行した瞬間に死亡が確定するので考慮するに値しない。

(自分以外の人間の戦闘の一幕を見たのは初めてだが……この程度であれば不意打ちにも対応できそうだな)

誰にも悟られないよう、内心でほっと一息。

今後自分が戦闘を行うことに関して僅かばかり不安があったが、これならなんとかなりそうである。ラスボススペック様様といったところか。

「貴様。ジル様に刃を向けるとは。その罪、死如きで償《つぐな》えると思うなよ」

「なあ、テメェらそれなりには強いよな？　けどテメェらが初手の襲撃ってことは……テメェらは下っ端か？　もしそうだとしたら……おいおいなんてこった。どんな化け物どもが奥にはいるんだ？　なんだおい！　大陸最強とか言われている国よりも、強いんじゃねえか⁉」

キーランから周囲を刺すような殺気が立ち昇り、それに負けず劣らずの戦意がヘクターから放たれる。それらに呼応するように、襲撃者達からも異様な空気が漂い始めた。

まさに一触即発といった状況。止めなければ、間違いなくキーランとヘクターは襲撃者達を殺しに掛かるだろう。その未来はあまりに、俺にとって不都合だ。

ジルの肉体と、万全な状態のヘクターやキーランとの実力差は掴めた。目的の一つは達したと言えるだろう。それも想定していたより、遥かに安全に。

上々な結果に満足しつつ、俺は口を開いた。

「殺気と戦意を抑えろ。私達は戦争をしに来たのではない」

声に僅かばかり【神の力】を混ぜながら、俺は四人に向けてそう言い放つ。俺の言葉を受けたキーランはすぐさま襲撃者から距離を取って短刀を収め、一拍を置いてからヘクターも拳を解いた。

「貴様達もだ。私達の登場は確かに無作法だったがしかし、これしか貴様達との接触を図るのに手がなかった事は、貴様達が一番理解しているであろう？　私達は何も、戦争をしに来た訳ではない。それは今の行動からも明白だ。その二人は、貴様達よりも強い。ここまで言われて察せぬ程、愚鈍ではあるまい？」

謝罪はしない。

下手《したて》に出たらナメられかねないし、事実として強引な手段以外でここに訪れる方法はないのだ。

不法侵入はしたが殺さなかったんだから誠意は見せただろ信用しろやとか完全にヤクザ的な発想だが、事実俺達は外じゃヤクザみたいなもんだし、現時点で俺達に出せる誠意はこれくらいしかないのである。

「……貴殿は」

「やめろアイク。それは我々の決めることではない」

「……」

「確かに、神代の技術を持ち得ない貴殿らではこの強引な手法しか取れないのは事実だ。しかし、それとこれとは話が異なるのは分かっていただこう。我々では貴殿らの処遇を決めかねる。上と連絡を取ってもよろしいか」

「許す。元より私は、貴様達雑兵と接触しに来た訳ではない」

俺達から少し離れて、何やら口を動かし始めた彼らの姿を見ながら、俺は一人内心で笑みを浮かべる。

順調だ。

流石に連中も初手からこちらを潰しにくるはずがないだろうという希望的観測もあったが、順調である。

所詮、彼らは雑兵。教会勢力が保有する戦闘要員の中でも多数いる最弱の存在だ。物語風に言うならば、モブキャラといった立ち位置の連中である。そんな彼らでも、小国を単騎で滅ぼせる世界有数の実力者であるキーランやヘクターと戦闘の座に立てる。大国相手に大立ち回りをした、【レーグル】との激突を可能にするのだ。

それが、教会勢力。インフレの幕を上げた、恐ろしい集団である。数も質も良い新勢力とかインフレ加速するに決まってるだろいい加減にしろ。

（まあ良い。さて、この後は交渉の席に着いて……）

ここまでは順調。だが、油断する訳にはいかない。この先に取るべき行動、発言その他を今一度確認するべく俺は思考を巡らせ——

「……」

「ジル様!?」

「チッ……！」

——刹那、首元に槍が突きつけられていた。

「……視えていましたね、私の神速を。そして、我が槍の軌道を。だからこそ、貴方は何もしなかった。……少なくとも動体視力と、胆力は常人の域を脱していますね」

だがその槍が、俺の首を貫くことはなかった。何故なら、俺に槍を突きつけた人物が、寸前で槍を止めていたからだ。

視界に映るその姿に、自然と俺は目を細める。

「成る程、強い。【神の力】に適合したその身は、本来只人《ただひと》の身でありながら〝神の血〟を引く私にも匹敵するか。加えて、どうやら【神の力】の本質に気づく聡明さも持ち合わせているようですね。神代の術の知識もなしに、境界を越えたのは伊達ではないようです」

知っている。俺は彼女をよく知っている。

ある種、【神々の黄昏《ラグナロク》】という作品のインフレの象徴みたいな連中の一人だったから。

「失礼いたしました。どうやら、貴方に対する認識を改める必要があるようです」

そう言って槍を収める銀髪の少女。

白銀の鎧を纏ったその少女は、凛とした青色の瞳でこちらを見やった後、静かに言葉を紡ぐ。

「我が名はソフィア。上の命により、貴方を案内させていただきます」

教会最高戦力【熾天《してん》】が一人――ソフィア。

インフレにも付いていける実績を持つ存在が、俺の目の前に立っていた。

§

【熾天】。

教会が有する最終兵器的な存在であり、実質的な最高戦力。

構成員の全員が神の血を引いており、【神の秘宝】と呼ばれるこの世界における最高峰の武具を装備し、おまけとばかりに神代の魔術をも操る彼女達の実力は、第一部の最強格であった【レーグル】なんぞ優に超える。

仮に彼女がこちらを排そうと動けば、おそらくキーランは【加護】を発動する間もなく即死。ヘクターなら【加護】の特性上即死はないかもしれないが、それでも最終的に死ぬという結果は覆《くつがえ》らないだろう。それ程までに隔絶した実力差が、両者の間にはあるのだ。

彼らの名誉のために言っておくが、決して彼らが弱い訳じゃない。ただ単純に、目の前にいる少女の性能が高すぎるだけだ。

つまり、相手が悪すぎる。

「貴様」

まあ、それは今は脇に置いておく。

現時点で重要なのはジルのキャラを崩すことなく、なおかつ穏便に事が済むように誘導することだ。

ジルというキャラは傲岸不遜であり、自分自身を絶対視している存在である。

そんな男が、突然槍を首元に突きつけられたことに対して何も言わないのはあまりに不自然。ともすれば「臆したか」と捉えられるかもしれないのだ。

キーランやヘクターは勿論、教会勢力もジルという存在のパーソナリティをある程度は把握している。である以上、キャラ崩壊は避けねばならない。全ては不可能だとしても、なるべく付け入る隙を残す訳にはいかないのだから。

なので、俺がどれだけ内心でビビるような事態が発生したとしても、それを表に出さないことも重要だ。今後の布石のためにも、な。

「この私の首元に槍の鋒《きっさき》を向けるなど、不遜に過ぎるぞ女。その代償、貴様の命一つで——」

言葉を長々と。それはもう長々と重ねる。もっと簡潔に「何槍突きつけとんねん死ね」で済ませば良いものをわざわざ難解かつ長ったらしくしているのには、実のところ理由があった。

第一に、そもそもジルがこのような口調をしているというもの。原作のジルはもっと簡潔な言い回しであることも多いのだが、まあ似たような口調だ。そこまでキャラ崩壊は起きない。それに、なんか難解な言い回しをしている方が賢そうに見える気がするのだ。既に頭が悪そうな思考なのは気のせいだと思いたい。

そして第二の理由なのだが、長々と語っていれば並列して物事を考えるのに非常に便利な時間稼ぎになるためである。この世界を生き抜くためには、脳死プレイなんて言語道断だ。そりゃあジルのスペックなら第一部の範囲であれば「ムカついたからお前の国潰すわ」みたいな脳筋俺様ムーブでもなんとかなってしまうが、何度も言っているようにそれだと第二部以降で保《も》たない。

なので慎重に物事を考えるのは必須。そのための時間稼ぎであり、そのための難解な言い回しだ。

幸いにしてジルの肉体は脳のスペックも人類最高峰なので並列して物事を考えるのは容易だし、回転速度も凄い。そして何より、元の俺では到底思いつかない範囲まで思考が行き渡るのが素晴らしい。至高の頭脳に原作知識による視野の広さも加わって、無敵に見える。操ってるのが俺なので全然無敵ではないが。

まあご覧のように色々と語ったが、結局のところ何が言いたいのかと言うと。

「この私の首元に槍の鋒を向けるなど、不遜に過ぎるぞ女（いくらなんでもソフィアがいきなり攻撃してくるのは不自然じゃないか？　それも、彼女の攻撃には手心があり、なおかつ寸止め前提のものだった。殺意が乗ってない寸止め前提の一撃……攻撃自体はパフォーマンスでしかない？　俺を試している？　教会勢力、その上層部のやり口はどんなものだった？【熾天】の中でも最も温厚なのが彼女だ。その彼女を派遣してきた以上、向こうも問答無用でこちらを排除しようと考えている訳ではない。つまり、話し合う余地は――）」

こんな具合で、長々と喋っている間にめちゃくちゃ考えているのである。

「……その件に関しては謝罪を。しかし――」

「ふん。私を侮るなよ女。貴様の行動の意味程度、理解できていないとでも思ったか？」

頭を下げ、続きを言おうとしたソフィアの言葉を遮るように俺は口を開く。

ギリギリだった。ギリギリだったが、意図は掴めた。

このままソフィアに説明させても良いが、彼らの意図を懇切丁寧に説明してあげる方が俺の実力を示すパフォーマンスとしては良いだろう。

推理が思いっきり外れていたら恥ずかしいが、ジルの無駄に高性能なスペックをナメるな。この後に彼女の口から紡がれる言葉を、口の動きから察する程度容易いこと。その結果を俺の推理と照らし合わせてしまえば、物事の正解不正解が分かるのは道理。

まあようは、カンニングである。

そしてカンニングした結果分かったが、俺の推理は間違いではないはず。多分。きっと。もう少し彼女の言葉を遮るタイミングを遅くしても良かったかもしれない……などと思っていない。

「行動の、意味?」

俺の言葉に対して「意味が分からん」といった風に眉を顰《ひそ》めるヘクター。それはキーランも同様なのか、殺気立った瞳でソフィアを睨んでいた。殺気立つ彼《キーラン》の内心は……あかんやつやこれ。

「然様《さよう》」

キーランが先制で動いたら間違いなく事態がめんどくさくなるので、俺は内心慌てて口を開いた。

彼の【加護】は、初見かつ先制で発動さえすれば神々をも斃す可能性を秘めている。普通に考えれば【熾天】の不意を突くなんてキーランの実力では不可能なのだが、向こう側の注意が俺に向いていて、なおかつ敵意がないこの状況であれば、可能性はある。

教会勢力を相手に、【熾天】を殺害するという最悪の形で宣戦布告をする。そんな恐ろし過ぎる未来は、なんとしてでも回避しなければ。

「私の実力を測る目的もあったのだろうが――同時に、私がこやつらに対して本当に戦意がないのかを確かめる意図もあったのだろうよ」

「……失礼ながらジル様。それに関しては取るに足らぬ雑兵を相手に矛を収める事で示したのでは？」

キーランの言葉は尤もだろう。こちらを襲撃してきた二人を相手に穏便に事を済ませてやったのだから敵意はない。それは当然の理屈だ。理屈なのだが。

「然様。貴様の言葉に誤りはないぞ、キーラン」

「では――」

「そう。貴様の言葉通りそこな雑兵らは……あまりにも、貧弱に過ぎた」

戦力的に考えると、ジルにとって襲撃犯二人を殺すなんてのは蟻を踏み潰すのと大差ない作業である。つまるところ、ジルが教会勢力を相手に戦争を吹《ふ》っ掛《か》ける気であったとしても全く障害にならないのだ。そんな連中を見逃したところで、こちらに戦意がないことの証明になるかと言えば難しい。単なる気まぐれと思われるか。あるいは大局を左右する事態にはならないと判断したから、俺が雑兵を見逃した可能性を考慮するだろう。

「故に、教会最高戦力の一角たる貴様を用いて私を試した。殺意を纏わず、貴様は槍を振るった」

俺がソフィアの槍を全く見切れないのならそれで良し。いざという時に、武力による制圧が可能ということの証明になるから。

逆に俺がソフィアの槍を見切れた場合、その場合の反応が重要になってくる。即ち、殺意のない攻撃に対して、俺がどう対処してくるのかが。

「殺意なき刃に対し、私が暴力をもって返答するか否か。貴様らが知りたかったのはそこであろう？　私という存在は、理性なき獣か。それとも、理性を有する存在なのか。貴様らは先の一撃で、私を試した」

槍の軌道を完全に見切れていて、なおかつ殺意がないことも把握しているのだ。そんなもの、もはや攻撃でもなんでもない。子供の遊びに等しい行為だ。それに対する返答が殺意のある攻撃であれば、俺に戦意ありと判断するつもりだったのだろう。

とはいえ、槍は槍だ。殺傷能力を有する攻撃である以上、反射的に反撃の手が出る可能性は向こうも承知済みのはず。だから反射的な反撃である場合は戦意なしという判断をしてくれただろうが……やってることはある種の当たり屋だなこれ。ひでえ。

はっきり言って、原作知識で教会勢力への造詣がなければ多分彼らの意図を瞬時に推理なんてできなかった。いくらジルの脳のスペックが高いとはいえ、前提として、その脳を活用するための発想には至っておく必要はあるのだ。

データベースが優秀でも、データを検索する方法や検索する事柄を知らなければ意味がない。推理の原点として必要なのは、俺自身の能力なのである。

なのである意味俺が一番警戒しているのは、情報が全く存在しない最強系オリ主くんのご登場だ。俺という存在がある以上、あり得なくはないのだから。

「くくっ、随分と陰湿な手口だ。だが、効果的ではある。それなりに頭が回るな？　尤も、私には通じぬが」

あえて、最後の部分を強調してそう締めくくる。

これ以上こちらを試す真似すんなよこのやろーという意思表示であり、この肉体の有する力は武力だけではないということの訴え。

なお、小心者である俺の本心が土下座しながらこれ以上は勘弁してください状態であることは、言うまでもない。

「慧眼《けいがん》、お見事です」

そんな俺の魂の訴えを聞き終えて、ソフィアは柔らかく微笑む。微笑んで、言った。

「ですが貴方の行動が、それらを見抜いた上での行動という事実を明かしたのは悪手ではないでしょうか？　それでは貴方に戦意がないことの証明を翳《かげ》らせてしまう。こちらを欺くために、貴方が芝居を打っている可能性を考えさせてしまいますから」

「くだらん戯言はよせ。元より絶対的な証明が不可能などという事は、貴様達も承知しているであろうに。それにくだらん小細工を今後も弄《ろう》されては、本来であれば荒立つことのない波も荒立つというもの。これは警告であり、慈悲だ。これ以上、私を失望させてくれるなよ」

そう言って俺は鼻を鳴らし、

「何せ本来であれば、私を試そうなどという不敬を見逃す事はないのだから」

いつもより多めに【神の力】を解放し、威圧するように言葉を放つ。

俺を中心に周囲に拡散していく神威に耐え切れず襲撃者二人は膝を突き、軽く身を震わせたヘクターの額から汗が垂れ、キーランは……見たくない。なんだ、なんで服を脱ごうとしている。お前はどこに向かっているんだ。

「――が、許そう。此度《こたび》の件に関しては、我々の無作法もある。加えて弱者が懸命に知恵を振り絞る様は、それなりに愉快な催しだ」

キーランを思考の外に追いやり、俺は【神の力】を抑える。

ある程度の警告と、俺の有する力の一端も示した。こちらから仕掛けるつもりは毛頭ないが、しかしそちらの出方によっては、武力による制裁も辞さないぞという意思の表明。

「ええ。上も把握したでしょう。これ以後、貴方を嵌めるような真似はしないかと」

俺の神威に全く動じず笑みを絶やさなかったソフィアに対して、やはり【レーグル】と【熾天】の間に隔たる実力差は大きいかと痛感する。この実力差とは即ちインフレの増大値であり、早急になんとかしなければならない要項であることを改めて実感できた。

特にキーラン《変態》を視界に入れていても一切動じない胆力など、これこそが俺の目指すべき一つの極致なのではないだろうかと深く考えさせられる。いやそこはどうでも良いんだよ。

……それにしても「上も把握したでしょう」か。成る程、やっぱ監視の目は付いているんだな。

当然と言えば当然だが、俺とソフィアのやり取りは教会上層部が直接監視しているらしい。それはつまり試験官はソフィアだけではないということで、その上で彼女が矛を収めている以上、交渉の席には着けたと判断して良いのだろう。

「では、中へとご案内いたします。そこで、貴方がたの目的を聞かせていただきますので」

そう言ってこちらに背を向け、歩き始めた彼女の背中をなんとなしに眺めた。

……中で残りの【熾天】が待ち構えていて、一斉にこちらに向かって攻撃を開始する可能性は存在する。

だが流石にそれは、いくらなんでも回りくど過ぎる。それをするくらいなら今ここで、俺達を袋叩きにするだろう。敵意がないことの絶対的な証明が不可能なのはこちら側にも言えることだし、ある程度のリスクを背負わないとどっち道この先の未来で死ぬのだ。

それに何より、自身を絶対視しているジルが警戒心を募らせて立ち止まるなど、彼の取る行動として相応しくないだろう。故に俺はキーランとヘクターに目配せをし、二人を引き連れて彼女の後を追うように、堂々と足を動かすのだった。

§

——時は、俺が教会に乗り込む前にまで遡る。

俺は、書斎で腕を組みながら思考を巡らせていた。

(教会勢力と接触を図る前に、やっておくべきことがあるな……)

俺がやっておくべきこと。それは、自分の実力を知っておくことだ。

万が一戦闘することになった場合、力に振り回されて自爆するという無様な結末や、俺がビビっちやって動けなくなる……みたいな事態は避けたい。なので、自分がどれだけの戦闘力を有しているかを把握する必要がある。そのために必要なものはズバリ、対戦相手だ。

可能であれば同格の存在との対人訓練を望みたいが、ジルと同格の存在なんて、ジルの配下に存在しない。いやそれどころか、この大陸の中にだって存在しない。

この世界には列強国と称される四つの大国があり、各国にはそれぞれ突出した実力者が君臨している。

【氷の魔女】。
【騎士団長】。
【龍帝】。
そして、【人類最強】。

彼らこそ、大陸の頂点に位置する者達。大陸の覇権は、彼らが握っていると言っても過言ではない。

しかしそんな彼らでも、ジルと同格ではない。何せ大陸最強国家と謳われている大国所属の【人類最強】でさえ、ジルを倒すには至らなかったのだから。

まあ別に、自分の実力を知るだけなら格下の人間を相手にしても問題ないだろう。それこそ、大陸有数の強者揃いの【レーグル】なんて俺の実力を測るのに都合の良い存在かもしれないが——万が一殺してしまった場合はとても不都合なので、なしである。

ならば他国の人間を……とは一瞬考えたが。

（ここで俺が悪目立ちをした結果、万が一【神の力】を集めるのに支障が出たら俺《ジル》の強化が不完全に終わる。その状態で神々の相手をする？　無理に決まってんだろ……）

【神の力】を全て取り込んだジルでも勝てない神々の相手をする予定だというのに、【神の力】を全て取り込むことができなければどうなるかなど自明の理《り》。

だから俺は、慎重に行動する必要がある。

（となると、魔獣なんかを倒して力を試すのが手っ取り早いか？）

国の外に出て、人類の活動圏外に行けばそれこそ魔獣を狩るには困らないだろう。だがそうすると冒険者とエンカウントする可能性が浮上するし、場所によっては【騎士団長】や【龍帝】辺りと予期せぬ接触が起こる可能性もある。

そうなってくると非常に面倒であるから――いや待て、そうか。魔獣か。

（ちょうど良い奴がいるじゃないか）

頭の中に、【レーグル】に属するとある男を思い浮かべる。性格に難のある人物だが、それでも上下関係が成立しているのは把握済み。

であれば、利用しない手はないだろう。

§

「ジル殿。何故私は呼び出されたのかね？」

ジルの前に、一人の年若い見た目の男が立っていた。

縁のない丸眼鏡をかけ、白衣を纏った紫色の髪を持つ男――名を、セオドアという。

その見た目から連想させるイメージ通り、彼の直接的な戦闘能力はあまり高くない。あくまでも研究者でしかない彼は、肉体的には【レーグル】の中で最弱といっても過言ではないだろう。

にも拘らず、セオドアに臆した様子は見受けられなかった。その慇懃《いんぎん》無礼《ぶれい》な態度をキーラン辺りが見れば激怒しそうなものだが、しかしジルはそれを咎《とが》めることなく口を開く。

「なに、貴様の【加護】を試したくてな。遠慮はいらん。私を殺すつもりで【加護】を使え」

そう言ってセオドアに背を向け、距離をあけるために歩き始めたジル。眼鏡の奥からその背中を眺めつつ、セオドアは眉を僅かに顰《ひそ》める。

（……今更私の【加護】を試したい、か）

セオドアは優秀な研究者だ。それこそ、自らの肉体を弄《いじ》ることで老化を抑えている程度には。しかしその優秀さと大胆さ故にか、危険思想を持ち合わせている可能性があるという理由で投獄された過去を持つ。

だが、ジルにとっては危険思想を有しているかどうかなんてどうでも良いことだった。大事なのは、使える人間であるかどうかという一点のみ。

故にセオドアの頭脳を評価したジルは、彼を牢獄から引きずり出したという経緯がある。その際に、彼は【加護】を付与されたのだ。

（その時は私の【加護】に関しては興味がなかったはず。彼が必要としていたのは私の研究者としての側面であり、【加護】の能力に関してはなんの興味も懐《いだ》いていなかったはずなのだがね……）

まあ別に、【加護】を試されること自体は問題ない。いやそれどころか、【加護】を用いた実験ができるのでセオドアとしても好都合だ。

（……城の地下にこのような広々とした空間がある事を知れたのも好都合。今後は、ここで実験をさせてもらおうか）

そこまで思考をまとめた彼は、ゆっくりと【加護】を発動する。

彼とジルの間の空間に紫色の魔法陣が展開され、そこから夥《おびただ》しい数の蛇が飛び出し、波となってジルに襲い掛かった。

【天の悪戯《フヴェズルング》】。

それが、セオドアの有する【加護】の名前。その能力は条件を満たしたあらゆる魔獣神獣を複製、召喚し、使役するというもの。彼はこの【加護】を使って召喚した魔獣や神獣を解体し、研究に研究を重ねていた。外に出て捕獲するなどの手間が省けるので、重宝していることは言うまでもない。

そして今回彼が召喚した魔蛇は、元々は強力な毒を持つだけの魔蛇だった。それにセオドアが直々に改造を施した結果生まれたのが、今回召喚した特異個体の軍勢であり、その牙には彼が調合した自然界には存在しない猛毒が秘められている。

そんな魔蛇が視界を覆い尽くす程に召喚され、襲い掛かってくる地獄。屈強な兵士であろうと死が避けられない最悪の事態に、しかしジルは一切の抵抗を見せなかった。

「ふん。魔獣か。で、あれば……これで終わるぞ」

否、抵抗を見せる必要がなかったのだとセオドアは瞬時に悟った。ジルを呑み込もうとしていた蛇の波が、ジルへと触れる直前に不自然な動きで割れる。

（……なんだ、今の現象は。魔力で構成した障壁？　いや、それならば私のこの眼鏡に映し出される。では【神の力】とやらで構成した障壁か？　いや、【神の力】の発動前には特殊な力場が放たれるはず）

不可解かつ未知の現象だ。

それを見たセオドアの頭脳が、高速で回転を開始した。

（私に【加護】を与えた彼がそれに類する、あるいはそれを凌駕する力を使えるのは道理。あらゆる物質や現象からの干渉を弾く〝何か〟を展開したのか……？　いやそれは違うな。そうだとすれば、彼の周囲の酸素濃度の数値や重力などに異変があるはず。そもそも彼は『魔獣ならこれで終わるぞ』と言った。ならば、それ以外なら話は変わるということか？）

ジルが眼前に手を翳《かざ》し、口を動かす。

途端。大地を炎が奔《はし》り、無数の蛇を燃やし尽くした。

「流石、と言ったところか。ではこれはどうかね？」

炎が消え去った瞬間を見逃さず、セオドアはジルの両隣に巨大な猪を召喚した。その猪が纏っているのは――セオドアが【加護】を発動した時に生じる魔法陣と同質の力。

巨大な猪は標的《ジル》を見据えると雄叫びをあげ、その脚をジルに向かって振り下ろした。

（【加護】を付与した神獣の一撃。その一撃はかの王国の騎士団中隊長に支給される防具ですら軽々と踏み抜くが……）

それはこの世界に存在する大半の防具、魔術障壁、結界を打ち破る一撃。

大地をも穿つ暴威に、しかしジルは――。

「……ジル殿。君は、本当に人間かね？」

ジルは、その両の手で神獣の一撃を受け止めていた。足元は深く陥没している。それこそ、ジルの膝下まで覆い隠す程に深いクレーターが出来ている。

だが、ジルの涼しげな表情は変わらない。苦悶の声をあげる神獣を軽く見据えたジルは、ゆっくりと口を開いた。

「早々に【□□□□□《アースガルズ》】に通じる攻撃に切り替えたか。その分析力……やはり貴様の頭脳は優秀なようだな」

そう言って、彼は二体の神獣の脚を握り潰す。

鮮血が豪雨のように降り注ぐが、しかしジルの姿は既に神獣の上にあった。

（……音速の十倍であろうと容易に感知する計測器でも彼の動きは一切捉えられないか。加えて魔力感知にも反応なし。つまり、魔力による身体強化は行っていないという事。……ふむ。純粋な身体能力だけでこれか……天は彼に二物を与えたようだ）

そして次の瞬間、二体の神獣はその身をプレスで押し潰されたかのように叩き潰された。

ジルの腕を振り下ろしたような姿勢から推測するに、ジルは中空から神獣を殴ったのだろう。だがどれほどの力で、どれだけの速度で拳を振り抜いたのかが、全く読み取れない。

「……ここまで私がした程度の事であれば、【騎士団長】や【氷の魔女】といった大陸最強格でも容易いぞ。セオドア。貴様の【加護】の完成度は、その程度か？　大陸最強格の本気の一端も引き出せない程度の成果で、この私を満足させられるとでも？」

さらりと「自分は世界の頂点に位置する人間達と同格以上である」と告げたジルに、しかしセオドアは驚きを示さなかった。

魔獣や神獣を、それこそ下級であれば無限にも等しい個体数を召喚できる【加護】。そんな常識外れな力を簡単に付与してくるような存在なのだから、世界に名を馳せる稀代の天才達と同じかそれ以上の領域に立っているのだろうと、元より推測していたからだ。

（……成る程、ジル殿）

そんな彼の眼鏡が、怪しげに光る。

そして次の瞬間、セオドアの背後に神々しい光を纏った巨大な狼が召喚されていた。

「……それは」

そしてそれを見た、ジルの目が薄く細まる。

そんなジルの様子に何を思ったのか、セオドアは白衣のポケットに両の手を突っ込み、微笑みを浮かべながら言葉を紡いだ。

「くく……なに、これも神獣だよ。だが、現代には存在しない神獣だ。太古の時代には存在したかもしれない……そんな、ほとんど架空の存在と言っても過言ではないものだがね。研究に研究を重ね、なんとか再現したと言ったところか。……とはいえ、推測でしかないが本来のそれと比較すれば矮小だ。この大きさでもおそらく幼体なのだろうが、幼体としても本来のそれに遠く及ばない。不出来な存在だ」

これが文字通りの、セオドアの切り札。本来であれば「未完成なものを世に出すのは嫌だ」という理由で、この世界に顕現するはずがなかったはずの怪物。だが、セオドアはこれを呼び出した。

これは、伝説の一端でしかない。神の基準で考えれば、大したことのない完成度の獣でしかない。

だが、それでも只人の身で神話の一端を再現したという事実に変わりはない。

教会勢力が見れば目を剥くような事態が、この小さな空間で起こっていた。

「────ツッッ！」

神狼《しんろう》が遠吠えをあげた。

空間が震撼し、大地がヒビ割れる。

この空間とセオドアにはジルが防壁の魔術を張っているが、しかし世界の許容量を超えた力に空間が悲鳴をあげていた。

「……！」

そして次の瞬間、神狼とジルが衝突する。

両者のぶつかり合いで発生した衝撃が空間を蹂躙し、余波の爆風が防壁ごとセオドアを吹き飛ばした。

(……ッ！)

吹き飛ばされたセオドアだが、しかしジルの手によって展開されていた防壁のおかげで痛みはない。

セオドアは即座に轟音が鳴り響く箇所に視線を向けるが、彼に見えるのは両者の激突によって発生する余波だけだ。

(……なんという事だ)

雷撃が迸《ほとばし》った。炎の渦が立ち昇った。ドーム状の衝撃波が形成され、大地が砕け散る。謎の力場が発生しているのか、眼鏡が何も映し出さない地点まで存在していた。

(まさに、神話の再現……)


これがもし、結界がなければ。

これがもし、外で行われていれば。

文字通り、世界が揺れる新たな歴史の一幕となっていたに違いない……とセオドアはもはや機能していない計測器を横目に確信する。

神狼を戦わせたのは初めてのことだったが、噂に聞く【騎士団長】や、【禁術】を行使する【氷の魔女】をも上回る戦力のはずだと推測している。それは神狼を世界に放てば、間違いなく大陸の勢力図が塗り変わる災害であることを意味していた。

だというのに。

（ああ……）

だというのに、セオドアの胸に去来するのは、有り余る空虚さだけだった。

（ああ……なんと……）

一瞬だけ見えた、ジルの顔を脳裏に浮かべる。

この実験を地上で行っていれば、大陸の地図を書き換える結果になるのだろう。そう思わせるだけの規模の戦闘を繰り広げながら――しかし、かの王の顔色は何も変わっていなかった。

「……」

体感では何時間も経過した気分だった。しかし、現実には数分も経っていない時間だった。

「――」

神狼の動きを封じたジルが詠唱を始める。

それは、神の領域に至った天才と称される術師でもなければ、到達不可能とされる超次元の魔術。扱える術師はそれこそ歴史の中でも数える程しかいないであろうそれを、しかしジルはなんの準備もなしに、瞬時に行使できる。

「……」

別に、魔術のみを極めようとしている人間でもないだろうに。彼は歴史に名を残すような超絶一流

の魔術師が到達できる次元を、軽々と凌駕する。あらゆる面において人類最高峰の才能を有している

その規格外さに、セオドアは思わず笑っていた。

そして。

「……」

音が飛んだ。

視界が白く染まった。

やがて光が止んだ世界にいたのは――即ち、勝利したのはジルであり、世界から消滅することで敗北したのは神狼。

しかも、ジルは無傷。

上半身の服こそ消失しているが、おそらく肉体にダメージはほとんどない。つまり、先の戦闘では彼の本気を引き出せなかったのだろう。

それを見て。

「……」

それを見て、セオドアは思う。

(……不出来とはいえ、神代の一端を掴んだと思っていたのだが。それすら上回るか)

そして眼鏡を怪しく光らせ、

(君の肉体に、興味が湧いたよ)

その口元に、弧を描いていた。

§

（セオドア……お前、あんなもん召喚できたんか……）

あの狼。おそらく数多くのバトルファンタジー作品に出てくる某神殺しの牙を持つ狼――フェンリルの未完成体である。元々のスペックも非常に高いのに加えて、神々への特攻効果を持つ牙の一撃。当然ながら、自らを殺傷し得る可能性を有する存在にジルも肝が冷えた。

（単純なカタログスペックならこの肉体より低いが、【神の力】への特攻的な性質でもあるのか常時ダメージが入ってきたのが面倒だったな）

しかし、とジルは思う。

あの神獣が完成すれば、神々に対する切り札の一つになるのではないか、と。

「……」


――頑張れセオドア。超頑張れ。

この日、セオドアの研究室に回される予算が大幅に増した。

§

「では、ご用件をお伺いいたします」

談話室に通され、机を挟んでソフィアと向かい合う形で俺はロングソファーに腰を下ろしていた。

俺の背後に付くような形で、ヘクターとキーランは起立している。

大の男二人から見下ろされ、正面には第一部のラスボスであるジルが座しているなど、尋常ではない威圧感を抱いて仕方がないはずだが——ソフィアは至って平静。

（流石は【熾天】……といったところか）

机には紅茶の注がれた湯気が立ったカップが置いてあり、そこから香る匂いは……普段俺が愛用している紅茶のそれより美味しそうな匂いだった（語彙力低下）。

「……」

謎の敗北感が、俺を襲っていた。

ジルの飲む紅茶は間違いなく一級品のそれで、元の俺では味わう機会なんてない代物だった。なのに、教会勢力はその上を行くらしい。

神代の技術が為せる業《わざ》はこんな細かいところにも行き届いているのか流石はインフレ——などという心底どうでも良い思考を打ち切り、俺は口を開く。

「単刀直入に言う。【天の術式】……私はそれを知りたい」

俺が教会勢力との接触を図った最たる理由。それは、神代の魔術の知識を得るためである。

神代の魔術は【天の術式】という特別な術式によって行使される。ただの人間の魔力では発動できず、【神の力】そのものや神の血が混ざった結果【神の力】に近くなった動力源を用いてでしか扱えない。

現代において【天の術式】は魔術大国に存在する術式以外は残されておらず、その術式にしても【禁術】として魔導書ごと封印されている。

とはいえ、魔術を極めたいと考える魔術師は魔術大国では後を絶たない。貴重な魔導書を完全に封印しようものなら、バッシングの嵐になることは言うまでもない。

故に特級魔術——最高難易度の魔術——を会得した者にのみ魔導書の閲覧を許可しているのだが、その悉《ことごと》くが廃人と化しており、術を学ぶ学ばない以前の問題であるというのはかの大国上層部にとって周知の事実だ。


あの国が軍事的に一歩劣る扱いを受けていたのは確実にそれが理由だろうなと思う。

特級魔術の会得なんてそれだけで歴史に名を残す偉業だというのに、それを身につけた稀代の天才術師達は全員が全員魔導書を読みに行って廃人になるのである。

特級魔術という魔術における最終奥義なんてものを身につけるのは、魔術を極めること以外に興味がない連中ばかりなので当然と言えば当然の結果なのだが、上層部は頭を抱えていたことだろう。

国としては特級魔術を身につけた人間は戦力として動かしたいのだろうが、しかし本人達がそれを拒絶する。無理やり動かそうにも、自意識を持って「お前に向けて飛んだろか？　ああん？」と脅しをかけてくる核ミサイル相手に命令を下せる人間はいないだろう。

また、超級魔術にまで至る術師も大半が特級魔術やその先にある【禁術】を見据え研究などに打ち込んでいるので、結果として戦力に使える俗物は大半が上級魔術の使い手となり、魔術大国は大国でありながら大国の中では一歩劣るとされていた。

……まあ【氷の魔女】とかいう例外中の例外が登場し、その結果として他の大国に並ぶ地位に成り上がるのだが、彼女は多分薄く神の血を引いているのだろう。その辺の設定は明かされていないが、そうでないと辻褄が合わん。

ちなみに【氷の魔女】が【禁術】を会得した結果、特級魔術を身につけていないのに強引に魔導書を閲覧しに行って廃人になる人間が増えたらしい。可哀想。

まあ、例外の話をしても仕方がない。とにかく神代の魔術というのは現代では失われた秘術であり、仮に残されていたとしても人間には扱うことができない特別かつ強力な力なのだ。

では何故そんな術式が編み出されたのかというと、神代では【神の力】のようなものが極少ではあるものの大気に混ざっていて、それ故に当時の人間は誰でも神代の魔術を扱えたからである。呼吸をするたびに、【神の力】をその身に取り込んでいるといったところか。

故にむしろ当時は神代の魔術が主流、というかそれしかなかったのだ。現代の魔術が生まれたのは、神代が終わったことで大気に含まれる【神の力】が消——閑話休題。

とにかく、【神の力】を取り込んだジルは理論上、神代の人間に近い。ならばこの肉体が【天の術式】を扱えないなどという道理はなく、俺は神代の魔術が使えるはず。

……考えてみると神代って恐ろしいな。あの時代は【熾天】みたいに神の血を引いてるか、ジルみたいに【神の力】を取り込んだ人間しかいなかったのか。

降臨した神々から「今の人間……いらなくない？」みたいな扱いを受けるのもある意味納得ではある。とはいえ俺は死ぬ気は毛頭ないので存分に抵抗し、逆に神々を亡き者にしてくれるが。

とまあ長々と話したが、俺が言いたいのは神代の魔術はとても強いから是非とも身につけたいという一点に尽きる。魔術では不可能なことも、神代の魔術では可能とされている点も魅力的だ。

特に、【神の力】を動力源とする力というのは重要だ。打倒神々を掲げるにおいて、【神の力】を用いた技は必須なのだから。勿論、ただで教えてもらえるだなんて思っていない。そのための手札はきちんと用意してある。

「【天の術式】。つまり神代の魔術を知りたい、ということですか」

そんな俺の内心なんて当然知らないソフィア。彼女は俺の言葉を受け、顎に指を添えた。

「……包み隠さずに言うと我々教会は、貴方という存在に期待を抱いています」

期待。

教会勢力の基本方針は「神々以外どうでも良い」であり、神々以外に期待を抱くというのは本来、理《ことわり》に反すると捉えられてもおかしくない。

いやそもそも、教会勢力はおおよそのシナリオを知っているという前提がある。つまり、ジルの存在がある種の舞台装置でしかないことを把握しているのだ。

だというのに、彼女らは期待を抱いていると言う。

「本来、我々と貴方の邂逅はあり得ないものです。ご存じの通り、この空間は貴方がたの世界とは異なる次元に位置するもの。貴方がたの世界で失われた神代の魔術なしにはこちらへ干渉できない以上、存在を認知することすら不可能――だというのに、貴方は迷いなくこの空間へと訪れた」

そう言って、ソフィアは凛とした瞳でこちらを射抜く。

「あり得ない。そう、あり得ないのです。それこそ、異なる視点を持つ者でなければ」

「……」

その言葉に。

「……」

その、ジルという存在の特異性を見抜いているかのような言葉に――俺は、内心で口元に弧を描いた。

（思惑通りだ）

彼女の言う通り、本来、大陸の人間には教会勢力なんて存在を認知することすら不可能なのだ。何せ、教会勢力は歴史にすら存在を残していない勢力。現世とは根本的に隔絶した軍勢なのだから。

現世にも神々を信仰する集団は確かに存在する。それこそキーランが元々いた小国なんかはそれに該当するし、ジルの国もジルが支配する以前はそうだったはずだ。その他にも、神々を連想させる代物は少なからず残されている。例えば魔術大国にいる【氷の魔女】は先も言ったように神代の魔術の使い手だし、【人類最強】は【神の秘宝】をその身に包んでいる。

だが、そんな集団とも教会勢力は一切繋がりを持たないし、痕跡を一切残していないのだ。なんなら真に神々の思惑を知らない彼らを見下してさえいる。

つまるところ、教会勢力を知る手段なんて普通に考えて存在しないのだ。それこそ、超常の存在でもなければ。

（おそらく、教会の中でも意見は割れているだろうが……）

おそらく、上層部の一部ではこんな意見が出ているはずだ。

――ジルという男は、新たな神ではないか？　あるいは、神がその身に降りた存在なのではないか？　最低でも、神と何らかの繋がりがあるのではないか？

前者は不敬、異端、そう思われる可能性の高い考えだが、しかし後者の二つであればないとは言い切れない。

神々が神々の肉体では現世に降臨できないというのであれば、人間の肉体を借りて現世に降臨するかもしれないという可能性を考慮するのは当然の理屈。そもそも、万が一ジルが【神の力】の封印を解いてその身に取り込まなければ現世は天界に移り変わらないなど、不確定要素が大き過ぎるだろう。ガバの発生要因は減らすに限る。

であるからこそ、ジルが【神の力】の封印を解くよう神々が何かしらの細工を施す可能性は十分に存在し、その可能性の一つとして神々による肉体への憑依などがあげられるのは、あり得ない話ではない。

そしてそうなってくると、無下《むげ》にはできないのが信心深い信者達というものである。

神々を第一に考えるからこそ、神々に深く通じる可能性を有する俺の要求を拒絶できない。

ある程度思考を誘導する必要があると考えていたが、流石教会上層部だ。まさかもうその可能性に自ら至っているとは。

(手間が省けた。好都合だ)

紅茶のカップに口を付けながら、俺はソフィアが再度口を開く様を眺め、

「故に、我々の中でこういった意見が出ました——即ち、貴方は現世に現れた、真なる同志《信者》なのではないかと」

どうしてそうなった。

「貴方が抱くのは真なる信仰。現世にいる人々とは異なり、【神の力】に触れた貴方は、真なる信仰に目覚めた。そしてその結果真の同志である我々のもとに辿り着いた——違いますか?」

ドヤ顔でそう述べる美少女。大変可愛らしいのだが、それが教会勢力の総意だとするならばお前ら知性を捨てたのか? と問い質《ただ》したくて仕方がない結論だった。

「やはり神への信仰こそがこの世界における数少ない絶対性。たとえ真実を知る機会や術《すべ》がなくとも、貴方は信仰に辿り着いた……素晴らしい」

そう言ってこちらを慈しむような視線で見てくるソフィア。目潰ししてやりたくて仕方がない。

「なんと……」

「まさか、それほどまでの信仰心をお持ちだとは……」

ソフィアの背後で絶句し、畏敬の念を込めた視線を送ってくる雑兵二人。俺が一番絶句してえよ。

「ボス……アンタ、狂信者だったのか？」

ヘクター。お前は今どんな顔をしている？　なあ、ヘクターよ。お前俺をキーラン《変態》と同一視してたりしないだろうな？　なあ？

「同志を相手に、知識を授けるのは当然の理屈です。同志ジル。貴方ならばいずれは【熾天】の座に着くことも夢では——」

くそ、どうする。

俺はぶっちゃけ神代の魔術を得られるなら信者ムーブをしても構わないと言えば構わないが、ジルとして生きる以上、今後に色々と問題が生じる。てかもう呼び捨てにしてくれるのかよなんか嬉し
……いや違うそうじゃない。

この場に俺は不要。必要なのは私《ジル》だ。

どうする。どうすれば軌道を修正できる？

自分から「俺が神だ」なんて言うのは論外だ。これは相手が俺を「神に連なる存在ではないか？」という思考に至るからこそ使える技であり、俺から言いだしたら戦争待ったなしである。

そんな風に思考を巡らせている時だった。

「……先程から聞いていれば」

俺の背後から、怒気の篭った声が響く。

「何、を……？」

不審なものを見るような視線を俺の背後に送ったソフィアだったが、しかし次の瞬間には俺の足元へとその視線を移した。

「キーラン、貴様」

「お言葉ですがジル様。もはや私は限界です」

いつの間にか、キーランは俺の足元にいた。

足元で、膝を突いて首《こうべ》を垂れていた。

「女。ソフィアと言ったか。我が主人への不敬。これ以上は見過ごせんぞ」

「……ジルの配下の方ですか。貴方は信仰を抱いていないのですか？」

「信仰？　そんなもの当然、抱いているに決まっている」

「でしたら――」

「――そう。私の神はただ一人。この御方、ジル様こそこの世界の神だ」


「これより、異端審問を開始する」

「異議ありだ。ジル様こそ至高の神。何故貴様らはそれが理解できん？」

「偽りの信仰しか持てぬ貴様が、真なる信仰を抱く同志ジルを神聖視してしまうのはある種道理だろう。だがな同志ジルの配下。貴様の発言、おいそれと見過ごすことはできん」

「ボス。これキーランの野郎、死ぬんじゃやね」

どうしてこうなった。

§

目の前で俺を神だと宣言した部下が、神を信仰する組織によって異端審問にかけられている件について。

いや、意味分かんねぇよ。


「ジル様こそが神。これは揺るぎない絶対の理《ことわり》だ」

確かに俺は、教会勢力相手に俺が神に連なる者であると誤認させるよう行動しようとしたし、そのための手札も用意していた。

しかし、この状況は想定外すぎる。

俺は教会勢力が勝手に俺のことを神に連なる存在であると誤解するように思考を誘導させたかったのであって、堂々と「俺が神だ」などと口にして宣戦布告をしたかった訳ではない。

相手に指摘されれば激昂するようなことも、自分で気づいた場合は案外すんなりと納得してしまうのが人間という生き物である。パソコンが起動しないと怒り狂う人間に対して「コンセントちゃんと差してます？」と指摘すれば更なる怒りを買うが、パソコンを箱から取り出す手順から説明してやると「あ、コンセント差してなかったわ」と自己解決して怒りが霧散《むさん》する話は有名だろう。

それと似たようなことを、俺はやりたかっただけで。誰も教会勢力を相手に真正面から喧嘩を売ろうなどと考えていない。そんなことをすればどうなるかなんて、火を見るよりも明らかだからな。

（これ、向こうのキーランに対する怒りが俺にまで飛び火したら、俺も死ぬんだよな……）

そんな俺の絶望を知ってか知らずか、キーランは威風堂々としていた。知らぬが仏とはこのことか、と戦慄する俺。

（……いや、あれでもキーランは優秀だ。【熾天】は強すぎて正確な力量を測れないのかもしれないが、少なくとも自分より遥かに強い……くらいは容易に分かるはず）

何故、キーランはあそこまで堂々としていられるのだろうか。そんな俺の疑問は、脳内に響くキーランの心の声によって一瞬で氷解した。

「（まさしくこれは、神たるジル様の存在を証明する場。これこそが私の使命にして天命。そうですよねジル様）」

そんな使命を与えた記憶はない。

氷解したが、全くもって意味不明であった。俺が内心でキーランの戯言を切り捨てていると、教会側の人間——司教が口を開く。

「キーランと言ったな。その戯言のせいで、同志ジルも嘆いていよう。自らが力を与えた配下が、ここまで愚鈍であったという現実に」

お前達の同志になった記憶はもっとない。

なんでだ。なんでこいつらはこうも自分の脳内設定で威風堂々としていられるんだ。まるで意味が分からない。恥じらいというものを捨て去っているのだろうか。

「先程から神たるジル様を同志同志と……不敬極まると何故理解しない？　神を祀《まつ》る勢力が聞いて呆れる。かつて住んでいた国の連中と変わらんな」

「貴様の国と我々を同一視するなど——」

「双方殺気を抑えい。奇跡的に現れた我らと志を同じくする人間、ジルの前じゃぞ。ジルは真なる信仰を持ってこそいるが、外の人間故に我らとの間には価値観の相違というものがある。加えてソレは一応ジルの配下じゃし、手順は踏むべきじゃ」

不遜な物言いのキーラン。

怒りを露《あら》わにする司教。

そんな二人に抑えるよう口を開いたのは、教会の最高権力者である教皇の老人だ。

二人を同時に抑えることで中立のように振舞っているものの、その物言いは完全にキーランを処分することが決まっているも同然のそれである。

（同志ジルという言葉は否定しなければならないが、しかしこの場で真正面から同志であることを否定するのは火に油を注ぐようなもの……下手をすれば教会勢力と全面戦争になりかねない。【熾天】全員を同時に相手して勝てる訳ねえだろ）

だが不幸中の幸いとでも言うべきか、異端審問はある意味、俺が現状を打破するための一手を考える時間稼ぎとしては機能しそうだ。

「（ジル様は私を信じて、あえて同志ジルという不名誉な言葉を見逃してくださっている。私はジル様が神である事を証明する栄誉を承ったのだ。ご期待に応えねば……!!）」

（そうじゃねえ。そんな期待してねえ。お前マジで少し黙れ俺に集中させろ。……いやこれ心の声だから黙ってはいるのか。めんどくさいな）

キーランは謎の使命感に燃えていた。心の声が聞こえるせいで、彼が本気でそう思っていることが分かってしまい、非常に頭が痛い。

……まあ俺が連中に同志と呼ばれているのに何もしないことに対して「臆したか」と思っていないのなら別に構わないといえば構わないが。

（しかしこれは最悪の場合、キーランとヘクターはここで切り捨てる可能性を考慮する必要があるかもしれないな）

即ち、死人に口なし。

いっそここでは清々しいまでの信徒ムーブをかまし、現世に戻った瞬間にキーランとヘクターを殺害し、信徒ムーブという名の黒歴史を闇に葬り去る。

そうすればこの場は切り抜けられるし、今後も――いや、ダメだ。それなりに使える手足を切り捨てるのは惜しい。これはあくまでも、最悪のパターンとしておくべきだ。

それにヘクターを切り捨てると、俺の心の安寧がなくなる気がする。この直感に従うのであれば、彼を切り捨てるのは惜しいとかそういうレベルの問題ではない。死活問題だ。

「何故貴様らは理解できん？　見ろ、ジル様のお姿を。あの艶やかな髪を。あの鋭く凛々しい瞳を。服の上からも分かる完成された天性の肉体を。加えて言葉の一つ一つに含まれる――」

「儂《わし》が言うのもなんじゃがな。お主は黙っておいた方が良いと思うぞ」

熱弁を始めるキーランを、教皇が諫めた。

それは先程の建前と違い、本気で喋らない方が良いという彼なりの優しさだった。

教皇の瞳を見れば分かる。あれは完全にキーランをやべえ奴認識している者の瞳だ。彼は優しさをもってして、キーランに言っているのだ。これ以上生き恥を晒すのはやめておけと。

今この瞬間だけ、俺と教皇の心は完全に一致していた。

故に俺は教皇の言葉に激しく同意する。お前は喋らない方が良い。

「【熾天】ソフィアよ。その者は突然そのような世迷言を口にしだした。違いないか？」

「仰る通りです、教皇殿。確かにこれまでも突然服を脱ごうとするなどの奇行は見えましたが、まさかこれほどまでに狂っていたとは……」

あり得ない者を見たかのような視線を、ソフィアはキーランに送っていた。かの【熾天】相手にそのような目で見られるなんて、普通に偉業である。こんなに羨ましくない偉業は初めて見たが。

今この場にいるのは、こちら側は俺とキーランにヘクター。教会側はソフィアを含めた【熾天】の三人に加え、教会の頭脳——上層部である司教四名。そして、教会最高権力者である教皇。

司教達は今すぐキーランを処刑すべきだと訴え、教皇は結末自体は異論がないものの、今はまだ早計であるとその言葉を拒否。

教会最高戦力である【熾天】は、おそらくソフィアはほぼ教皇と同意見だろう。そして残る二人はというと。

「……まっ、外の人間ですしね。外には外のルールってもんがあるんじゃないですかい？　それにその人、元々おかしな行動自体は取っていたんだから、まあ一種の恐慌状態なのかもしれませんぜ。同志ジルの臣下であり、恐慌事態に陥ってる彼の言動にはある程度目を瞑《つぶ》ってやるのが、神を信仰する我らが示すべき慈悲ってやつでは？」

【熾天】の一人、ジョセフ。

彼は教会の中では割と外の人間に対して寛容的な考えの持ち主であり、比較的外の世界の人間に近い価値観を有している人間だ。

実のところ【熾天】は神の血を引いているというその性質上、教会の考えに即していない行動を取ることもしばしばある。人間より神に近い存在であるが故に、彼らは教会の教えと、それと異なる価値観が入り混ざった独特な存在になることもあるらしい。

それで良いのか最高戦力と思うかもしれないが、いくら寛容とはいえ神を絶対視しているという点においては彼も他と変わらない。

飄々《ひょうひょう》とした態度だが、神の命令とあれば隣人であろうと笑顔で殺戮する。それが、ジョセフという男の在り方だ。

「……否。……ここは……教会だ。……であるならば……教会のルールに……従うが道理……即、殺す」

静かに、されど鋭利な瞳をもってキーランを睨む【熾天】最後の一人。マスクで口元を隠し、フードを纏って目元以外が見えない青年の名はダニエル。

物静かな口調と態度だが、【熾天】で最も過激な思想を抱いている青年である。【熾天】に相応しい実力も有しており、俺が今回非常に警戒心を抱いていた存在だ。

「とはいえ、ようは彼らはお客さんでしょ？　しかも、向こう側にはこちらの常識は痕跡さえもないときた。情状酌量の余地はあると思いますけどねぇ」

そう言ってジョセフはダニエルに考え直すように言うも、しかしダニエルは鼻を鳴らすだけ。その様子に、自然と俺の目が細まる。

「……そのような事情は……考慮に値しない。……そもそも……奴らは不法侵入者……同志の素質を持つ……ジルは例外として……残る二人は……抹殺……それが……一番良い……教皇の言葉を……待つまでもない……我が……殺す」

そう言って、ダニエルは一歩踏み出した。それを見て流石に何かしないとマズイと判断した俺が口を開くより先に、ソフィアが横目にダニエルを睨む。

「待ちなさいダニエル。この場はあくまで審問です。である以上、彼を殺すのは審判が確定してから行うのが筋というもの。もう一人に至っては、処刑する理由が存在しない。確かにキーランという男は目に余る。ですが私は、彼らにこれ以後嵌めるような真似はしないと口にした。故に貴方が道理なく彼らを害すると言うならば、私は彼らを守護するために貴方の前に立ちふさがろう」

「……正気……か？　……少なくとも……片側の……処刑は確定だろうに……。……もしや……お前は……神のご意志に……逆らうと？　……それは……不遜だ」

「ほう。では尋ねるが貴公はいつ、神の代弁者になったのだ？　神のご意志は神にしか語れない。貴公が神のご意志を語るのは、不遜が過ぎるぞ。この場にいる人間は誰も神ではない。私は勿論、貴公もそこは変わらない。貴公が神を騙《かた》るのであれば――貴公も、異端審問にかける必要がありそうだな？」

「……」

「……」

直後、二人の体から神威が放たれた。

初めて受ける自分以外の神威に内心で顔を顰《しか》めながら、俺はヘクターとキーランを守護するため結界魔術を周囲に張る。

（即席、無詠唱とはいえ仮にもジルの埒外な魔力を用いた結界なのだが……ギリギリか）

こいつら正気か？　口喧嘩だけでめちゃくちゃ神威放ってるんだが。この神威だけで、現世の都市や国はほとんどが機能停止状態で半壊するだろう。

それでも空間が震えることすらないこの教会の強度を褒めるべきか、口喧嘩だけでこれだけの神威が漏れるこいつらの理性のなさに呆れるべきか、どっちだ。どっちなんだ。

「……へえ。ジルさんは御二人の神威を受けても動じないんだな」

「そよ風を受けた程度で、山が動く訳がなかろう」

「あの二人の神威をそよ風、ね」

意味深な笑みを浮かべるジョセフを見て、自然と俺の警戒心が強まる。

【熾天】の実力は一人一人が最終決戦におけるジルとほぼ同格であり、現在の俺はこの空間のおかげでかなりブーストされているとはいえ、最終決戦でのジルには及ばない……と思う。最終決戦のジルがどれほどの全能感を抱いていたのか俺は知らないので、正確なところは分からない。

しかし、こうして対面していると嫌でも分かる。今の俺では、彼らに勝てないと。そんな絶望的な結果を、人類最高峰の頭脳が示してしまっている。

第一部において、最後の最後まで主人公勢には敗北しなかったジル《ラスボス》。それとほぼ同格の実力者が第二部以降では複数人現れるが、そいつらは別にボス格でもなんでもない――インフレ激し過ぎるわ。

そんな風に俺が内心で頭を抱えている間にも、ソフィアとダニエルの会話は進んでいた。

「……そもそも……偽りの信仰を抱いている存在が……この神聖なる地……ここに足を踏み入れる

……それ自体が……万死に値する……」

「何を――」

「……教皇」

「なんじゃ？」

「……我は……求める……アレの使用を……」


……アレ？　なんだそれは。


聞き覚えのない。しかしどこか不穏な響きを感じさせる単語に眉を顰《ひそ》める俺を横目に、ソフィアから放たれる神威が更に強まった。

「外の者にアレを使うだと？　貴公はジルの配下を不当に殺すつもりか？」

「……笑止」

「なんだと」

「……あの男の言葉が真ならば……アレを用いても……死ぬ事はない……」

「だがそれは――」

「……そもそもこの場は……神の御前……であれば……偽りの言を口にした者が死ぬのは……当然の理屈……」

「……」

「……ソフィア……お前も……異論はなかろう……」

「……ええ、ありません」

そう言って、二人は神威を収める。

神の前では、あらゆる事情は些事。それが教会勢力の絶対の理屈であり、である以上、ソフィアが自らの意志を捻じ曲げるのも当然なのだ。

ソフィアは一瞬だけ俺に向かって視線を送り。そして、力なさそうに逸らした。

(もしかすると強引にソフィアを巻き込んでゴリ押せるか？　と思ったが、まあ不可能か)

ソフィアは義理堅い人物だが、しかしそれでもやはり神を第一として考えている。教会という外界から隔絶された空間の中で完結している以上、神に近い存在とはいえ、価値観が固定されてしまうのは当然であった。

(そんなことより、アレとはなんだ)

偽りの言葉を口にした者が死ぬ……嘘探知機のようなものでも使うつもりか？　それでキーランの言葉を偽りと判定し、その後処刑にする流れか？

「神々への信仰を測る神代の魔術」

そんな俺の内心の疑問を見透かしているのか、ジョセフが飄々とした様子のまま俺に向かって言葉を放った。

「元々教会は、神々への信仰を確たるものとするために設立されたものでな。教会へ志願する連中に使っていた、神が編み出された神代の魔術だよ。現世と隔絶されてからは一切使われてない術だけどな」

……成る程。俺は戦力的な意味で神代の魔術を絶対視していたが、そんなしようもないものもあるのか。記憶しておこう。

いや、一概にしょうもないとも言えないか。裏切り者やスパイを弾くには有用だ。てかそれ俺達にピンポイントで刺さってるじゃねえか。マズイな。

キーランの俺に対する信仰心は本物だが、しかし俺はそもそも神じゃない。俺が神であれば俺への信仰心は即ち神への信仰心とイコールだが、俺が神ではない以上その信仰は神への信仰として判定されるはずがなく、その術には一切の信仰が示されない結果になる。必然的にキーランは偽りの言葉を述べたことになり、神の前で嘘をついたキーランは殺す、という寸法か。

「ちなみに信仰がない奴は自動で死んでくれるっていう素敵な機能付きなんですわ。同意がないと使えないけどな」

いや強すぎるわなんだそれ。嘘八百を並べて同意させてから使えば信仰心を持ってない相手には無敵の自動殺戮術式じゃねえか。

（……いや待て、千年以上も使われていない術式なんだ。ならば準備に手間がかかるかもしれない）

それまでに打開策をなんとか考え出さねば。そんな俺の心の声も虚しく、事態は大きく動きだした。

「……では……始める……」

ダニエルの手元とキーランの足元に、黄金色の魔法陣が展開される。

（チッ――!!）

そんなにすぐできるのかよと毒づく間もなく、信仰心を持たないキーランが——

「…………………………………………………………………………………………………」

それは、俺の予想した数秒先の未来とは異なる光景だった。

目を見開き、絶句しながらキーランを見るダニエル。

対して、ゴミを見るような視線をダニエルへと送るキーラン。

両者の間にあった力関係のようなものが……キーランの優勢へと傾いている……？

「……バカ……な……」

「……そのようなものがあるならさっさと出せば良いものを。教会。真の信仰を持つとの事だったが、期待外れだったか。真の神に気づく事さえできないとは」

待て。待て待て待てどういう状況だ。

「……バカ……な……この術は……神々に対する信仰にのみ……反応を……示す……神々以外への信仰は……対象外である……はず……」

「貴様はまだ分からんのか？　最初から言っている。——ジル様こそが、この世界に降臨せし神であると」

クワッと、目を見開きこちらを注視する教皇と司教。

その視線の色に、俺は見覚えしかない。

完全に、完全にキーランが俺に向ける視線と同一である。自然と、俺の足が一歩退きそうになった。

待って――じゃない落ち着け。

変態を幻視したからといって、目的を見失うな。なんの因果か知らないが、当初の思惑通りに軌道が修正されそうな状況に挽回されたんだ。これに乗らない手はない！

「……神、なのですか」

「……ふっ。ようやく気づいたか教皇よ。然り、私は人間の体を借りる事で初めてこの世界に降臨した新たな神だ。貴様らも把握している通り、今の現世の環境では、神の肉体では降臨できない故な」

「お、おお……！　貴方様がここへ来たのは初だというのに、現世から天界への変化を把握している……！　ま、まさに……!!」

「こ、この御方が……神……!!」

「こ、これまではとんだご無礼を……！」

「許そう。こうして貴様らを試していたのは私なのだからな」

一体どの口が言っているんだ案件だが、俺は神々しさすら感じさせるであろう笑みを浮かべながら、つらつらと嘘を並べまくる。原作知識で本来神々と教会しか知り得ない情報を把握しているからこそ、為せる業である。

相手を寛容に許すことで神としての余裕を演出するのも大切だ。変に話が拗《こじ》れて嘘がバレても困る。

大事なのは迅速に、俺にとって都合が良い方向で話を終わらせることである。なので俺は、細かい点は無視して速攻で畳み掛けることにした。

「かつて地上を去る際、神々は世界にとある細工を施した。それは知っているな?」

「はい。言い伝えによりますと、一人の人間に【権能】が目覚めるようにしておられたと」

そう、【権能】。

名を、【□□□□□《アースガルズ》】

それこそが第一部において猛威を奮ったジルの固有能力であり、神々ならデフォルトで備えている異能。神々と人間を隔てる――絶対的な力。

「その通りだ。だがな教皇。仮に人間が【権能】を得たとしても――その者が【権能】を起動する発想に至らねば、まるで意味を成さんとは思わんか?」

「……!!」

「犬の群れで育った猫が自らを犬と認識し、猫としての習性を失うのと同じだ。人間社会の中で【権能】に目覚めただけの人間は自らをただの人間と定義し、【権能】を扱えずにその生涯を終える。そうなればそもそも封印が解かれずに終わるであろう。……それを防ぐために、この私がいるという訳だ」

まあジルは普通に【権能】を扱うのだが……よく考えたら凄いな。

しかし、普通に考えたら俺の言っているようにただの人間として埋もれるという結末の方が自然だろう。現に、「成る程」「確かに」「流石神」などの声が彼らから聞こえてくる。

（分かってはいたが、チョロい）

彼らは神々を絶対視している。それは本来非常に難儀な話なのだが――こちらを神に連なる存在と誤認してくれれば、これ以上なく扱いやすい。

（……不可解なのは神代の魔術で俺が神として認識されている点だが）

おそらくこれは、俺が持つ【神の力】に反応したのだろう。

この世界における莫大なエネルギー【神の力】。それは純然たる神々の力の産物であるが故に、神々そのものとも言える代物だ。

神が【神の力】を扱うものを指すならば、【神の力】を扱うものは即ち神である。言葉遊びみたいな理屈だが、おそらくこういうことである。

あの術式。もしかすると【熾天】に対して信仰を抱いてる連中相手にも、今回のキーランと同じような結果を出すんじゃないだろうか。

まあようは、ガバである。

（千年単位で術を使ってなかったから、このガバを知らなかったというオチだろうな。なんともまあ杜撰《ずさん》に過ぎる。俺ならば念入りにチェックをしてから取り掛かるが、まあ独立した世界に住んでい……）

たらこうなるのもやむなしか。

まあ俺にとっては都合の良い結果が転がり込んできてくれたので、ありがたく思っておくとしよう。

（……くく。なんだ、役に立つじゃないかキーラン）

初めて、俺はキーランを見直した。狂信者なんてなんの役に立つんだと思っていたが、中々良い仕事をしてくれたじゃないか。

表に出すつもりはないが、しかし俺はキーランを内心で褒め称え――。

「……何をしているお前達。今すぐジル様に信仰を捧げろ」

直後、服を脱ぎだしたキーランに絶句する。

「お前達に教えてやろう。真の信仰とは、信仰心とは神に対して全てを曝《さら》け出す事だ。それこそ、自らの罪すらも。自らの内に秘められたものを明かすのに、外側を隠しているのはおかしな話だと思わんか？」

お前は何を言っているんだ。

「「(何故、赤子が神の寵愛《ちょうあい》を受け、祝福されると言われるのか。それは赤子が一糸纏わぬ姿だからに他ならない)」」

発言と心の声が完全に一致している。

(こいつ、本気で言っている)

絶句する俺。表情にこそ出さないように努めているが、しかし俺の内心が阿鼻叫喚であることは言うまでもない。

「……ボス。マジか？」

ヘクターが信じられない者を見たというような目で、俺とキーランを交互に見ている。待て、待つんだヘクター。俺をキーランと一緒の枠で括るんじゃない。

「……なんという、事じゃ」

内心で恐怖すら抱いている俺の耳に、教皇の静かな声が入ってくる。

間違いなく、キーランの世迷言に怒りを覚えて――。

「確かに……これ以上なく、理に適っている……」

お前は何を言っているんだ。

「……」

「か、神に対して秘め事など……」

「あ……ああ……」

青褪め始める司教達。お前達教会の頭脳なんだよな？　知能指数大幅に低下してないか？

「…………自、害を」

やめろ。俺は【熾天】討伐ＲＴＡなんてしていない。

「……わ、私は。神に対してや、槍を……」

おい何故槍をへし折ろうとしている。その槍は【神の秘宝】だろうが。これ以上なく不敬だろうが。

「――――」

気絶している……。

「お前達！　今すぐ神への信仰を捧げるべくその身に纏っているものを脱ぎ捨て――」

待って。

§

精神が死ぬかと思った。

成る程、ここが死地なのかと天を仰ぎかけた。

あわや全てを投げ出してしまおうかと思った俺の意思を繋ぎとめたのは、キーランが下着に手をかけてキーランのキーランを晒そうとしている姿であり。

なんとか正気に戻った俺は、問答無用で入門魔術の【電流《ショック》】を浴びせてキーランの動きを封じた。

「……そのような物を私に見せるな。不愉快だ」

とりあえず、キーランはこう言っておけば大人しくなる。俺を信仰しているが故に、俺がきちんと言葉にすれば理解はしてくれるのだ。

同様にして服を脱ごうとした教皇、司教達にも「やめろ。そのような信仰の形を私は認めない」と釘を刺しておく。【熾天】の連中にも「神の血を引いていながら何事か。正気に戻れ」と叱咤をかけ、なんとかこの場を収めた。

我ながら、鮮やかな手並みである。自分で自分を褒めてやりたい。

「ボス……」

背後からヘクターの尊敬の視線のようなものを感じる。その視線のおかげで、俺は改めて「本当にやりきったんだな」という実感を得ることができた。

優秀な部下というのは、適切なタイミングで適切な処置を施すことで、上司のメンタルケアをさり気なく果たすという。今のヘクターの言葉は、まさしくその境地に達していた。

流石はヘクター。俺の部下で最も有能な存在である。彼にはその働きに相応しい報酬を与えるべきだろう。年収は五〇〇〇兆円くらいで良いか。

そんなことを考えていると。

「ジル様」

キーランがこちらに体を向けて膝を突き、ゆっくりとその口を開いた。それを受け、俺は視線をキーランへと向ける。

「御身《おんみ》の啓示、承《うけたまわ》りました（つまり成長を果たしてから、下着も脱げば良いのですね）」

こいつの脳内はどうなっているんだろうか。

俺は心底そう思った。

なんだろう。なんだろうか。なんでこんなにもポジティブになれるのだろうか。俺の言葉をどう解釈したら、成長後であれば晒しても良いという許可を与えたことになるのだろうか。

普通に考えて、未来永劫見せるなという意思表示と受け取るだろう。

どうしたらそんな風に思考を飛躍させることができる？　もはやこいつは俺の思い通りには使えない存在なのでは？　という予感が、俺の脳裏をよぎった。

「（神に対して隠し事など、不敬に他ならない。しかしあの発言をなされるということは、ジル様はまだ私の全てを知りたくはないということ……。つまりそれはジル様が、私の全てをお認めになっていないということであり――）」

よく分からんくなってきたので、俺はキーランから視線を外す。現実逃避と思われるかもしれないが、事実その通りなのでなんとも言えない。

……まあ正直なところ、下着を脱がないなら問題ない。それも、キーラン一人であれば尚更。下着を履いてるのであれば〝水着が私服の不思議な男〟というキャラ像でゴリ押せるだろう。イケメンだから、見るに堪えないということはないのだし。

俺が妥協案を考えていると、キーランに続くように、教皇や司教達も跪《ひざまず》き始めた。俺がそちらに顔を向けると、彼らは一斉に口を開く。

「「「はっ……」」」

……。

「（我々は服を脱ぐ前に止められ、キーラン殿は下着を脱ぐ前に止められた。つまりキーラン殿に対しては、服を脱ぐまではお認めになられているということか……）」

違うそうじゃない。

「（我々もキーラン殿に追いつくよう、より一層の信仰を捧げねば……。そうすれば、我々の信仰も……）」

俺にとっては大変恐ろしいことに、教会の連中もキーランと似たような思考回路を有しているらしい。

何故だ。どうしてそんな方向に思考を飛躍させるんだ。というより、どうやったらその方向に思考が飛躍するんだ。こいつらは告白を遠回しに拒絶されたのに、それに気づかず脈ありと判断して更にアプローチをかけ、結果として更に嫌われる恋愛下手か何かか？　どんな例え方だよ。

（こいつらの信仰は否定したいが……下手に話が拗れて俺が神ではないと思われても困る）

それこそ「信仰を拒否する神なんて神じゃない！」なんて行動に出られたら困るのだ。

自分本意すぎるその信仰心は本物の信仰心か？　と思わなくもないが、カルト集団の思考回路なんて俺にはまるで読めん。触らぬ神に崇りなしとも言うし、ここはもう放置しておこう。

既にほとんど思考を理解できないのだし、教会を敵に回すのは最も避けるべき事態。ならば丸く収まりつつある以上、藪蛇《やぶへび》を招く必要はない。

幸いにして、教会連中が現時点で服を脱ぐ信仰を示すことの拒絶には成功している。服を着ているのなら問題はない……はず。

（それにしても……）

キーランだけでなく、教皇に司教達、そして【熾天】の心の声まで視界に入っていれば聞こえるようになったぞ……。彼らに共通しているのは俺に対して信仰心を抱いていることだが、これもジルの能力なのか？

（……原作のジルとは明らかに立場が異なる状況だからなあ。特にキーランや教会との関係なんて、原作ではあり得ない）

とはいえこれが仮にジルの能力だとすれば、ジルの肉体には俺が知らない能力がまだ眠っているのではないか、と思うのは当然の理屈だろう。

そしてもし眠っているのであれば、ジルは新たな進化を遂げる可能性があるということだ。神々に対抗可能な手札は多ければ多いほど良い。ここは素直に喜んでおこう。

「異端審問は終わりだ。……そして先にも言ったが、私は【天の術式】について知りたい。この肉体は人間のそれなのでな。折角の機会だ。神が人間の術に触れるのも、一興とは思わんか？」

いつのまにか俺が仕切る形になっているが、しかし俺は神なのでこれが自然な流れだろう。「俺は神なので」とか完全に狂った発言だが、まあそういうことにして場を収めたのだから仕方ない。

「【天の術式】に関する情報は、どこで閲覧できる？」

兎《と》にも角《かく》にもさっさとここから帰って、安息を得たくて仕方がない。だから手早く、目的を済ませるとしよう。

（何が悲しくて、こんな変態達の巣窟にいなければならないのか）

キーランだけでも精神が疲弊するというのに、似たような狂人が大量発生している空間なんて地獄でしかない。俺の目的は、あくまでも【天の術式】だ。それさえ知ることができれば教会勢力《変態軍団》なんてどうでも良い。なんなら俺が帰った後に勝手に爆発して消滅でもしていてくれると非常にありがたいくらいだ。そうなると【邪神】の討伐どうするんだよ問題が発生するが。

（しかし、こいつらの扱いには本気で困るな）

思った以上にチョロインと化した教会勢力。彼らを駒として自由に扱えるのであれば便利ではないか——とは一瞬考えた。

彼らは変態と化したが、それさえ目を瞑れば戦闘面においても規模においても頭脳面においても優秀な組織だからである。

上手く扱えば、大陸に散らばる【神の力】を入手することなんて簡単だろう。彼らを動員すれば大陸の頂点に位置する大国とて、容易く真正面から粉砕できるのだから。

そして【神の力】の入手さえ終えれば、後はこの身を鍛え抜きながら来たるべき時《神々の降臨》を待てば良い
——そんなはずがない。

前提として、教会勢力が俺の手足として動くのは、俺のことを神であると誤解している間だけだ。なので邪神騒動までは俺の駒として使えるが、本物の神々が降臨すれば即行で嘘が発覚するので、当然そのまま敵対関係に移行する。

そうなった時、俺の戦力として手元に残るのは自分自身とインフレに取り残されている【レーグル】のみ。対して敵側には、神々の軍勢に加えて怒り狂った【熾天】もついてくるというスペシャルセットだ。

いくら俺が強くなったところで、俺と【レーグル】だけでスペシャルセットの相手なんて不可能である。つまりかませ犬待ったなし。原作より酷い最期を迎えるのが目に見えている。

（俺が駒にすべきなのは、教会勢力とは異なり神々に屈しない連中だ。それも、原作においてインフレをしていた実績を有する連中だとなお良い。大陸最強格の一人、【氷の魔女】とかな）

なので、物騒な手段で【神の力】を集めるという方法は使えない。他国との関係は確実に悪くなるし、そうなれば俺の味方が存在しなくなる。

だが俺の立場を考えると、物騒な手段を選ばなくても彼らを駒にするのは不可能に近いのも事実。

なので、俺自身と【レーグル】の強化が最優先という方針に変更はない。

まあセオドアが突然チート化して完成体フェンリルを一晩で数百体ほど用意してくれれば、俺以外の仲間がインフレせずに現状維持のままでも高笑いしながら神々を迎撃できるかもしれないが、流石にそれは夢の見すぎだろう。

色々と脱線したが、話を戻すと。

(……不要、だな)

敵対する未来がほぼ確実な教会勢力を手足として扱うのは、あまり好ましくない。いざ彼らと敵対して戦闘に移行した時に、情が湧いて力が出せませんなんて展開にならないためにも、程よい距離感を保つのが大切だ。

教会勢力が俺に対して情を抱くことはない。何せ、彼らは神々を絶対視しているからな。神の望みであれば仲間でさえ切り捨てられるのが、彼らが彼らたる所以《ゆえん》である。

だからこれは、俺の問題だ。

今は彼らを切り捨てることになんの躊躇《ちゅうちょ》もないと断言できるが——本来であれば俺《ジル》が死ぬ邪神騒動を生き残ることができた後の、俺の心境なんて俺自身も分からない。

俺と共に戦ってくれた連中に対して、情が湧かないなんて断言できるはずがないのだから。

（原作を考えるとソフィア辺りはこちらについてくれるかもしれないが……。既に原作とは大きく乖《かい》離《り》している。期待するのは良くないか）

原作において、ソフィアは主人公達と共に神々と戦う立場に就くことになっていた。

しかしあれは、彼女が第二部で主人公や愉快な仲間達との交流を経て、なおかつ自分の理想と現実との乖離具合やらその他様々な要因があったから、神々との訣別を選べたというだけのこと。

……惜しいと言えば惜しいが、教会勢力は手足としては用いない。今回【天の術式】の情報を得るために利用するだけ利用して、一方的に縁を切らせてもらおう。

――と。

「【天の術式】に関しては、私が」

そう言って、ソフィアが俺の足元に跪いた。

彼女の背後から残る【熾天】の二人が、殺意の篭った凄まじい視線でソフィアを睨んでいるが、彼女は臆した様子もなく平然としている。強い。

「（この小娘が……その役目は私に相応しいに決まっているだろう。何様のつもりだ）」

お前《キーラン》はそもそも神代の魔術使えないだろうが。

「元より、御身の目的は私が聞き受けていたもの。故にこそ、最後までその大任を務めさせていただきたく存じます」

ふむ。

「（私は恐ろしいまでの無礼を働いてしまっていた……だというのに、寛容にも許しをいただいた身。

この身の全てを、神に捧げると今一度誓おう)」

……確かに、俺は彼女に神代の魔術を知りたいと言ったのだった。

心の声は他の連中と比較すれば非常にマシであるし、表面的な性格も俺が一番相手しやすいのは彼女。

「良かろう。ここは彼女に任せるとしよう。

「はっ！」

貴様に私に知識を授ける栄誉を与える」

嬉しそうな声だ。

その感情は声だけでなく雰囲気からも伝わってくるので、こちらとしても気が楽になる。戦力的にも魅力的なので、願わくば彼女がこちら側についてくれたり……まあ、しないよな。

§

【天の術式】。

ただの人間であれば、知識の一端を閲覧するだけでも即廃人コースのそれ。

その末路は魔術大国の魔術狂い連中が大量の廃人を輩出することで証明してくれており、それ故に魔術大国以外の人間からすれば【天の術式】の情報を欲するなど、欲しようと考える時点で狂人扱い確定である。

実際問題、俺の行動なんて何も知らない第三者から見ればドン引き案件だろう。

廃人待ったなしとされる【禁術】の知識を得るために、こちらを簡単に殺害できる勢力の拠点に真正面から乗り込み、しかもその新勢力は神のためであればなんでもやる狂った集団で、そんな集団に対して自分を神と錯覚させることで【禁術】の知識を手に入れる段取りに入る。

……改めて言葉にしてみると、マジで頭おかしい人間にしか見えない案件だった。

（俺は、狂人だった……？）

……いや、俺の場合、一応の勝算があるし、原作知識を保有していたのでそんなことはない。その辺の魔術狂いとは違う。絶対に、違う。

まあ勝算があるとはいえ、原作においてジルが【天の術式】を扱ったという設定や描写は存在せず、故にそれを手にすることに僅かばかりの不安を抱いていたのは、元々一般人でしかない俺にとっては当然のことで。

「――という仕組みになっています」

「……ふむ。成る程な」

それ故に、知識を問題なく得ることができている現状に、かつてない程の安心感を得ていた。

（【天の術式】。単純に魔術とは動力源が異なるだけと思っていたが……体に不可視の術式を刻んでそこに【神の力】を流し込むシステムによって、最初から詠唱が不要になっているのか。誰でも無詠唱で行使可能なのは便利だな。ルーン文字が元ネタなのだろうか）

神代の魔術に儀式だとか詠唱だとか、そういった下準備は必要ない。

事前に肉体に術式を刻んでおきさえすれば、後はそこに【神の力】を流せばノータイムで発動してくれる素敵な技術。

（まあその術式を刻むという行為が、中々面倒らしいが）

とりあえず私の体に刻んでいる【天の術式】を可視化させますね、とか口にしたソフィアが鎧を脱ごうとし始めた時は、内心で激しく動揺してしまった。

勿論動揺なんてすればジルのイメージ崩壊待ったなしなので、表面上は「必要ない」と無表情のまま冷たく口にしたが。

（ソフィアの裸体を目にしても平然とポーカーフェイスを崩さないメンタリティくらい用意するべきなのかもしれないが、そんな事態が起こるなんて誰が想定できる？）

少なくとも俺はできていなかったので、裸体を拝見するという事態が起きる前にソフィアを止めたのである。

……惜しいことをしたなんて思っていない。決して。

（思考がズレた。しかし何より――）

体に術式を刻むことで発動させるという特徴には、特に優秀な点が存在する。

（――術式に【神の力】を巡らせ続ければ、常に術を発動し続けられる）

即ち、【神の力】を巡らせ続けることで、神代の魔術を永続的に発動し続けるという芸当。

流石に二十四時間そんなものを発動し続けていれば【神の力】が尽きるだろうから、戦闘時にのみそれらを起動させ続けるという形だが。

とはいえ、場合によっちゃ戦闘をしながら歩く災害のようなものを巻き起こすことだって可能と考えると……とんでもないな、神代の魔術は。

（普通の魔術だと常時発動で固有能力の真似事なんてできるのは飛行魔術くらいだが、神代の魔術は【神の力】を術式に巡らせるだけで発動できるという特性上、究極的に言えばどんな術だろうと固有能力の真似事が可能という訳だ）

魔術も極一部の天才ならば、魔力に炎や雷などの属性を付与し、それを常時放出し続ける程度であれば可能だが、神代の魔術は理論上【神の力】さえあれば誰でもそれが可能。

そして神代では誰もが【神の力】を扱えたので、今では極一部の天才魔術師しか使えない技術の上位互換のようなものを、誰でも手軽に使えた。

……神代怖すぎない？

（いや待て。流石になんでもありは都合が良すぎる。そんなことが可能ならば、原作の【熾天】だって実行していただろうし……）

それこそなんでもありだと神代で世界が何度も滅んでいる気しかしないし、そうでなくとも【熾天】がチート過ぎる。

そうすると制限……そう、制限だ。

全部の神代の魔術を覚えたらめっちゃ強くなれるやん！　とか思っていたが、制限という超えられない壁が存在する可能性が出てきてしまった。

当然疑問を放置しておく訳にはいかないので、俺はすぐさまソフィアに尋ねる。

「ソフィア。貴様は全ての術式を扱えるか？」

「いえ私は勿論、他の【熾天】も全ての術式は扱えません。自分に適性のある術式のみです……」

段々と小声になっていき、ついには捨てられた子犬のような瞳を見せるソフィア。

とてつもない罪悪感と謝罪意欲が襲ってくるが、俺は「そうか。だが気に病む必要はない。これは単純な確認故にな」とだけ口にし、

「して、今の時代においてその適性とやらはどうやって判別する?」

流石に一個一個術式を体に刻んで発動するかどうかを確かめる……なんて手間のかかる判別方法ではないだろう。

もしそうだとしたら、俺は何日この教会に滞在しなければならないことになるのか。恐ろしい。狂信者達とそれだけ同じ空間で過ごすなど、考えるだけでも恐ろしい。

「それぞれの系統の初歩的な術式を一度肉体に刻み、その全てに【神の力】を流し込むことで属性が判別できます」

成る程な、と俺は頷いた。それで起動する系統に属する術式が、自分に適性のある術式という訳だ。初歩的な炎系統の術式が発動すれば、炎系統の術式は全て扱えるという感じだろう。

「よろしければ、私が御身に術式を刻みますが」

いかがなさいますか? と視線で尋ねてくるソフィアに了承の意を示す。万が一最初の最初で何か重大なミスをしてしまい、その後全てが無に帰すなんて結末は笑えない。

何事においても基礎というものは大切である。基礎があるからこそ応用が利くというのは有名な話だし、基礎の形を少し崩すだけで新たな道を拓けることだってあるのだ。

自分だけの武器なんて後から身につけられる。まずは基礎を着実に身につけよう。そのためには、先人の手を借りるのが安全だ。

そんなことを考えながら、俺は上半身の服を脱ぎ捨てる。鍛え上げられたジルの天性の肉体が露わとなり、それを見たソフィアは神妙な顔をして頷いた。

「………………では、失礼いたします」

とか言いながら、彼女は俺の側に来てから一向に動く気配を見せない。

綺麗な銀色の髪が視界いっぱいに広がっているし、とてもいいにおいがするのに、そこからなにもじょうきょうがすすまない（知能指数低下）。

「（わ、私としたことが失念していました……。神のお体に術式を刻むということは必然、私は神のお体に触れる必要がある……。私なんかがこの完成された肉体に触れるなんて……そ、そのような不敬が許されるのか……？　し、しかし既に神は私の言葉に了承の意を示してくださった……それに至る過程でお体に触れることに対して疑問を挟むというのが既に不敬なのでは……やはり、私はこの場で自害すべきなのでは……）」

——俺はいつから、【熾天】討伐ＲＴＡを再開していたんだろうか。

先程までは緊張感やら何やらで精神がトリップしかけていたが、しかしソフィアの心の声で正気に戻る。

俺は目を瞑ることで彼女の存在を視界から外し、一瞬だけ戻った正気を保ち続け、なんとか言葉を紡いだ。

「……ソフィア。貴様にこの肉体に触れる栄誉を許す」

「！　は、はい！　ただちに、術式を刻ませていただきます」

直後、俺の肉体に直接触れるソフィアの指。いつの間に手袋を脱いだんだ、などと口にする余裕はなかった。

冷たい。なんか気持ち良——待て待て待て待て。ダメだ、目を瞑っているせいで余計に精神が飛びそうだ。

（こういう時、素数を数えたらなんとかなるとは数多《あまた》の先人達の言葉）

その言葉を信じるならば、素数を数えさえすれば俺は冷静な状態を保てるようになるのが道理のはず。そう思い立った俺は冷静さを取り戻すべく、脳内で素数を数えようとする。

（あれ、素数ってなんだっけ。マズイ、冷静じゃないからど忘れした。人類最高峰の頭脳なのに、中の人が俺だからど忘れした）

が、ここで俺は痛恨のミスを犯した。

素数を数えればどうにかなるというのはソフィアが俺の肉体に触れる前に行えばどうにかなるという意味であり、既にソフィアが俺の肉体に触れた後だとどうにもならない。

既に時遅し。ジルの肉体を有している俺とはいえ、精神は俺でしかない。

俺如きが、このような状況でまともな思考回路を起動できるはずもなく——

（……侮るなよ）

――なんてことは、あってはならない。

俺は神々と敵対し、かませ犬にならないと誓ったんだ。その俺が、こんなところで屈して良い訳がない。

かつて未完成体のフェンリルと相対した時以上の集中力が、静かに発揮される。

その集中力は俺からまともな思考を取り戻し、素数の概念を理解させ、なんだかんだあってフェルマーの最終定理を解くに至った。

（……なんとか乗り切ったな）

フェルマーの最終定理を解く頃には、ソフィアの作業も終わっていた。

今の俺ならソフィアにフェルマーの最終定理について詳しく語って理解させる自信があるが、そんなことをしたら意味不明な狂人すぎるので胸の内にしまっておく。

「ソフィア、よくぞ私からの任を果たした。大儀である」

「はっ！　お褒めに与《あずか》り、光栄でございます！」

「……では、やるぞ」

誇らしげなソフィアの顔を見て、俺はボロを出さずに乗り切れたことを確信する。

かつてない程の達成感。その達成感は俺に自信を与え、その自信が告げるままに、俺は【神の力】を肉体に刻まれた術式の全てに巡らせ――

「えっ」

――全ての術式が反応して、部屋が爆発した。

ソフィアの神代魔術講座は、青空教室になりました。


流石にジル《神》とはいえこれには謝罪の必要があるだろうと思い、俺はソフィアに向けて「許せ。どうやら私の力は、私が思っている以上に強大らしい」と謝罪の言葉を述べた。

全くもって謝罪の言葉じゃなかった。

ただの調子乗ってる男だった。

しかしジルのイメージ的にはこの辺が良い落としどころだろう。俺自身としては大変心苦しいが、これでどうにか納得していただければと思う。とりあえず以前自分の城を拳圧で崩壊させた時と同様、魔術を用いて部屋を元に戻そうとする。

が、その前にソフィアは俺の言葉に対して。

「いえ、御身に謝罪の必要などございません！　むしろ御身の力に耐え切れない結界しか張っていない部屋で行った我らが処されて然るべきなのです……!!」

土下座しそうな勢いで、彼女は謝罪の言葉を述べる。

彼女は本気で言っていた。

本気で悪いのは自分達だと言い、教会全員による集団自殺も辞さない覚悟をキメていた。

正直怖かったので話を無理やり終わらせるべく、そして二度とこのような悲劇が起きないよう「外でやるぞ」みたいなことを言って、俺はソフィアと連れ立って今に至る。

（……にしても、俺は全ての術式に適性があるのか）

ソフィア曰く、「全ての系統に適性があるのは前代未聞」らしい。

それこそかつて降臨していた神々でも全ての系統に適性があった訳ではないという言い伝えがあるらしく、彼女の俺に対する信仰心が増していた。

「まずは目で見て理解していただくのが早いと思うので、僭越ながら私が術式を発動させます。私が得意とするのは――」

ソフィアの言葉を頭に叩き込みつつ、俺は並行して思考を巡らせる。

俺が全ての【天の術式】を扱えると分かったのは朗報だ。何せ、少なくとも神代の魔術における汎用性という点では【熾天】どころか神々さえも超える目処《めど》がついたのだから。

勿論、汎用性だけで実力差が埋まる訳ではない。ていうかそもそも、神々は【天の術式】がメインウェポンではないしな。しかしあって損はないのでここは素直に喜んで良いだろう。

だがしかし、そこで思考を止めるのは良くない。

（術の適性は個人によって違う。故に肉体によって適性が決まる……本当に？）

ジルは肉体自体は元々只《ただ》の人間だ。

神の持つ【権能】を有していたり、【神の力】を取り込んだことで完全な不老を得たなど多少の変容はあるが、それは置いておく。

（この体は人間のそれだ。普通に考えたら、神の血を引いている【熾天】やそれこそ神々の方が適性が多くてもおかしくない。いやむしろそっちの方が自然だろう。だとすれば――）

前に一度、ジルが【邪神】に瞬殺された原因の考察についてほんの軽くだけ触れたことがあるが、その考察において最も重要になるのは【神の力】に関する考察である。

かつて君臨していた神々という存在。

それは神ではなく神々という言い方の通り、一柱ではなく複数存在していた。

では、ジルが体に取り込んだ【神の力】とはどの〝神〟の力なのか？

――答えは、全ての神。

正確には、全ての神々の力を混ぜて完成した力の塊だ。

主神。戦神。美神。勝利の神。悪神。その他諸々あらゆる【神の力】が、この肉体には混ざった状態で巡っている。

それ故に不純物なんかも生じているのではみたいな考察もあったり――というのは端に置いておく。

（神々でもそれぞれに適性があった……。【天の術式】は【神の力】に反応して作動する。【権能】がなければ【神の力】は取り込めない。――そういうことか）

【天の術式】の適性は術者の肉体に依存するのではなく【神の力】、正確にはその【神の力】に対応する神の存在に依存している可能性。

おそらく、【天の術式】の系統それぞれに対応する神が存在するんじゃないだろうか。めちゃくちや分かりやすく例えるなら、雷の系統の術式であれば雷神が対応しているとか。

【熾天】は神の血を引くが、人間と神の子である以上肉体に流れる神の血、即ち対応する【神の力】は当然限られる。何せ、子供は父と母から生まれるのだから。必然的に、第一子が引き継ぐ神の血は一柱のものだけだろうし、そうなればその子供が扱える術式の適性は一つだけになるのは自明の理。

【天の術式】の適性とは即ち、どの神の血を引いているかで決まるのだろう。

話は変わるが、過去の人間が大気に含まれる【神の力】を扱えたにも拘らず、現代の人間が封印された【神の力】を取り込めないのは、封印された【神の力】が複数の神々による力を凝縮させた特別製だからかもしれんな。

（……いや、待て。でも大気に含まれる【神の力】だって様々な【神の力】が存在するだろう）

普通は混ざらないものだったとしても、使う術式に応じてそれぞれの【神の力】を取り込んだりすれば全ての術式を使えそうだが――これは、【神の力】を取り込む行為そのものにもそれぞれ適性が必要と考えるのが妥当か？　Ａさんは雷神の力を取り込めますが豊穣神の力は無理です、みたいな。

まあこの辺は憶測の域を出ないので、思考を戻そう。俺は原作者じゃないのだし。

重要なのはただ一つ。

俺には全ての【神の力】を有した特別製の【神の力】が巡っている可能性が高いということだ。

【神の力】それぞれに対応する術式があると仮定するならば、必然的にそうなるし、俺が全ての術式を扱えるのに納得がいく。

そして同時に、ジルが【邪神】に瞬殺された理由の考察が信憑性を帯びてきた。もしかすると、もしかするかもしれない。

（……命を賭けにして、教会にまで足を運んだ甲斐はあったということか）

俺は歓喜に震えていた。

単純に力を得られただけでなく、未来の俺の生死に繋がる情報を得られたのだ。

しかもこの情報には、神々以外では原作知識がなければどうあっても辿り着けない。

この情報に辿り着けない以上、教会の連中に分かるのは俺が全ての【天の術式】を扱えるという特異性を有しているという結果のみ。

つまり、俺が特別な存在であることを裏付ける理由として大きな手札となる。

（ジルの頭脳と原作知識の組み合わせが怖すぎる）

教会が俺に対して抱いている信仰心は、更に強固なものとなるだろう。何せ、過去の神々すら超えた実績が生まれてしまったのだから。どうあっても、彼らは俺を神聖視せざるを得ない。

「……と、このような形です。それぞれの術式に嵌るよう【神の力】を肉体に巡らせることが重要かつ、難易度の高い技術となります。いかがでしょうか？」

「ああ、理解した。では、私も行うとしよう」

当然ながら、ソフィアの説明もキチンと理解している。このように物事を並列して行えるのも大変素晴らしい。前世だと、テスト勉強をしている間に作業用ＢＧＭなんて流そうものなら何も手に付かなかったのだから。マルチタスク最高。

ソフィアの目の前で術を発動し、それが終わると同時に新たな術式がソフィアの手によって刻まれていく。術式の数はそれなりに多く、またそれぞれ調整が絶妙を要するためペースは遅い。しかしそれでも、着実に力がついていっている。その事実が、俺に充足感を与えていた。

§

ソフィアは優秀な少女である。

その身は神の血を引き、その力を十全に扱えることに加え、白兵戦と神代の魔術の才能にも優れていた。同年代に彼女に並ぶ者はおらず、その高潔な精神と理想、信仰心をもって彼女は【熾天】の座を獲得したのである。

「ここをこうするとですね……」

そんな彼女にとって、神であるジルに手解きを授けるというのは畏れ多く、しかし至福の時間であった。

「成る程。こういうカラクリか」

次々と術式を理解し、そして身につけていく神を見て、自然と頬が緩む。

そして同時に、やはり別格だ、と思った。

神は完全に人間の肉体で降臨している。神の血を引いていない彼の肉体を本来巡るのは、自分と異なり純粋な魔力だけ。魔力では【天の術式】は扱えず、また魔力と【神の力】では操作の方法も異なるはず。自分と違い後天的に【神の力】を取り込んだ以上、その難易度は自分とは比較にならないもののはずだ。

にも拘《かかわ》らず、神は常識を超える。

本来あり得ない全ての系統の適性を有していることに加えて、次々と教えた術式を理解し、小規模で実験していく学習能力の高さ。色んな意味で呑み込みの速度が尋常ではない。

加えて、後天的に取り込んだが故のメリットも存在していた。

神は魔力と【神の力】が完全に別個として独立しているが故に、自分達が扱う【天の術式】以上の威力を誇っているのだ。

自分の場合、魔力と【神の力】が混ざっているため、【天の術式】の威力や発動開始時間が神より劣る。しかし、神はその制限がない。世界に散らばるとされている【神の力】を完全に取り込んだ時、神は間違いなく、本来の姿に近い力で現世に君臨できるはずだ。

それだけじゃない。

これは初見時――今となっては黒歴史だが――に神を観察した時から思っていたことだが、神が降臨している人間の肉体のスペックは、並外れている。

どう考えても、只の人間の領域ではない。あらゆる面において埒外の才能を有した存在。自分以上に神の子の称号が相応しく思ってしまう程、その肉体は完成されていた。

万能、という言葉が脳裏によぎる。

不敬な考えかもしれないが、おそらく神がこの肉体に降臨しておらずとも、いずれこの肉体の持ち主は自分達と同等かそれ以上の領域に達していたのだろう。

そう思ってしまう程に目の前の彼は埒外の存在であり――それ故に、彼女は恐ろしく思う。

教会の最高戦力、【熾天】最後の一人。

否、【熾天】という枠組みの中に無理やり押し込んでいる怪物。

教皇を除けば【熾天】という役職が最高位であったが故に、あの少女は【熾天】の座に就いている。

というより、就かせるしかない。

教会唯一にして最大の異端。

あまりに強力すぎるが故に、どうしようもないと放置せざるを得ない化け物。

教皇に呼び出されて一度目にした時「あれは理外の存在だ」と思わされた。

しかし、あの少女は神ではない。

神ではないが故に、【熾天】という座を与えるしかない。

しかし、その座はあまりにも彼女にとって相応しくない。

願わくば、あの少女が起きないことを――

§

「……なんだか、懐かしい感じがするわ」

教会の地下。

誰も立ち寄らない深淵にて、一人の幼い少女がゆっくりと顔を上げた。

「何かしら、この感覚。生まれて初めて抱いた感覚なのに、懐かしい……？」

透き通った金色の髪に、病的なまでに白い肌。その容姿はまるで死人のようで。

それ故に、少女はどこか幻想的だった。

「ふ、ふふふふ……」

そんな少女の口元に、弧が描かれる。

「分からない。分からないわ。分からないなら、確かめたくなるのは当然よね？」

そう言って、少女は手を翳《かざ》した。

そこから何かが起きようとした、まさにその瞬間――

「やはり、起きてしまったか」

「やれやれ、教皇殿の言葉の通りでしたね。あんまり想像したくはなかったけどよ」

「……神のご意思に……背く輩は……不要……」

――少女の目の前に、三人の人物が現れる。

教会最高権力者である教皇と、教会最高戦力である【熾天】。

計三人が、並外れた戦意を滾らせながら少女の前に立っていた。

「あら」

その三人の登場に、少女の意識がそちらへ向く。

「その波動……もしかして、新しい教皇さん？　貴方は何人目の教皇なのかしら？」

「さてな。お主が知る必要はないわい。儂らが次に会えるのかも分からんしの」

「あら残念。私が初めて会った教皇は、私に会うたびに喜んで泣いていたのに」

「お主を完全に封印する事をしないという誓約を結んだ教皇、じゃな……」

「そうよ。あの人、私が好きすぎて完全な封印なんてさせないって言っていたわ。……なんだったかしら、確か……合法ロリになれるとか言っていたわ」

「合法ロリ？　なんじゃそれは……儂が聞いたのはお主が神の寵愛を受けた特別な存在であるが故に、完全な封印なんてもってのほかであるという言い伝えなのじゃが……」

「何事も時代の変化と共に、人間にとって都合が良いように脚色されるものよ。それこそ――貴方達が信仰している神々に関してだってそうかもしれない。……本当に、哀れな子達」

少女の言葉に、ジョセフとダニエルから身を刺す程の殺意と神威が迸る。

常人が受ければ即死するそれを、しかし少女は嗤《わら》って受け流した。

「へえ。それなりにやれるみたいね。歴代の【熾天】でも上位に位置するんじゃないかしら」

「口を慎めよお嬢さん。アンタは【神に最も近い先祖返り】とはいえ、神そのものじゃない。血を引いていようがいまいが、神かそれ以外かの二択なんだ。それでもアンタがこれまで異端認定されていなかったのは、二代目教皇のお言葉があったからだ」

「あの教皇さん、実を言うと私あんまり好きじゃないのよね。あの人なんて言ったかしら、そう。ロリコンよロリコン」

「ロリコン……？　お主は先程から何を……」

「……もはや聞くに……堪えない……我はやれるぞ……教皇」

「そうじゃな。……では、もう一度長く眠ってもらうとしよう」

そう言って、三人の足元に幾重もの魔法陣が展開された。輝きは徐々に増していき、少女の肉体を押し潰すかのように暴力的なまでの重力の力場が発生する。

「そして、こうじゃ……」

そして次の瞬間、少女の肉体が精巧なガラス細工のように変換された。

まるで少女だけ異なる時空に存在するかのように、その空間だけ別の何かに置換されているかのように、少女は封印されたのである。

「初めてやったけど。成る程、こいつはすげえや。こんなん喰らっちまったら、俺ならこれが解けたところでもはや自分という存在を見失ってますよこれ」

「現世と教会を隔てる境界を更に強化した術。彼女の肉体と精神はそれぞれ別個な低次元に置換された。精神見た目共に幼き娘相手にする所業ではないかもしれんが――」

**『幼き娘？　見くびるなよ小僧』**

その声に、教皇と【熾天】は大きく目を見開いた。

**『何を勘違いしているのかしら？　いえ、何を勘違いしていたのかしらと言うべきかもね。これまで私が、貴方達の術とやらの影響で定期的に封印されていたとでも思っていたの？　私が眠ってやっていただけなのに、教会も堕ちたのかしら』**

「バ、カな……」

**『私は何者か。それに対して、神の恩寵を受けたが故に、先祖返りとして神に最も近い存在に至れた**

**者と定義したのは誰だったかしら。新たな神として召し上げて祀るか、不敬として処すかで意見こそ分かれていたけれど、私の特別性自体は誰もが認識していたのよ？』**

「チィ！」

**『私は目が見えなくて、貴方達は目が見える。なのに貴方達は真実が見えないなんて……皮肉な話だと思わない？』**

「……処す……」

**『さて、と。私は上に用があるの。なんだか初めてなのに懐かしい感覚……もしかして、神様がいたりするのかしら？　何かしらこう……温かい？　心がなんかこう……うーん。そもそも神の血を色濃く引く私にとって神様って――』**

教皇が腕を振るった。

ジョセフが【神の秘宝】の効果を発動させた。

ダニエルの足元に、先程以上の神威の宿った魔法陣が展開された。

それらは決して、個人に対して放つようなものではない。ましてやそれら全てを同時に放つなど、それこそ国に対してぶつけるのにも過剰すぎる戦力。

――だがしかし、その戦力を少女は上回る。

「だからその程度じゃ、私には意味ないって教えてあげたのに。はあ、そもそもなんで逃げないのかしら」

§

教皇と【熾天】二人は、地に沈んでいた。

どうでも良さげに目に見えないそれらへと顔を向けながら、少女は口を開く。

「やっぱり面倒臭いわね。面倒臭いからこれまでは眠っててあげたけど」

そしてすぐに、彼女はそれらから視線を外した。

彼女の中の何かが言っている。

この上に、彼女の目的たり得るものがあると。

「……ふふふ」

それは、ジルが原作と呼んでいる作品にはついぞ登場しなかった存在。

設定だけは存在したが、しかし詳細は一切表に出なかった例外中の例外。

そしてその設定とは「機嫌を損ねた神二柱の手によって念入りに叩き潰されたため再起不能となり表舞台には上がらなかった」というもの。

そう。原作において、少女は再起不能の状態だったのだ。

機嫌が悪い状態の神二柱から叩き潰されてなお、再起不能程度で済んでいたのだ。

「この感覚……私の中の神の血が何かを伝えているような……」

§

あれから数時間。

俺は、めちゃくちゃ疲れていた。

「流石はジル様……そうは思わんか？」

「ええ。……ところでキーラン殿。何故、貴方がいるのですか？」

「監視だ。貴様がジル様に不埒《ふらち》な真似をしないとも限らん」

「……私の信仰が、偽りだと？」

「そうとは言っていない。現段階で貴様がジル様に抱いている信仰心は、まあ、及第点ではあると認めよう。少なくとも、ヘクターよりはマシだ」

「……」

「だが……ジル様の肉体に術式を刻むという行為に対して、貴様が良からぬ考えを抱かんとも限らんだろう？」

「なっ！　私の信仰を愚弄する気ですか⁉」

「ふん。色目を使うなど、浅ましい」

「ッツッ‼」

【天の術式】の修行。

それ以上に、キーランの存在が俺の精神を疲弊させていく……。

「ジル様。お飲み物をどうぞ」

「……受け取ろう」

まあ、便利なところは便利ではあるのだ。痒いところに手が届くというかなんというか。

まあそれ以上の疲労感を俺に与えている時点で、マッチポンプ感が否めないのだが。

「それにしても、本当に素晴らしい速度です、神」

「当然だ、ジル様だぞ？　貴様如きが推し量ろうなど烏滸《おこ》がましいにも程がある」

「貴方には言っていません」

彼らを横目に、俺はキーランから手渡された水を呷《あお》る。

……成る程、聖水か。これなら【神の力】の回復も速いだろう。そんな風に一息ついていると——

ふと、懐かしい感覚が俺の中に宿った。

（なん、だ？）

いや違う。この感覚の根源は俺だが俺じゃないものに根ざしている。

なんだ、この感覚は。

「——！　お下がりください！　神！」

突然の感覚に眉を顰《ひそ》めていると、ソフィアが俺を庇うように前に躍り出た。

何事だ、と口を開く直前。

――自分の身を襲ってきたかつてない程の危機感に、全身の肌が粟立《あわだ》った。

直後。視線の先で突然大地が爆発し、爆風が俺の髪を薙ぐ。

……否、突然の爆発ではない。ジルの有する常人ならざる動体視力は、確かにそれを捉えていた。

即ち、何者かが上空から落下し、着地したその瞬間を。

「あら」

やがて視界を覆う砂塵《さじん》が晴れ、一人の幼い少女が現れる。

その少女の蒼い瞳に光はなく、白い肌も相まってまるで病人のようで……しかし身を刺すような絶対的な存在感が、彼女が病人であるという可能性を完全に否定させていた。

――なんだ、アレは。

「今代はかなり見込みのある【熾天】もいるのね」

教会最高戦力とされている【熾天】どころではない。

【熾天】も確かに、人間を超越した神聖さを纏っていた。

だが目の前の幼い見た目の少女はまさしく――存在としての格が、根本から違っている。

「……っ!!」

「うーん。でも才能自体はかなりのものだけど、現時点の実力ではさっきの二人には及ばないみたい」

そう言って笑う少女の言葉に、おそらく表情を歪めたであろうソフィア。その顔色は悪く、体も震えているようで……白銀の鎧から音が鳴っていた。

「まあ、今回はあなたなんてどうでも良いわ。それより、分かるわよね？　だって私の目的は、あなたのすぐ近くにいるんだもの。私は目が見えないけれど、確かにそこに感じる」

「……さあ？　なんのことでしょうか。私には分かりかねますね、グレイシー」

「名前で呼ばれたのは久しぶりだわ。色んな意味でとても見込みがあるわよ……あなた。これが今じゃなかったら、あなたの相手をしてあげても良かったのに」

「貴女のような危険人物に見込まれるだなんて――光栄ですね」

瞬間、ソフィアの体が閃光と化す。

人間でいうところの、一瞬という概念でさえ生温い速度。大陸有数の強者であるキーランですら目視不可能な領域に至った彼女は、その手に持つ槍を標的に突き刺さんと幼い少女の懐に入り、

「あなた、勘が良いようね」

そして次の瞬間、ソフィアの体が一転して後方へと吹き飛ばされる――否、身に迫る〝何か〟を回避すべく自ら吹き飛んでいた。

猫のように身を翻《ひるがえ》しながら俺の眼前へと着地した彼女は、その後ぐらりと体をよろめかせる。

「くっ」

「やっぱり、良い才能を持ってる。ふふ、何かきっかけさえあれば、面白いことになりそうね。有望だわ」

「……っ」

右手の人差し指を唇に這《は》わせ、舌で舐めるグレイシー。

苦悶の表情を浮かべ、自分が神をなんとしてでも守護しなければ、と心の中で叫ぶソフィア。

……明らかにソフィアを上回る実力を有するその姿を見て、俺の中から物理的に少女を排除するという考えは消え去った。

目の前の少女の存在は、あまりに危険すぎる。

超人たるジルの視力が捉えた、ソフィアに放たれようとしていたグレイシーとやらの一撃。あれは、アニメで神々が用いていた攻撃の片鱗《へんりん》に酷似している。しすぎている。

彼女には片鱗しか扱えないのか。それともあえて片鱗しか出さなかったのか。

……彼女の存在感から察するに、おそらく後者。だとすると【権能】の有無は別にして、神々にさえ匹敵する出力や戦闘力を有している可能性がある。

それはつまり、俺《ジル》を虐殺可能な実力者ということだ。

「……」

ソフィアとしては、俺が神の肉体で降臨していれば少女に殺されるなどと夢にも思わなかっただろう。それくらいに、彼女からジル《神》へと向けられる信仰心は強い。

だが今の俺は、ただの人間の肉体でしかない。

如何に神が憑依しているとはいえ人間の体――それも、現時点では【熾天】にすら劣る俺では、あの少女に殺されるかもしれないと考えるのは当然の理屈だ。

実際、俺は【神の力】の一端を有する人間でしかないので、その戦力分析は正しい。グレイシーと本気でぶつかり合えば、最終的に死ぬのは間違いなく俺の方だろう。

「……」

教会が有する【天の術式】は僅かとはいえ知れた。

心許《こころもと》ないといえばないが、しかし贅沢を言って死んでしまっては元も子もない。俺の目的は、あくまでも生存であることを忘れてはならない。何より、原作であんな少女は見たことがない。そんな存在を相手に、軽はずみな行動なんて馬鹿げている。それにしても、見覚えがない実力者か。もしや、俺が可能性の一端として危険視していたオリ主という線も……？

（いや、オリ主かどうかなんてどうでも良い。そんなものは向こうが自ら「俺が最強系オリ主だ」とか宣言でもしない限り、判断する方法がこちらにはないのだから）

そもそもオリ主であろうとなかろうと、現時点における俺にとって格上の存在であることは火を見るより明らかであり、ならばこの先すべきことは決まっている。

即ち、ソフィアを見捨て、キーランとヘクターを回収しとっとと教会から立ち去るという選択。

（……いや、しかしジルが真っ先に逃亡を図るというのはキャラ崩壊に繋がるんじゃないか？）

そういうことを言っている場合ではないのかもしれないが、しかし……ジルにとって逃亡は死に等しい。ないとは思うが、しかし万が一訝しんだソフィアや他の教会の連中まで俺の敵に回るのは現時点では困る。

（俺の敗北条件は、死だ。そこに死の可能性があるならば、なるべく回避しなければ）

とすると俺が取るべき行動はこの場を如何に口八丁で収めるかに焦点を当てるべき——しかし、ソフィアが既に攻撃した時点で、その手段は望み薄な気が……。

いや仮にソフィアが攻撃していなくても、グレイシーという少女相手では難しい。何故なら俺は、あの少女を構成するパーソナリティデータに関して、一切把握していないからだ。

これが俺のよく知る原作キャラ相手であれば、舌戦に持ち込んで穏便かつ俺の威厳を落とさない方向で場を収める自信はあった。格付けとは何も、戦闘だけで決するものではない。神々のように絶対に戦闘が避けられない——もとい避ける気がない——ことが明白な連中相手ならともかく、それ以外であれば極端な話、口喧嘩で勝てば良いのだ。

（まあ無様な姿を晒しての戦闘回避は敗北に等しいから、常に頭を使う必要はあるが）

だが、目の前の少女にはそれが通用しない。

行動原理。正確な戦闘力。心理状況。過去。価値観。それらに関して、俺は何も知らないのだ。

教会勢力だから神を名乗れば解決する？　バカを言うな。それで解決するのであれば、ソフィアが真っ先に少女を排除しようと行動を起こしたりしない。

ソフィアが少女に対して「神に向かって何事か」とか言わない時点でお察しだ。

どうする？　と俺は再度思考を巡らせた。「原作知識がないからどうにもなりません」なんて現実逃避は論外だ。原作に存在しない人物であろうと、表情筋の動きや声音の変化、会話のテンポや流れ、雰囲気の移り変わり、他者との人間関係、無自覚な癖《くせ》——その他様々な面から、パーソナルデータを取得することは可能なのだから。

気持ちで負けたら終わりだ。ソフィアと少女のやり取りから、少女の本質を分析しろ。

（決して、諦める訳にはいかない。今この場で、最適解を導いてみせよう）

少女の目的はおそらく俺。それも、言葉の端々から感じ取れる戦闘狂に近い気質からして、目的は俺との戦闘。

少女は「目が見えない」などと口にしていた。盲目の可能性……目が見えないのに俺の存在を把握しているとなると、【神の力】の純度でのみ俺の戦闘力を憶測し、標的認定でもしたのかもしれない。

俺よりも強いソフィアには「才能がある」程度で済ませて、俺に関しては標的と認識していると仮定するならば、この少女は他者の実力を、【神の力】の純度で測っているとしか思えない。

（くそ、仮に戦闘そのものが目的だとしたら詰みに近い。どうやって穏便な状況に持っていけば良いんだ）

この状況下で教皇や他の【熾天】が現れないのも気になる……いや、待て。さっきグレイシーの言っていた「二人」とはまさか【熾天】の二人か？　ならば、既にやられている？　教皇や【熾天】を叩き潰してでも、俺と戦う気があってこの場に立っていると？　それだけの価値を、奴は俺に見出してしまっている？

（……先程身につけた【天の術式】を不意打ちで放つか？）

ソフィア曰く、【天の術式】の単純な威力は【熾天】を上回ってるらしいので、現時点でも効果はあるだろうが……不意打ちが通るのか？　相手は格上だぞ？

不意打ちが通ってそのまま押し切ることが可能ならともかく、そうでないなら悪手としか思えない。挑発行為あるいは先制攻撃と受け取られ、そのまま戦争の開幕だろう。

そもそも現時点のソフィアの実力はおそらく原作登場時より低いだろうに、その彼女の基準で俺の【天の術式】の威力を推定して大丈夫なのか？　原作登場時のソフィアと同程度の威力の可能性だってあるんだぞ？

そんな風に考えて、俺は――

「（……逃げてください、神）」

――俺は。

「（ここは私が、必ず抑えてみせます）」

――――。

「参ります」

再び、ソフィアが閃光と化した。

相対する少女は「ふうん。まあ、これはこれでありかしら？」と呟くと笑みを深めて、力をほんの少しだけ解放する。

轟音が響いた。

少女を中心に世界が震撼し、ソフィアの肉体が宙を舞う。

「くっ――」

「私としても、あなた相手なら遊んでも構わないわ。だって……ある程度なら、私の力を魅せることができるでしょう？」

そう言って、少女は一瞬だけ俺の方へと意識を向けて、再びソフィアの方へと意識を戻す。空中で体勢を整えたソフィアと、悠然と微笑む幼い少女。

（……俺に実力を示すことで、俺を戦闘の座に引っ張り上げようという魂胆か）

少女からしてみれば、神である俺は自身より強い存在という認識なのだろう。だからこそ、彼女自身の価値を前面に出すことで、俺という絶対者をその気にさせるのが目的。

（……ふん。残念だったな。俺は格上相手に心を躍らせるような戦闘狂ではない。ジルならば心を躍らせるべきではあるかもしれないが、流石にこればかりは例外だ。ジルの格を落とすことなく、直接戦闘を回避してやる）

緊張した面持ちを浮かべた様子のソフィアを、なんとなく眺める。

「……」

彼女の心の声は、今でも俺の安全を守ろうとする意思で満たされている。それ以外の思考は不要だと言わんばかりに、彼女は俺を守ろうとしていた。

（俺の目的は、生き残ることだ……）

そのために適切な行動はなんだ？　考えろ。

異世界転移などという非現実的な事態に陥って、本当の意味での味方は一人も存在せず、しかも何もしなければ死ぬという最悪の状況だぞ？

そんな状況で生き残るための選択肢を、俺は選ばなければならない。

一度のミスも許されない。

だから俺は、真剣に考えて。考え抜いて――

「(神は、この身を賭してでも……)」
俺は――。

宙から落下しそうになったソフィアを抱きとめ、ゆっくりと地面に下ろす。そのまま俺は、周囲へ視線を巡らせて。

「えっ……」

「……」

間一髪のタイミングで攻撃を察知した直後、周囲を揺るがす程の爆音と衝撃が、全身を叩いた。

それは、俺が瞬時に展開した水と炎のドームと、少女が放っていた攻撃の衝突により発生したもの。

「時間差の攻撃か」

中にいる俺とソフィアへの直撃は、ギリギリ避けることができたようだ。

(とはいえ余波は防げず。しかも一撃で粉砕された、か)

特級魔術による二層防壁だったが……少女の戯れを防ぐのが精一杯だったらしい。即席で威力が落ちていたとはいえ、それは向こうも同じこと。むしろ戯れな分、少女の攻撃の方が本来の威力より落ちていただろう。

苦い表情を浮かべたくなるような状況ではある。しかし、俺は余裕の表情を崩さない。危機的状況であろうとジルの仮面を被り続けることで、周囲にそれを悟らせないために。

「か、神……?」

呆然とした様子のソフィアに内心で軽く笑い——表向きは無表情のままだが——俺は彼女に回復魔術をかけてやった。

「……中々に、面白いものを見せてもらったぞ」

「ふふ、お気に召してくれた?」

貴女様には言っておりません、と心の中で口にする。そうして俺はソフィアの前に躍り出て、両の手をポケットに突っ込みながら悠然と少女と相対した。

「貴様は、この私の内にある暗雲を晴らした。ならば次は、私の番であろうよ。——大陸の王にして神たる我が威を、貴様には示してやろう」

「……!」

「ふふふ」

そして俺が内心でとある言葉を呟いた瞬間——俺を中心に、世界が切り替わる。

「か、神……それは」

俺の固有能力の発動を察知したソフィアが動揺し、少女の方は愉快だと言わんばかりに笑みを深めた。それらを横目に、俺は冷笑を浮かべて。

「……くく。この私に、わざわざ言の葉を使わせるか。随分と強欲よな」

ジルのキャラ像を考えると何も言わずとも察してほしかったのだが——まあ、仕方ない。ソフィアからすれば、俺のこの選択肢は違っていてほしいものだろうから。

まあ別に、直接言葉にしても構わないだろう。ジルの威厳を保ちながらでも、やれる方法は見出したのだから。

「だが許す。貴様はそれだけの価値を、私に示した。末代まで誇るが良い。この私が、言の葉を使うに値するだけの価値を示した事をな」

そう。

俺には、たった一度のミスも許されない。

だから俺は、真剣に考えて考えて。


――ソフィアの横に並んで、幼い少女と相対すると決めたのだ。


「……確かにこの身は只の人間でしかない。神の肉体を有していた時代と比較すれば、今の私の実力は格段に落ちるだろう。それこそ、貴様達にも劣る始末だ」

決して、ソフィアに対して情が湧いた訳ではない。単純に考えて、ソフィアと手を組むのが最も勝算が高いというだけの話だ。

決して、心の底から命を懸けてでも俺を守ろうとしてくれたソフィアに、気を許した訳ではない。

ジルのキャラ像を考えて、特に失態を犯した訳でもない少女を、見捨てるのはどうなのだろうかと思っただけだ。

……だから決して、俺を守ろうとしてくれて嬉しいなどと思ってはいない。これは、どこまでいっても俺のエゴなのだから。

「だが見くびるなよ。私は決して、目の前で切り捨てなどせん」

「――――」

それに、だ。仮に威厳が落ちないことを祈って外まで逃げたとしよう。その逃げた先まで、あの少女が追って来たら意味がないじゃないか。

俺一人で目の前の少女の相手をするより、ソフィアと協力した方が勝利の可能性が高いなんてのはバカでも分かる。ならばここで少女を叩くのが、俺の生存戦略としては最も合理的なのだ。

……そして何より、あの少女はちょうど良い試金石じゃないか？

（そもそも俺は、いずれ【邪神】や神々を相手にするのに――――ここでビビってどうする？）

こんなものは強がりでしかない。そんなことは分かっている。

しかし、俺は神々に下剋上する男だ。その男が、ここで逃走を選んで、この先やっていけるのか？

勿論原作ジルの最終決戦時の実力にも至っていない俺では、前提条件からして時期尚早というのは分かっているが……やるしかない。

ここに来て、俺は初めてポーカーフェイスを崩し――――見る者全てに、安心感すら抱かせるであろう笑みを浮かべた。

強がりだと、笑いたければ笑うが良い。余人が嘲笑うであろうその強がりで、俺は蛮勇を――――勇敢へと転じさせてみせよう。

「──────」

俺の笑みを見た、ソフィアの瞳に活気が宿る。

「──はい！　ジル様！」

先程まで震えていた彼女は、今は槍を構えて笑っていた。

今ここに、俺と彼女の心は一致したのだ。

俺は彼女の心を読めるので、コンビネーションは悪くないはず。即席コンビとしては、かなりの実力を発揮できるだろう。

「本当に、最高ね……」

うっとりとした様子で、少女はこちらと向かい合っていた。今の言葉の何が彼女の琴線《きんせん》に触れたのかは分からないが、そんなことに思考を回す必要はない。

重要なのは、ここからどう戦術を組み立てるかだ。幸いにして、コンビネーションが悪くはないという意味で、活路は見えたのだから。

「なら次は……」

活路が見えたことで、心にゆとりも生まれた。今の俺は、この世界に転移してきてから一番良いコンディションに違いない。

（……ん？　いや、待て。おかしくないか？）

そして心にゆとりが生まれたことで、先程まで見えていなかったものが見え始める。

突如として、俺の脳裏に浮かんだ疑問。

それは、

「……」

それは口を一向に開かず、行動を起こそうともしていないキーランの存在だった。

冷静に考えると……狂信者筆頭のキーランならば、俺に対する脅威と判定したら、真っ先に少女に対して【加護】を用いた即死攻撃を放ちそうなものなのに。

それが通じるかどうかは別として、一切行動に移していないのはおかしい。これまでのキーランの行動と、一致していない。矛盾が生じている。

(……?)

とてつもない違和感が、俺を襲っていた。

(……なんだ?)

ゆっくりと、俺はキーランへと視線を向ける。そしてそのキーランは、不思議そうな顔でソフィアを見ていた。

「……何をしている、小娘?」

「下がっていてください。彼女は私とジル様が——」

「下がる? 何故だ?」

「……何故だも何も、分からないのですか? 目の前にいる少女の存在が」

「ああ、美しい少女が一人いらっしゃるな」

「……でしたら——」

「——ところでジル様。あの少女はジル様のご息女か何かでしょうか？」

は？

「は？」

「お前には訊いていないぞ、小娘」

「え……いや、何を……え、は？」

「……まさかここまで愚鈍とはな。【熾天】とは愚者の集まりなのか？　程度が知れるぞ、小娘」

やれやれ、と呆れた様子でキーランは嘆息する。その様子は、この場においてもはや異常でしかない。

いや本気で待て。なんだ、何を言っている。何を言おうとしている。お前には何が見えているんだ。

「あの少女から溢れる神聖さは、ジル様のそれと酷似している。加えて、彼女の放つ雰囲気。ジル様に信仰を抱いているオレには分かる。アレは、親族を相手に放つ雰囲気だ」

「え、は、え？」

「仮に彼女が何者かに向けて殺意のみを放っていようと、オレの目は誤魔化せんだろう。それほどまでに分かりやすいというのに、貴様の目は節穴か？　かの少女は間違いなく、ジル様に連なる存在——ですよね、ジル様」

いや、何を言ってるんだお前。

いや確かにジル《俺》にも親族はいるかもしれないが、教会勢力は完全に外界と隔絶した勢力だぞ。そんな存在と、俺に血の繋がりがある訳がない。

いやまあめちゃくちゃ昔にまで遡ったら先祖が一致しているとか、そういうことはもしかするとあるかもしれないが、それがなんなんだ。それはもう、人類皆家族理論でしかない。母なる海から生まれたから家族だよなんて意見、考慮するに値しない。そして少なくとも、娘なんてのは絶対にあり得ない。

少しは状況を見ろ。あの少女の武力的脅威が分からんのか？　一瞬でも気を抜けば殺されるんだぞ？　そんな世迷言を口にするような状況じゃないだろうが。

（まさかここまで、キーランの頭がおかしいとは思ってもみなかった）

そんな風に脳内でキーランを袋叩きにしていると、何故か俺達の隙を突いて動かなかった少女が口を開く。

「……ねえ」

その声音に戦意は一切感じられず、それを感じ取ったソフィアはどこか困惑しているようだった。

それは俺も同様であり、内心で眉を顰《ひそ》める。

……なんだ、何が起きている。ソフィアが先手で攻撃したというのに、こんな状況だというのに、あの少女は本当に戦意がない、のか……？

「貴方は……私のお祖父《じい》様になるのかしら？　ね、ねえ。良かったら教えてくださらない？」

「……」

「……」

なんだ、これは。

「ふむ。外見年齢を考慮し……お兄様とお呼びするのが形としては合うかと」

「そ、そう？　分かったわ。ええと……」

「キーランと申します。ジル様の臣下にして、ジル様の素晴らしさを伝道する役目を担う者です」

「そう、キーラン。覚えたわ」

「私には勿体ないお言葉です」

膝を突き、頭を深く下げるキーラン。それに対して、神の血を引くに相応しいカリスマ性を発揮しながら頷く少女。

どういう状況だ、これは。

「ど、どういうことですかキーラン殿」

「まだ分からんのか？　先程から言っているだろう——グレイシー様こそ、神たるジル様の妹様であると」

お前は何を言っているんだ。

「何故お前は槍を構えているんだ。本気で意味が分からんぞ」

「さ、先程まで明らかに戦闘に入るところだったはずでしょう！　私達は共にグレイシーを相手に神話の戦いを繰り広げる寸前だったのです！　わ、私とジル様の心は完全に一致していました！　私には分かります！　私とジル様の心は一つになっていたんです！　今なら、今なら私の戦闘力は三倍くらいになってるはずです！」

「……卑《いや》しい女め。やはり頭の中はピンク色だったか」

「い、いやし……っ⁉」

「貴様の脳内フィルターではどのように映っていたのか知らんがな、貴様の言葉は全て思い込みでしかない。貴様はジル様の意図を何一つ汲み取れていないのだ」

呆れたような声音で、キーランは続ける。

「大方、先程のジル様のお言葉が自分に向けられていると思っていたのだろう。まあ、気持ちは分からんでもない。何せ、神たるジル様のお口から紡がれる親愛の込められたお言葉なのだから。自分に向けていただければと不遜にも妄想するのは必定《ひつじょう》だろう」

「な、何を……」

「まだ分からんのか？　ジル様のお言葉はお前に向けられたのではない。妹様に向けられていたのだ」

違う。全く違う。

「神より劣る肉体というご謙遜なされたお言葉は、妹様の胸に僅かにあった『この方は本当にご先祖様なのか？』という不安を払拭させるためのものだ」

お前は何を言っているんだ。

そんな言葉、俺は勿論グレイシーとかいう少女にとっても意味不明すぎるだろうが。場を引っ掻き回すんじゃない。

俺はキーランの言葉を訂正すべく、口を開こうとして。

「ええ。お兄様のお言葉のおかげで、私の胸の不安が消え去ったわ。なんで人間の肉体なのかは、分からないけども。キーランの言う通り、私の暗雲を晴らしてくれた」

なんで正解してるんだ。

「切り捨てはしない。これもまた、妹様に向けられたお言葉だ。おそらく崇高《すうこう》すぎるお力を有していた妹様は教会の愚か者達によって恐れられ、封印されていた。だが、親族であるジル様が、妹様の偉大なるお力に恐れるなどあり得ない。故に、ジル様は彼女を受け入れるという意味を込めて、このお言葉を口になさったのだ」

「私……嬉しかったわ……受け入れられたのは、その、初めてだから……」

だからなんで正解しているんだ。

いやそもそも、封印ってなんだ。どうしてそんな推測に至ったんだ。そしてなんでその推測が正しいんだ。

キーランの心の声で推測が成り立った経緯を探ろうにも、己の推理が正しいという謎の自信に溢れていることしか分からない。

（……これは、まさか）

異端審問の時「ジル様は神である」という主張のみを一辺倒に信じこみ、理論展開していた時と同じだ。こいつ、己の中で定まった結論——ジルと少女が親族である——が正しいという前提のもとに状況を妄想して、理由付けしてやがる……。

「分かったか小娘。お前は一人で勝手に盛り上がっていた道化でしかない。この舞台はジル様と妹様の感動の逢瀬であり、お前は脇役以下だ。背景だ。路傍の石だ。いや己の役割を理解し、それに徹する路傍の石の方が信仰心があると言えるだろう。何故背景が自己主張をしている。頭が高いにも程がある。分かったなら、その槍を収めろ。妹様に槍を向けるなど、いつからお前はそこまで偉くなった？　お前がやるべきはジル様と妹様に首《こうべ》を垂れて信仰を捧げる事だろう。……お前のせいで私までもが背景に徹しきれていない。分かるか？　この状況における我々がどれほどの不敬なのか、お前は分かっているのか？　理解したならば早く跪け。お前は何様のつもりなんだ」

「…………」

捨てられた子犬のような瞳を、ソフィアが俺に向けてきた。

「……」

状況は一応、理解できた。

キーランは俺とグレイシーとかいう少女に繋がりを感じ取り、グレイシーを神に連なる存在であると断定。

そこから逆算して、推理をした。

そして偶然にも、グレイシー視点でもキーランの言葉は全て正しいものであり、それが余計にソフィアを孤立させた。

……成る程。確かに、少女の体を巡る力は俺が取り込んだ【神の力】に限りなく近い。純度が非常に高いと言えば良いのか。これは確かに、似ているといえば似ている。

そういう勘違いをしてしまうことも、あるのかもしれないな。

（……だとすれば力を見せつけてきたのも、子が親に自らの価値をアピールするような感覚だったと

いうことか）

認めよう。キーランの解釈は、グレイシーにとっては真実を示していたのだと。

だがしかし、俺は違う。

俺の視点では、キーランの解釈は正しくない。俺の視点では、ソフィアの解釈こそが真なのだ。

グレイシーが俺の妹とか訳が分からないし、俺はソフィアと揺るぎない結束を固めていた。

あの瞬間。確かに俺達は【熾天】だとか神だとかその他諸々を抜きにして、一つの脅威に立ち向かおうとしていたのだ。

故に俺は、俺だけは、ソフィアの味方でいよう。そう決心した俺は、ソフィアを弁護するべく口を開いた。

「安心したわ。お兄様の言葉がその女に向けられた言葉だったら、会って早々兄妹喧嘩ってやつをするところだったもの」

「ふん。戯《たわ》けた事を言うな。私が自らに連なる存在であるお前を、正しく認知できないはずがなかろう」

「!?」

妹の味方をしない兄がこの世界に存在する訳ないだろいい加減にしろ。

「そ、そんな……」

「だから言っているだろう、小娘。お前は信仰心が――」

決して、決してソフィアを見捨てた訳ではない。むしろ冷静に考えてみてほしい。グレイシーが暴れれば、この場の人間は全員死ぬのだ。

それはつまり、ソフィアも死ぬということ。ソフィアの味方である俺が、彼女が死にかねない状況を回避しようとするのは当然のことだ。

そう、俺は自らを偽ることで、ソフィアを救ったのだ。俺のこの高潔すぎる精神は、末代まで讃えられるに違いない。

(この場で兄妹喧嘩なんてしようものなら、確実に色々と恐ろしいことになる。物事の真実なんてどうでも良い。大事なのは、全員が無事かどうかであるからして)

良い感じに場を収めることができたのだ、ならば俺から言うことは何もないだろう。俺が嘘をつくだけで皆が助かるなら、俺は喜んで嘘をつこう。博愛主義万歳だ。

全て丸く収まった。

いやあ本当に、良かった良かっ——

「……死にます」

——涙目で槍を自らの喉に向けたソフィアを、俺は全力で止める。

そしてキーランは、後からやってきたヘクターによってしばき倒されていた。

§

「ねえお兄様、見たかしら？　あれが私の【権能】。凄いでしょう？」

「……うむ」

そう言って無邪気な笑みを浮かべる幼い少女。

彼女のハキハキとした声音もあって、それは大変可愛らしい仕草に見える。

俺の返答に彼女はより一層喜びを示し、俺の背後にいるキーランが「素晴らしいご兄妹愛……なんと美しい光景だ……」と感動に打ち震えていた。

そこだけ見れば成る程、確かに美しい光景なのかもしれない。仲の良い兄妹が休日にじゃれついている微笑ましい光景に見えるのかもしれない。

——だがそれが、遠くとはいえ目視できる程度の範囲で、天変地異もかくやといった災害が生み出されている素敵な特典付きであると知って、微笑ましく思える人間はどれだけいるのだろうか。

「あれ、神様が使っていた武器なんだって。お兄様は知ってる？」

「……ああ。よく知っているとも、アレを振るう雷神をな」

嘘は言っていない。

何故なら、アニメで見てたから。

巨大な槌《つち》に雷を纏い、大陸へと振り下ろしていた神を。

「そっか。うん、確かにお兄様はよく知ってるわよね。もうちょっと近くで振り下ろした方が迫力あったかしら……」

少女の言葉に俺は内心で思いっきり顔を引き攣《つ》らせ——しかしジルという男のイメージを崩さないため、表には出さないよう全力で気を配っていた。

（自分の把握している神話や伝承の一部を現実世界で再現する【権能】……？　なにそれチートやん……神相手でも一対一なら戦えそうやん……場合によっちゃ勝てそうやん……）

俺の膝の上に座っている少女。名を、グレイシーという。

なんの因果か、神の血を濃く引き過ぎた結果、ほぼ神と変わらない力を有してしまった少女であり。

俺の体に純粋な【神の力】が巡っているが故に、俺を親族——それこそご先祖様のような存在——と勘違いしてしまった少女である。

現在ではキーランの言葉によって、俺を兄と呼んで懐いている。

「元々はこうじゃなかったの。でも、【天の術式】と元々あった【権能】を私なりに改造して……こんな形になったわ」

「……そうか」

そんな彼女は、なんとか自害をやめたソフィアによる「現世の状況だと神の肉体で降臨できないので、人間の肉体に神が降臨されている」などの説明を受けてどこか納得したような表情をし、結果的に勘違いは強固なものとなった。

まあ、キーランの迷推理とソフィアのおかげである程度グレイシーの情報は引き出せたので、理屈は分かっている。

俺の肉体に全ての【神の力】が巡っている以上、彼女の祖先である神様の力もまた当然のように巡っており、眼ではなく第六感で人間の判別をしている彼女のセンサーに引っかかった。

後はキーランの言葉通りである。

勿論俺は神じゃないし、そもそも仮に神だとしてもその力は後天的に手に入れたものなので、彼女の親族というのは全くもって見当違いも良いところなのだが——俺はそれを、現時点で訂正するつもりは全くなかった。

（……この少女は、使える）

何せこの少女、教会勢力特有の神々に対する信仰心というものが全くない。

故にこの少女に関しては、神々が降臨しようと俺に懐いてさえしまえば俺の味方になってくれる可能性が高いのだ。

ならば俺がやることは単純明快。俺自身に少女を懐かせることだ。

現時点では俺が神でないと知れば激昂するかもしれないが、あくまできっかけが神云々《うんぬん》なだけであって神じゃなくても関係ないよレベルにまで懐かせれば問題ない。

例えるなら、きっかけは同じ趣味という理由で仲良くなった男女の高校生。最初は同じ趣味だからという一点のみで関係を築いていたが、しかし時が経つと共に趣味以外でも親交が深まり、結果として互いの趣味が変わっても良好な仲が続く関係。そんな関係を俺はこの少女と築けば良いのだ。言葉にすると犯罪者感凄いな。

まあ具体的に言うと「実は神じゃなかったんだよー」と暴露しても、その後に「でも家族と思ってるよー大好きだよー」とか言ったら「そっかー私もお兄様のこと好きだよー」レベルに懐かせることができたらなんの問題もないのである。とんでもないクソ野郎だな。

なので決して、兄代わりになってやろうだとか、そんなことを思ってはいないのだ。

（多分原作では最後まで封印されてたから、この子は出てこれなかったんだろうな）

神に近すぎるが故に、彼女は神に対して信仰心を抱かない。彼女が神に対して抱くのは親愛でしかなく、また、神に近いが神そのものではない故に、他の人間からは得体の知れない存在に映る。

神の血が薄ければ、彼女は他の【熾天】と同じようになれたはずで。

あるいは更に濃ければ、真に神の子として信仰の対象にすらなっていたかもしれなくて。

「ねえねえお兄様。お兄様の力も、見せて？」

ある意味、俺に近い存在なのだ。

ただ少女にとって不幸だったのは〝神〟と誤認された結果信仰されている俺と違って、〝脅威〟と認識された結果遠ざけられたことで。

「ふっ、良かろう。しかと見るが良い。……いや、目には見えぬのであったな。訂正だ、しかと感じるが良い」

――【□□□□□《アースガルズ》】

俺という存在を切り替え、同時に【神の力】をも解放する。

見た目に変化はないが、肌で感じ取れる〝格〟とでもいうべきものは段違いだろう。

純粋な【神の力】の奔流は、神威と化して周囲に降り注ぐ。

「おお……おおおお……おおおおおおおおお!!　なんと、なんとおおおおお！　あれぞ！　あれぞまさしく、まさしく神のぉぉぉおおお！　神のお――――」

……。

………。

俺は何も見なかった。突然叫び出したかと思えば下半身から聖水を垂れ流し、そのまま気を失う男なんていなかったんだ。

「綺麗な神力を感じるわ。やっぱり、お兄様のは違うわね。私や【熾天】だと、なんだか濁っているもの」

満足げに微笑むグレイシーに、そういう見方もあるのかと俺は少し思案する。純粋な【神の力】を用いているが故に、俺の神代の魔術は【熾天】を上回っているというのは、信じても良さそうだな。

「【天の術式】も見たいわ。見たいというより、感じたい？」

「良かろう。貴様は私の妹なのだからな」

――ただ少女にとって不幸だったのは〝神〟と誤認された結果信仰されている俺と違って、〝脅威〟と認識された結果遠ざけられたことで――

……まあ。

少しくらい、本来のジルでは与えることはない優しさというものを、この少女に与えてやっても、良いんじゃないだろうか。

§

そうして、月日は流れ。

（まさか、二週間も滞在することになるとは……）

大変だった。

とても大変だった。

主に――キーランの相手が。

『妹様。私の信仰をお受け取りくださ――何をするヘクター。何？　悪影響？　私の存在が悪影響だと⁉　貴様、図に……あ、オイ何をする！　貴様！　その手を離せ‼　ちょっと、ちょっと力が強いからといって良い気になるな！　ず、図に乗るなよヘクタアアアアァァア‼』

『な、何故だ！　何故妹様は私ではなく、ヘクターに懐いていらっしゃるんだ⁉？　あ、ああこんな考えは不敬だというのに……し、しかしあんな粗暴な男の側にいては、妹様の情操教育に悪影響が……！　だが、彼女のご意思を尊重し……』

『ヘクター……おかしい……ジル様からの好感度も……私よりヘクターの方が上な気が……いや、そんなはずはない。ヘクターは一度も服を脱いでいないのだからな』

『ジル様。一先ず雑兵達の教育を完了させました。彼らはジル様が死ねと命じれば何も考えず喜んで自害します。試しにこの者に死ねと命じてみてください。ほら、私が推薦しただけで嬉しそうな顔をしているでしょう？　あ、勿論私でも構いませんよ』

『ジル様。教皇の口を覆う大量の髭は、明らかに信仰心を翳《かげ》らせているかと。口というのは人間の玄関です。それを覆い隠すなど、疚《やま》しいことがあると言っているのに等しい。服を脱ぐのは現段階ではお認めにならないかとは存じますが、髭くらいなら許してやっても良いのでは？　宜しければ永久脱毛しておきますが……』

本当にキーランはなんなんだろうか。

ちなみに髭を剃ったら教皇のアイデンティティが失われるのではないかと思った俺が普通に断り、それを信仰の受取拒否と認識した教皇が号泣した事件が起きていたりする。

（……それにしても）

教会に滞在するに際して、教会の連中からの狂信ムーブを恐れていたが、キーランが強すぎて正直教会の連中は全然マシな気がする。この分だと教会の外でも、俺の疲労感は変わらなさそうだ。

……いや、そんなキーランを見て「見習わなければ」と暴走する教会の面々のせいで疲れてる面もあるから、教会から出れば多少はマシになるのか？　まあどっちにしろ、しんどい。

「ボス。そろそろ帰るんだっけか？」

内心で頭を抱える俺に、超絶有能部下たるヘクターがグレイシーを肩車した状態で俺の側にやってくる。やはり俺のヘクターは優秀だ。おそらく俺の内心の苦悩を察し、さりげなく近づいてきてくれたのだろう。そんなヘクターの献身的な姿に、俺は感動の涙さえ流しそうになっていた。

「ああ。ここにある【天の術式】の仕組みは理解した。残念ながらいくつかの術式は失われていたが……まあ些末な問題だ」

まあ、めちゃくちゃ悔しいというのが本心だが。ジルのキャラ像的に悔しがって地団駄《じだんだ》を踏むのは解釈違いなので、そんな素振りは見せないよう気を配ってるだけだが。

教会には魔術大国に眠る【禁術】を除く全ての術式が保存されていると思っていたのだが、悲しいことにそれは違った。流石の教会でも、術式の全てを保存はできなかったようだ。それでもかなりの術式が眠っていたので、俺としては大変満足なのだが。

「失われてた、か。そりゃだって、古いんだろ？」

「神々が世界を去ってから教会が独自の世界に引きこもる際に、ゴタゴタがあっていくつか紛失したらしいという話を聞いたことがあるわ。後はそうね、歴代の教皇が抹消した術式もあるかも。たまーに変な教皇が出てくるのよ教会って。二代目の教皇は『幼女を成長させる術式なんて必要ない？』とか言ってたし」

「……姫さんの話にたまに出てくる二代目教皇ってのはなんなんだ。変態か？」

「変態よ」

「変態か……」

「HENTAIよ……」

「そうか……変態か——なんか発音おかしくなかったか？」

それにしても本当に、本当にヘクターは素晴らしい。

狂信者達の奇行に流されることなく、俺に対して変わらない態度で接することができる同調圧力無効化能力に加え、俺が新たに第一目標としていたグレイシーからの好感度を上げる仕事もこなしていた。

俺だけでなく、ヘクターに対してもグレイシーは懐いている。二人も懐いている対象がいれば、グレイシーは間違いなく俺達の心強い味方になってくれるだろう。それを口にして命令せずとも実行してくれるとは……素晴らしい。

まさしく彼こそが、俺の忠臣と呼ぶに相応しい。他の連中には、是非とも彼を見習ってほしいものだ——と。そんなことを考えているうちに、二人の会話は終わったらしい。肩から降りたグレイシーは俺とヘクターを下から見上げるような姿勢を取り、そして眉を八の字に曲げた。

「——ああでも……お兄様、ヘクター。本当に帰ってしまうのね……寂しいわ」

しょぼん、とした様子のグレイシー。

……。

…………。

「お前とは常に連絡が取れるよう経路《パス》を繋げておいただろう。それに、案ずるな。お前だけは、私の治める国でも住めるよう手配しておく」

「っ！　え、ええ！」

「まあ安心しろよ。何せボスは国の王だからな。王の妹である姫さんも、一緒に暮らせるようになるだろうぜ」

「楽しみにしておくわ。あとヘクター。何より、貴方は強くなりなさい。そのための種は与えたわ。後は貴方次第よ」

「ヘッ。怖いお姫様だ」

俺達の言葉を聞いて、グレイシーは花が咲いたような笑みを浮かべる。まったく、俺がお前を利用する気満々の屑とも知らずに……まったく……本当にまったく……。

……さて、国に帰ったら彼女が安全快適に暮らせるよう環境を整えなければ。家具は勿論、あらゆる面において最高級のものを用意しよう。現世はおそらくグレイシーにとっては住みにくい空間なので、彼女に与える部屋は【神の力】で空間が満たされるよう新たに術式を組む必要があるか。そしてまあ国家予算から……まあ、今月分は二割くらいグレイシーに使っても構わないだろう。名目は、そうだな……防衛費で。

「(ヘクタアアアア!!　お、お前!!　お前!!　い、妹様を肩車だと!?　そ、そのような……そのようなアアアア！　こ、ここ殺す！　殺してやる！　私は、私はお手に触れる栄誉を承った事すらないというのに！　何様のつもりだ貴様は！　図に乗るなよヘクタアアアアア!!)」

俺はキーランを視界から完全に外した。

（ヘクター。お前には期待している……）

……それにしても、種を与えたとはなんだ？　これがアニメなら強化フラグと捉えるが……いや、もしかして本当にヘクターが強化される、のか？

ヘクターがインフレ後にもついてこられるようになる。ヘクターと隣り合わせで戦う。その未来を俺は考えて……悪い気はしなかった。

「ジル様の、お国……」

少し離れた場所から、ソフィアが小さな声でそのようなことを呟いたのが耳に入ってくる。俺は世に蔓延《はびこ》る難聴系主人公ではないので、きちんと聞こえていたしその言葉の意味も読み取れた。

おそらく、ソフィアは俺の治める国《バベル》に来たいのだろう。

グレイシーとの一件以来、ソフィアからの距離感は非常に近くなっていた。やはり、あの一件は俺達の絆を強固なものにしてくれたのだろう。

が、流石に後に敵対するであろう人間を本拠地に迎え入れる趣味はない。確かに、一時は対グレイシー同盟を結んだが……それはそれ、これはこれだ。

（まあ俺からソフィアに向ける信頼も、確かに強くなったが）

ソフィアのことは気に入っているが、絶対に手元に置いておきたい程ではないのだし。

（……まあ、世話になったと言えばなったのだが）

この数日間を思い出す。

俺の食事を運んでくれたのはソフィアだったし、【天の術式】の修行において、彼女は俺に付きっきりだった。彼女の講座は俺を甘やかすことに特化されており、時が経過するごとに自分が良くない方向に成長していくのを強く実感できる程である。

『流石です、ジル様』

『そうです。その感覚ですよ。……ここまでの微調整を可能にするとは。このソフィア、感服いたしました』

『失敗程度で、ジル様の価値は揺らぎません。失敗するということは、伸び代があるということですよ。むしろ、素晴らしいことだと思いませんか？』

無敵になった気分だった。

もしかして俺は最強系主人公なのでは？　などという愚かな勘違いをしそうになる程だった。ソフィア、恐ろしい子。

（得難い人物であるのは事実、か）

ちらり、と俺はソフィアに視線を向ける。そこから聞こえてくる彼女の心の声を聞いて、俺は——

内心で鼻を鳴らした。

「……ソフィア。私はまだ、己が【天の術式】を極めたなどと自惚《うぬぼ》れてはいない。この私が命じた任を、途中放棄などしてくれるなよ?」

「……!」

驚いたように目を丸くし、そして心得たとばかりに微笑むソフィア。俺の言葉の意図が正しく伝わってくれたようで何よりである。

(……まあ、ソフィアは【熾天】の中でも、本当の意味で仲間になってくれる可能性が一番高い人物だしな)

どうやらこの数日で、俺は多少なりとも他人を信用するということを学んだらしい。ヘクターやキーランに対しても、駒という認識ができなくなっている。

それが吉と出るか凶と出るかは不明だが——まあ、こっちの方が心は病まないな。

「……では行くぞ、ヘクター。キーラン」

背後で跪いている教会の面々を最後に睥睨だけして、俺は【レーグル】の二人を連れて元の世界へと戻って行った。

§

「……む」

「……体が、重いな」

「……」

分かってはいたが、元の世界の環境はジルの肉体のパフォーマンスを低下させるらしい。少し前まではこれが当たり前だったはずだが、あの環境を知った今ではこの環境が不愉快で仕方がない。人間というのは、贅沢な生き物だ。

（……ふむ）

最大出力が低下したのに加えて、この環境に慣れなければならないという意味でもそこそこ弱体化しているだろう。

まあ、それでもスペック上、現時点で大陸最強は俺《ジル》である。

慢心は良くないが、不安になり過ぎるとそれはそれで視野を狭くするので避けた方が良いだろう。

さて、国に戻るか。

〈繋がったか。すまない。聞こえるかな、ジル殿〉

そう思った俺の頭に、セオドアからの〃念話〃が届く。

〈聞こえている。どうした、セオドア。何かあったか〉

〈ああ、大有りだ。正直、私の手に余る事態が発生した〉

なんだと、と尋ねるより先に、セオドアは言葉を続けた。

〈結論から言うと謎の魔獣が国を襲おうとしている。神狼を出せばどうにかなるが、それだといずれにせよ結果として国は滅ぶだろうし、お互いに本意ではないだろう？　どうにかしてくれないかな、ジル殿〉

# 第五章　【魔王の眷属】を名乗る者

なんでもない日常のはずだった。

男はとある小国に住む、ごく普通の一般市民である。

その国は至って平凡な小国で、特筆すべきところはあまりない。大国と比較すれば、取るに足らない国だ。

魔術に特別秀でてる訳でもなく。

騎士団と呼ばれる主に組織力に秀でた特殊な兵団を擁している訳でもなく。

竜を飼っている訳でもなければ、大陸国最強の称号を得ている訳でもない。

あえて特殊な点を言うならば、国の民が誰も王の姿を見たことがない点だろうか。男も一度は王都に足を運んだことがあるが、しかし王の姿を見ることは叶わず、またその都市に住む者達も王の顔を知らないという。

だがそれにしたって、ごく普通の一般市民でしかない男の生活に影響はない。王の姿を知ってようが知らなかろうが、男は平凡な日常を享受できる。妻がいて子供がいて、仕事をこなして、そんな当たり前の毎日。昔は物語の英雄譚なんてものに胸を躍らせていたりもしたが、だからといって国の兵団に志願することもなかった。

だからこの日も、男はごく普通の日常を過ごすのだ。自分から行動に移さなくとも、日常なんてものは流れていくものだから。

――そう思っていた男にとって、その光景はまさに地獄だった。

「戦えない者はこの場から逃げろー！　私財など今は捨て置け！　命と比べる価値もないだろう！」

「なんだ、なんだこの魔獣共は⁉」

「落ち着くんだ！　見た事もない魔獣だが、それでも魔獣に変わりはない！　首を落として心臓を貫けば殺せる！」

「けど、この魔獣……かてぇ⁉　なんだこれ、金属か何かか⁉」

「金属程度で槍は折れな……がっ！」

「っっ!!　この、魔獣如きが！」

「お、おい！」

「一人で相手をするな！　一体につき最低三人でかかれ！」

「どこからこんなに大量の魔獣が湧いてきやがる⁉　今はまだ国の中にいるのは数体だが……防壁の向こうにいやがる魔獣も含めれば、二十は超え――」

「他国が魔獣を尖兵に侵略でもしに来たんじゃや……」

「口を動かす暇があったら手を動かせ！　手が落ちれば奴らの喉元を喰い千切る勢いで噛みつけ！　一般市民を守るぞ!!」

次々と現れる紫色の狗《いぬ》のような魔獣に、それらと応戦する兵士達。

しかし、魔獣の勢いと猛攻は止まらない。あちこちで市民を守るために立ち向かった兵士達が重傷を負い、重傷を負った兵士を庇うように出てきた兵士が傷を負う。

家屋からは炎が燃え盛り、煙が立ち昇り、平和だった日常は、すぐに地獄のような世界へと移り変わっていった。

それらを見て恐怖を覚えた男はすぐさま逃げようとして――瓦礫の下敷きになっている少女が視界に入った。

逃げるのが正解だ。

自分の命以上に大切なものなんてない。

妻や子供の安否だって心配だ。

見知らぬ少女なんて知ったことか。

そう自分に言い聞かせて、男は走った。


――瓦礫の下敷きになっている、少女の方へと向かって。


「しっかりしろ！　今、瓦礫をどかしてやる！」

幸いにして、その瓦礫は男が全力を振り絞れば動かせる重量だった。

男は瓦礫をなんとかどかして、少女の身を背負って。

「――――ッ!!」

背負って、そこで男の命は終わった。


「【天の肉体《メギンギョルズ》】」

終わったはずだった。

しかし、その未来は変えられた。

男の前で、一人の青年の拳が爆発する。

その一撃は兵士達では傷一つ付けられなかった魔獣の頭を容易く粉砕し、一瞬で魔獣を絶命させた。

「よく少女を護った。俺が認めてやる……お前は強い」

男の心に、青年の声が響く。

「後は任せとけ」

そして、青年は戦意を周囲に放ちながら、声高に宣言した。

「俺はヘクター！　この国の王、ジルの直臣【レーグル】が一人！　俺が駆けつけるまで、よくぞ持ちこたえた勇士達！　お前達の活躍によって、この国は救われる！　魔獣は一匹残らず、俺が蹴散らしてやるからよおおおおお!!」

防壁を越えてきた魔獣達を前に、青年は拳を握って立ち向かう。

その日。

男は、奇跡を知った。

§

「遠吠えをあげねば戦えないのかあの男は？　相変わらず粗暴な事だ。……まあ、蹴散らすならば問題はない。ジル様の御威光を示しさえするならば」

そう言って、市民達を背後に庇うような形で前に躍り出たキーランは目の前にいる魔獣達を見据える。

見据えて、神より賜わった【加護】を発動させた。

「【天の采配《グリトニル》】」

キーランの瞳が輝き、魔獣達を捉える。

そして――。

「【禁則事項】は人を襲おうとする事。【罰則】は――絶命で良いだろう？」

次の瞬間、キーランの視界に映る全ての魔獣が絶命した。

「……」

先程まで猛威を振るっていた自分達ではどうしようもない地獄。それを容易く覆し自分達を守護した彼の姿に、市民の誰もが息を呑んだ。

「これが我らが神。この国を統べる王。ジル様より賜わりし【加護】だ。喜べ貴様達、我らには神の祝福がある。分かったなら信仰を捧げろ。さすればいずれ貴様達にも、神たるジル様のご加護が与えられ――」

振り返り、神に対する信仰について市民達へと語り聞かせていたキーラン。

直後、彼の背後の足元がせり上がる。

大地を割って現れた魔獣は、大口を開けてキーランの頭を噛み砕こうとし、

「……不愉快な」

魔獣の方を見向きもせずに、右手を後ろに向けたキーランの手によってその口を強制的に閉ざされた。

魔獣はキーランの魔の手から逃れようと懸命に足掻くが、しかしキーランの手は微動だにしない。

ミシミシ、と。魔獣の口元から骨の軋《きし》む音が周囲に響いた。

「不愉快……そう、オレは不愉快だぞ、狗」

言葉を紡ぎながら、キーランはゆっくりと右腕を動かして魔獣を自身の視界に入れる。キーランと視線を合わせた魔獣は、ないはずの恐怖を抱いた。

「獣風情が、土に潜った程度でオレの不意を突いたつもりか？　この国はジル様の所有物だぞ？　であれば、このオレの感覚内において把握できないものなど何一つとして存在しない。真なる信仰を有するなら当然であり、精神論でもなんでもなく論理的に考えて当然の理屈だ」

真なる信仰を抱くキーランの第六感とでも言うべきものは、ジルの所有物であるこの国内部に限定されるとはいえ常軌を逸《いっ》したものになる。

今こうしている瞬間にも、彼は五メートル先の蟻の巣の内部の様子すら手に取るように把握している。流石に国全体を覆うほど彼の感覚は発達していないが、それでもこの小さな町の範囲内程度であれば彼に死角は存在しない。

「ジル様の所有物であるこの国に土足で踏み込み、荒らすなど不愉快。実に不愉快だ。ジル様の所有物を……所有物をどうこうしようなどと……故に、死ね」

次の瞬間。魔獣の口が握り潰され、次いでキーランが懐から抜き放ったナイフで心臓を貫かれる。

物言わぬ体となった魔獣をキーランは無造作に放り投げ、ナイフの血を払った。

「……あちらも終わったか」

そして、町にいた最後の魔獣の顔面を吹き飛ばしたヘクターの方へと足を運ぶ。

「……この町にいる魔獣の殲滅は完了した。私はこれより、セオドアが足止めをしているという魔獣の殲滅を果たしてこよう。知能の低い魔獣の群れ程度、何万といようが私の【加護】を数回使えば終わるだろう。お前は念のために、この場に残って待機だ」

「任せとけ。適材適所ってやつだからな。テメェがやる方が早いなら、それで良い」

「……戦場であれば物分かりが良いと見えるな、傭兵」

「うるせぇよ、殺し屋」

「私を知るか、千人殺しのヘクター。異名だけ見れば、どちらが殺し屋か分かったものではないが」

「顔だとかは知らなかったけどな。こうして見てりゃなんとなく分かる。こっちは元傭兵だぞ？　それにそういうテメェの方こそ、俺のことを知ってるじゃねぇか」

「裏の手配書に、お前の名前があったからな。今は昔の話だが」

「へっ、そうかよ。まあその割には、テメェは俺を殺しには来なかったみてえだが」

「お前はこの身の殺害対象に該当しない。それだけだ」

「成る程ねえ……にしても裏の手配書、か。そんな情報が見れるような立場にいたこともあるテメェには、この事態がどう見える？」

「何かしらの思惑は絡んでいるだろう」

そう言い残して、キーランは高速で走り去っていく。

キーランの後ろ姿を暫く眺めていたヘクターは息をつくと、呆然とした様子の市民達に笑いかけた。

「終わったぜ。なに、国の外にいる魔獣はアイツが片付けるし、万が一が起こっても俺が守ってやる。だから心配すんな」

こうして、最終的に魔獣の殲滅は呆気なく終了する。

【レーグル】と名乗る彼らが発揮した人智の及ばぬ領域の力を、誰かが〝奇跡〟と呼んだ。

§

〈結論から言うと謎の魔獣が国を襲おうとしている。神狼を出せばどうにかなるが、それだといずれにせよ結果として国は滅ぶだろうし、お互いに本意ではないだろう？　どうにかしてくれないかな、

ジル殿〉

突然告げられたセオドアの情報に、俺は目を細めた。

魔獣による国の襲撃。それは決してない訳ではないが、まず起こり得ない事態である。

何故なら大抵の場合、人類の生存圏に入る前に冒険者や国が保有する戦力によって駆除されるからだ。大国やある程度の国力を有している国であれば軍が、小国であれば冒険者が、それぞれ生存圏や国境付近に現れた魔獣の討伐を行っている。日本で言えば、山を降りて人間の住む町に入る寸前の熊を討伐する感覚に近い。

そして俺の国《バベル》は小国とはいえ、ある程度国力を有しているので、戦士団を定期的に派遣して魔獣の討伐を行っている。念のために監視の目だって敷いているし、今回はその任をセオドアに任せておいた。

まあ幸いにして俺の国の付近はそもそも強力な個体の魔獣が湧かない——その前に大国の軍が討伐している——ので、物語でいうところのモブみたいな連中でもどうにかなるのだが。

だというのに、国が滅ぶような魔獣が襲ってくる？　バカを言うな。そんな危険な魔獣が、セオドアの目を盗んで突然国付近で産まれて襲ってくるなんてあってたまるか。

では遠くから移動してきたのか？　それならそれで、そこまで危険な魔獣であれば移動中に冒険者や大国の軍がその魔獣を発見し、討伐しているだろう。

万が一。万が一だ。

あらゆる偶然が重なって襲撃されたのだとしても、セオドアの手に負えないレベルだと……？

〈……その突如現れた謎の魔獣とやらが、貴様の改造魔獣や神獣に優ると？　如何に未知の魔獣とて、アレを出さずとも、大抵の魔獣であれば貴様一人で制圧可能であろう〉

確かにセオドア単体の戦闘能力は、【レーグル】最弱だ。

だが、【加護】を用いればその限りではない。魔獣や神獣を呼び出し続ける彼の戦闘スタイルは一人軍隊のようなもの。加えてその魔獣や神獣は彼が改造を施しているので、通常の個体より強力。そんな魔獣や神獣でも手が負えないだと？

バカを言うな。そんなもの、大国でも最高戦力を派遣する必要があるレベルの事態だ。即ち、アニメ第一部における【レーグル】襲撃に等しい災厄である。

〈ああ。アレを用いずとも神獣の猪を扱えば、この世界に存在するほとんどの魔獣は制圧可能さ。……だが今回は運が悪かった。例外が攻めてきたのだよ〉

〈……〉

無言の俺に対して、セオドアは言葉を続ける。

〈軍勢。そう、厄介な事に魔獣の軍勢なんだ。三千を優に超える魔獣の軍勢。これの大半を私は防壁からいくらか離れた地点で食い止めているが、それでも三十前後は国に漏れる。私の【加護】は貧弱な魔獣神獣であれば無限に等しい数を産み出せるが、一定以上の力を持つ個体となると話は変わる。私が保《も》たないからだ〉

魔獣の軍勢。

それも一体一体が強力な魔獣の軍勢であるということか。

〈……その魔獣の軍勢は、それぞれが一定以上の力を有し、更に個体数が膨大だと？〉

〈その通りだジル殿。はっきり言って、一般の兵士じゃ一体の魔獣相手でも歯が立たないだろう。能力の問題もあるが、装備が力不足だ〉

軍勢、軍勢か。

軍勢の移動なら尚更、大国や冒険者がそれなりに早い段階で捕捉可能だと思うのだがな。だが、ジルの国付近から軍勢による襲撃なんてアホな事態になるとすれば、異常な繁殖速度でもない限り――。

〈……成る程。すぐさまキーランとヘクターを向かわせよう。して、セオドアよ〉

〈何かね？〉

〈貴様は最初、こう申していたな？　謎の魔獣が攻め込んでいると。謎の魔獣の軍勢ではなく、謎の魔獣と。……情報があるなら早々に教えるが良い。これは命令だ。拒絶するのであれば、まずは貴様を殺す〉

〈……やれやれ、ジル殿は頭が回る。私としては、中々に興味深い魔獣だったのだがね。ともすればあの魔獣は――〉

情報を聞き終えた俺は、キーランとヘクターに国を守るよう指示する。キーランは膝を突いて深く頭を下げ、ヘクターは軽く頷き、それぞれ俺の視界から消え去った。

……ここからだと、本気で急いでギリギリ間に合うか間に合わないかくらいか。

国に関しては、二人に任せる他ない。

俺がやるべきは、原因となった存在を絶つことだ。

§

薄紫色のそれの胎《はら》から、魔獣が産まれ堕ちる。産み出された魔獣はその時点で成体であり、何かに取り憑かれたかのようにとある方向に向かって走り去って行く。

それは、ただただただその作業を続けていた。

胎から魔獣を産み、魔獣に国を襲わせる。ただそれだけを。それだけのことを、尋常じゃない速度で、只管《ひたすら》に続けていたのだ。

「……」

その様子を。

「……醜いな」

その様子を、俺は飛行魔術を用いてそれの頭上から睥睨していた。

「……」

大体全長三十メートルくらいの大きさ。形状は顔が鳥のようなもので、首が麒麟《きりん》のように長くて、体は……ライオン？　まあ、ようはキメラのようなものか。

周囲に人影はない。

既に魔獣に食われた後なのか。そもそも誰もこの魔獣を発見していないのか。各国が討伐隊を編成している最中なのか。ジルの知覚外で身を潜めているのか。

「……」

ただ一つ言えるのはこの異様で禍々《まがまが》しい空気——明らかに、この場に放置していて良い存在ではない。

この魔獣がいつからこの世界にいるのかは知らない。しかし突然こんな異常な魔獣が湧いてくるなんてあり得るのか？　なんの前触れもなく突然現れる超生物なんて、俺の知る限りでは原作でジルを殺した【邪神】くら、い。

「…………………」

待て待て待て待て待て。落ち着け。落ち着いて、素数を数えよう。いやそれだと落ち着けないし、リーマン予想でも解こうか。違うそうじゃない。

「……」

冷静に見て、そして分析しろ。

眼下のアレは俺より弱い。それこそ、配下の【レーグル】でも全然討伐可能な魔獣だ。この程度の存在を相手に、変な憶測で取り乱してどうする。

（……さて）

現段階において推測可能な範囲で異質な点は、ふざけた速度で馬鹿げた量の魔獣を産み堕としている点と、産み堕とされた魔獣が一般兵士では倒せない程度には強力という二点。

これらの特異性によって、この魔獣の脅威度は単純な戦闘力より高めに見積もられることになるだろうが、逆に言えばその程度でしかない。

【邪神】などとは、比較する価値もないほど弱い。

「……くだらん、な」

さて、ではどうやって倒すべきか。

本気を出して【天の術式】、あるいは特級魔術を用いればこの程度の魔獣であれば簡単に消滅させられる。懸念事項は特級魔術なんて派手なものを発動してしまえば各国には一目瞭然だし、【天の術式】にしたって各国にいる強者なら勘づくであろう点か。

（【天の術式】は見た目には目立たないものもあるが、この世界では異質な力だからな。少なくとも【氷の魔女】は気づく）

何度も言うが、ジルの肉体が出せる本気というのは、現段階のこの世界にとって異常すぎる。そんな異常性を、早々の段階で表に出す訳にはいかないのだ。

大国は各国にそれぞれ一人ずつ絶対的な存在がいるが故に冷戦状態が続き、均衡状態を保っている。そんな中で彼らを超える絶対者なんて存在が湧いて出てきた場合、各国がどういう反応をするか。しかもその絶対者は、どの大国や巨大組織にも属していないとすると――。

（どの国も喉から手が出るほど欲しがるか、あるいは存在を危険視した大国が一時的に同盟を結んで俺を潰しに掛かるか……。前者ならともかく、後者になった場合は未来がどうなるか読めないな。原作のジルもそこを懸念していたし。まあ勝てはするだろうが……）

忘れるな。俺の最終目標は、大陸最強を示すことではない。俺の最終目標は神々を斃し、自らの死の運命《かませ犬化》を打ち破ることだ。

そのために必要なものは、第一に世界に散らばる全ての【神の力】の回収。

第二に原作のジルを超える戦闘能力を身につける。

第三に【邪神】や神々に対抗可能な勢力を手元に置く。

その他にもやるべきことは多く、である以上、突発的な行動で自分の存在を世界に轟《とどろ》かせてしまうのはどうなのか。

（ふむ）

これはあくまで危険な魔獣の討伐なので、現場を目撃されていた場合は危険視されるよりは英雄視される可能性の方が高く、その方向なら俺としてもあまり問題はないと思う。

だが逆に現場を目撃されていなかった場合、つまり特級魔術を放った理由を誰も知ることなく、特級魔術を放った事実だけが残った場合、俺が特級魔術を辺境の国の近くで放つヤベェヤツになってしまう。

冷静に考えてみよう。

仮に前世で「偶然核ミサイルを手に入れたから試しにその辺で撃ってみました」なんて奴がいたらどうなるだろうか。

当然、そいつは確実に危険視される。いや危険視で済む話ではない。各国は問答無用でそいつにありとあらゆる最新兵器を叩き込み、世界からご退場願おうとするだろう。

（よし、特級魔術なんて核兵器を使うのはやめておこう）

俺が確実に本気を出せるのは王手の段階。あらゆるものを完遂させる段取りがついた時か――文字通り、本気を出さないと俺が死ぬ時くらいである。後は、ジルの実力を見られた方が都合の良い場面なんてのも該当するかもしれない。例えば、世界に災厄を齎《もたら》す存在なんかを相手にする際に特級魔術を使えば、たちまち英雄視されて味方が増えるだろう。なのでそういう時であれば、特級魔術を使っても良い気はする。

（この魔獣を放置してある程度人が集まってきたところで特級魔術を使って討伐。救世主誕生！　みたいになるのが一番良いといえば良いんだが……）

この魔獣、俺の国に進軍してるからなあ、とため息をつく。

これが他所《よそ》の国に進軍しているのであれば、俺にとって都合の良い具合のタイミングまで待ってから、颯爽《さっそう》と魔獣を討伐して「ぼくのかんがえたさいきょうのきゅうせいしゅ」ムーブをしても良かったんだが。

（いくら神々を討伐するためと思っても、流石にこの程度の存在のために自分の国の民を犠牲にするのは気分が悪い。……酒場の人達やその家族に危害が及ぶのも気に食わんしな）

なので、この魔獣にはとっとと消えていただこう。

「……往くぞ」

「――――」

俺がそう呟くのと、魔獣が俺の方へと顔を向けるのは、ほぼ同時のことだった。

「燃えろ」

先手必勝とばかりに、俺は無詠唱で炎属性の上級魔術を放つ。

普段ならアホみたいな魔力を込めて放つが、今回は別だ。ジルのスペック全開で魔術を放つのは、あまりに二次被害が大きい。ここが人気のない渓谷《けいこく》とはいえ、わざわざ地図を書き換えるような真似をする必要はないだろう。

放たれた炎の渦が、魔獣近くの大地に触れる。途端、大地を炎の海が埋め尽くし、魔獣が産み出していた軍勢を次々と焼却していった。

「……ほう?」

が、元凶の魔獣には通用していない。

精々表面を焦がした程度。普通の人間が放つ規模の上級魔術程度では、決定打にならない体表面。ゲームにいたら非常に面倒なタイプの魔獣である。

「——、————!」

魔獣が人間には理解不能な叫び声をあげる。空気が振動し、空間が揺れた。快晴だった空を広範囲に渡って徐々に暗雲が立ち込めていき、やがて暗雲の中で電気を纏った力場が発生していく。

「……む」

瞬間、天から俺に向かって豪雷が降り注ぐ。

(【権能】を使えば回避する必要なんて全くないが……戦闘経験は大事だ。ここは回避しておこう)

そうして回避すると、すぐさま次の雷撃が襲い掛かってきた。

回避。回避。回避。回避。回避。

一撃一撃が上級魔術に匹敵する雷撃を、暗雲が立ち込めている範囲で無限のように放ってくるその攻撃は……成る程、普通に考えたら驚異的だ。

だが生憎、この肉体は普通じゃない。

「飽きたぞ」

単純に、俺は全身から魔力を放出した。

本来であれば体の推進力を上げるくらいの効果しか齎さないとされている魔力の放出だが、そこに込められる魔力量が超級魔術を発動するのに必要な量に匹敵するとなると話は変わる。放たれた魔力は襲いくる雷撃を撥《は》ね除け、暗雲を吹き飛ばし、ついでとばかりに魔獣の体を押し潰さんとドーム状に拡散していく。

「────ツッツ!!」

堪《たま》らず、といった様子で魔獣が口から何かを吐きだそうとする動作に入るも、それすらも俺の放った魔力は押しのけた。

戦術もクソもない、完全なるゴリ押し。

しかしそれが通用してしまうのが、ジルという男のスペックなのだ。持ち味を活かして何が悪い？と言わんばかりに、俺は冷笑を浮かべた。

「トドメだ。不遜な事に、貴様には上級魔術では効果がないようだな。それこそ初手の上級魔術で終わらせるつもりだったのだが……くれてやろう──超級魔術の一撃をな」

魔獣を円形に囲うようにして、大地に黒い焔が奔《はじ》る。

そして、

「文字通り、冥府へと堕ちるが良い。――【死の業火《ニゲルフレイム》】」

その一撃は、魔獣を跡形もなく燃やし尽くした。

大地に降り立ち、右手を振るって黒炎を消滅させる。

「……」

上級魔術が通用しない魔獣。

インフレ後を知っていると軽視しそうになるが、世の中の常識全てを頂点基準で考えるのはよろしくない。

魔術大国を抜きにして考えれば、一般的な術師が使う魔術は初級魔術や中級魔術が主であり、上級魔術を扱えるとなると天才も天才の領域なのだ。それが効かないとなると、それはもう恐ろしい脅威だろう。

一般の兵士では相手にならない魔獣を大量に産み出す能力に、上級魔術に匹敵する雷撃の攻撃、更には上級魔術が通用しない体表ときた。

異常の原因を探ろうとするのは、当然のことだろう。

(単純に魔術を弾く概念を有していただけの可能性もあるが……だとしたってその概念自体が特異的だ。見た目や雰囲気も禍々しかったが……自然に発生した魔獣とは思えんな)

そんな風に考えている時だった。

「嗚呼《ああ》やれやれ。折角の儀式が台無しだ」

しわがれた声が、周囲に響く。俺は僅かに目を細め、声のした方向へと顔を向けた。

「嗚呼それにしても想定外。まさか超級魔術の使い手がやって来るとは。ここから魔術大国は確かにそれなりに近いが、しかしあの国がある方向に魔獣は向かわせなかったというのに。である以上、魔術大国の上層部がここまで戦力を派遣する事はないじゃろうと踏んでいたのだが……ふむ。当てが外れたか」

そこにいたのは端整な顔立ちをした短髪の女性だが……しかし声が老人の男性。濃い紫色の着物で身を包んだ――違和感しかない〝存在〟が、そこに立っていた。

「嗚呼二週間前のあの日。世界がここは異なる領域と繋がったという伝道師からのお言葉。アレは間違いなく魔王様降臨の前兆であり、そのため魂を焚《く》べようと魔獣を変性させたのだが……嘆かわしい。実に嘆かわしい。何故だ。何故お主は魔獣を討伐した？　魔王様に贄を捧げる崇高な儀式。それを邪魔するとは何事だ？」

魔王……？　なんだそれはと眉を顰《ひそ》め――いや待て、該当する記憶がある。成る程、アイツらか。

こいつはおそらく、第二部でチラッとだけ出てきた【魔王の眷属】を名乗るよく分からない集団の一員だ。第二部に出てきた【邪神】を魔王であると勝手に誤解した彼らは、世界を魔王に捧げるべく表舞台に上がってきた。上がってきて、【熾天】を含む教会勢力によってあっさり壊滅させられた組織である。教会勢力の踏み台と言っても良い。

狂信者《教会勢力》と狂信者《魔王の眷属》の互いに相手の言い分を一切聞かない会話は視聴者達に「やべえ」という記憶を植え付けたのだが、今の俺は身近にやべえ奴が大量発生しているせいで彼らに関する記憶がすっかり飛んでしまっていた。

ちなみにこの【魔王の眷属】。原作でもかなり謎の勢力で、最高眷属とやらが出てきたと思ったらソフィアによって全滅させられたり。ついぞ伝道師とやらは顔を見せなかったり。更には魔王なんてこいつら以外の口からは一切語られていないし伝承にもないというオマケ付きである。

いや本当になんだったんだ、【魔王の眷属】。

登場初期は「神もいるなら魔王もいるよな確かに」とか「北欧神話が舞台なのにか？」とか「【神々の黄昏《ラグナロク》】とかいうタイトルやし、ラグナロク後も生き残る連中を魔王として見立てる可能性」「そもそも北欧神話を元にしているとは明言されてない件」「脚本家の名前見てないのか？　特に何も考えてないぞ」「神殿じゃなくて教会だったりもするしな」とか色々考察があったんだが、次の回にはソフィアに三分足らずで全滅させられるという。

まあ【呪詛】と呼ばれるこいつらしか使えない技術を持っていたり、最高眷属とやらは心臓を貫かれても死なかったりとそれなりに強力な勢力ではあるんだが。

「ふん。先の魔獣は貴様の手によるものか。手間が省けた。貴様もここで、殺しておくとしよう」

「嗚呼超級魔術を扱える程度で、ワシ《私》に敵うとでも思っているのか？　確かに直接的な戦闘力ではお主の方が上かもしれんが……我ら【魔王の眷属】に人の理《ことわり》は通用せんぞ」

瞬間、世界が紅《あか》く染まった。

それと同時に、大地を這うように闇が俺の足元で蠢《うごめ》きだす。嫌な予感を抱いた俺はすぐさまそれから抜け出そうとし、

「……何？」

体が一切動かないことに気がついた。そして闇は俺の足から徐々に胸の辺りまで侵食し始め、俺の内部にある〃何か〃を握り潰そうと――

【呪詛】羅刹変容《らせつへんよう》

「嗚呼！　嗚呼！　実に愚か！　お主が魔獣と戦う前から、ワシ《私》はずっとこれを仕込んでいたのよ！　ここは元々、魔獣を操っていた故にワシ《私》の領域！　本来のそれより強力な【呪詛】に、抗えると思うな！　これよりお主は自身の存在を失い、新たに羅刹として転生し、ワシ《私》に忠実な傀儡《くぐつ》と化す！　人の道理を失った故にお主は心臓を貫かれようと四肢を喪おうとも関係なく稼働する人形である！　嗚呼！　超級魔術の使い手を傀儡にできるとは――」

「くだらん」

「――は、へ？」

原作知識。

これにより俺が有している情報は多い。それこそ、神々に匹敵するほど。いやなんなら、部分的には凌駕しているくらいには。

「【呪詛】？　羅刹変容？　ふん、大仰な名前ばかりが先行し、中身が一切伴っていないようだな。実にくだらん手品であった」

成る程、異質な術だった。

成る程、初見殺しという言葉が相応しい業だった。

成る程、それなりに残酷な一撃だった。


だが、俺には通じない。


原作知識に通じている俺にとって、原作で目にした力は全て既知のもの。初見じゃない初見殺しの業など、対策方法を知っていればどうにでもなるのだ。

「さて、では終幕といこうか？」

呆れた、という表情を貼り付けることで余裕を演出しながら、俺は内心で呟く。

――【□□□□□《アースガルズ》】

俺の存在が切り替わる感覚。

【権能】が発動して、闇の侵食を振り払う。

世界は元の色を取り戻し、それを確認した俺は一歩ずつ女……なのかよく分からん生物の方へと歩き始めた。

自信のある術を真正面から打ち破られ、しかもくだらんと一蹴される。するとどうなるか。

「ば、莫迦《ばか》な……あり得、ん。そ、そんなことが……⁉　な、何故……」

答えはご覧の通り。

女は目に見えて分かるように狼狽し、無様な姿を晒している。既に奴に余裕はなく、ここから先の行動は単調なものへとなるはずだ。

「……ッッ!!　認め、ん!　認めんぞおおおお!!」

【呪詛】羅刹変容

女が再び術を発動させる。空が血のように紅く染まり、闇が大地を侵食していく。その闇はたちまち俺という獲物を捕らえ、俺という存在を破壊せんと揺らめいた。

「また同じ術……芸がないな。道化ならば道化らしく、派手に踊るが良かろうに」

だが、無意味だ。【権能】を発動させているこの肉体に、【呪詛】とやらは通用しない。冷笑を浮かべ、俺は更に歩みを進める。

【権能】――【□□□□□《アースガルズ》】

それは、ありとあらゆる攻撃を無効化する絶対の力。例外は神々に由来する力を根源としている攻撃だ。即ち、【天の術式】だったり【神の秘宝】だったり【加護】だったり、それこそ神々本人の攻撃以外は、俺に一切通用しないのである。例外の通用する力にしたって、相手の神格によってはほと

んど減衰させる効果がある。他にも極一部の例外はあるが、今は無視だ。

第一部において猛威を振るった、ラスボスとして君臨するに相応しいジルの固有能力。ただでさえ元々のスペックや才能が人類最高峰だというのに、そんな固有能力を持っていればそれはもう「ジル一人だけでええやん」となるのは当然の理屈だった。流石に二十四時間三百六十五日持続する能力ではないので持久戦に持ち込まれれば【権能】はいずれ解けるが、ジル相手に持久戦なんてできる存在が一体この世界にどれだけ存在するのやら。

まあ第一部では特別だったこの力も、第二部以降は珍しくもなんともない力と化すので、完全にこの【権能】の価値は霞《かす》むのだが。何より俺の最大仮想敵である神々にはほとんど通用しないと思われるので、これに頼りきるのも問題しかないと言える。

「じ、【呪詛】！　混沌舞踊──」

余談だが、【呪詛】とかいう力を弾くのに実のところ【権能】なんて大仰なものは必要ない。【神の力】さえあれば、【呪詛】を無力化できることは【熾天】が既に原作でやっていたのだから、俺は相手を封殺する術を知っている。

「踊れと言った直後に舞踊ときたか。それなりにジョークというものを弁えているようだな？」

鞭のようにしなってこちらに飛んでくる闇を、軽く【神の力】を放出して弾き飛ばした。

弾け飛んだ闇は逆に女へと叩きつけられ、女の体を地に沈める。

「あ、嗚呼……莫迦な……人の道理を超えた力……人間では、抗えるはずが……」

ここに、格付けは決定された。

もはや女に打つ手はない。後はこの女を殺して、それでこの事件は終わりだ。

「まあジョークを弁えていようが、貴様が私の国へと手出しした事実は消えん。【魔王の眷属】などと名乗るならば、喜色を浮かべながら地獄へと還るが良か――」

「…………まっ！」

俺が魔力を体内で練り上げたまさにその瞬間、女は口を開いた。

「まさか！　貴方様が我々が信仰する魔王――」

「――黙れ」

開いたが、俺は神威を放つことで、女の口を強制的に閉ざした。

「この私が、貴様ら風情が信仰対象とする魔王だと？　嬲《なぶ》ることに快楽と愉悦を見出すような……節操のない貴様らが、恭順する存在であると？　随分と、面白い事を口にするではないか」

パクパクと、女が口を開いては閉じる。俺から放たれる神威による重圧を受けた女は、その顔を幽鬼のように青褪めさせていた。

「元より私の国に弓を引いた貴様に、生かす価値などなかったが……くく、くくく」

そう言って嗤いながら、俺は右手で顔面を覆う。

――この世界に来てから、俺を信仰する人間は多くいた。キーランはその筆頭で、教会勢力はそれに続く狂信者連中だ。

だからこれ以上増えたところで大して変わらないと思っていたのだが……まさかこれほどまでに、不愉快な感覚を抱くとは。

使える駒は多ければ多いほど良いだろうに。調教してしまえば、それなりに使えるかもしれないというのに。選り好みなど贅沢だろうに。

しかしまあ、構うまい。

俺は、ジルになったのだ。自分が抱いた野望のために、世界を支配しようと目論むような男になったのだ。

ならばむしろ、こう在るのが自然なのかもしれない。まあそれにここまできた以上――どれだけエゴを重ねようと誤差の範囲だろう？

「くくく――実に、不愉快だ。貴様のような汚物が私を見るな。痴《し》れ者が」

――【死の業火《ニゲルフレイム》】

今まで溜まっていたストレスの全てを発散するかのように、俺は魔獣を討伐した時以上の殺意を込めて、女を地獄の業火で燃やし尽くした。


「……【魔王の眷属】が、この時点で現れるか」

先程は怒りが先行して超級魔術を放ったが、あの程度の相手には贅沢すぎたかもしれない。

最高眷属とやらは不明だが、単純な戦闘力ならば【レーグル】にも及ばない集団。まあ、【呪詛】とやらが厄介極まりないだろうが。

……しかし【呪詛】。直接喰らって分かったが、あれは異質だ。

教会勢力が一方的に殲滅できたのは、文字通り相性が良かったからだろう。中々に面倒臭い連中が、まだ第二部どころか原作も始まってなさそうな時点で現れやがった。

……それにしても、原作。そう、原作だ。

神々ばかりを気にしていたが、いつどんな場面で覚醒して急激に力を上げるか理解できない理不尽的存在、原作主人公にも目を向ける時機を見極めないと——そんな風に思考を巡らせている時だった。

「——いい。とても、とてもいい」

鈴を転がすような声と共に大地が黒い炎ごと凍てつき、そしてガラス細工のように砕け散る。

氷の結晶が舞う白銀の世界。それを背景に、俺は頭上へと顔を向けた。

「素晴らしい。素晴らしかった、いいものを見せてもらったよ……。美しく、純粋に澄み切った魔力。無詠唱で放ったとは思えない程に洗練された超級魔術【死の業火《ニゲルフレイム》】。それも、込められた魔力量がぴったり必要最低限」

その視線の先に、

「これは逆に難しい……そう、難しいんだよ。一般的に必要以上の魔力を込めるのは非推奨とされている。何故なら、調整が効かなくて暴発してしまう恐れがあるから。でもそれは厳密には違うんだ。厳密には魔力を込め過ぎるのがいけないんであって、ぴったりと必要魔力のみを込めるのは不可能に近い。無詠唱なら尚更だ。普通はそれ以上の魔力を込めてしまうからね」

水色の髪と琥珀《こはく》色の瞳。三角帽子と水色のコート。そして、袖なしのワンピースのような服装を纏

った十代半ばに見える少女が、ニコニコとした笑みを浮かべながら宙に立っていた。

「そしてその魔力量……いやはや凄まじい……。異常、異常だよ。師匠より多いんじゃないかな？　その魔力量でなんで内側から弾け飛んだりしないのかな？　それほどの魔力量、周囲にある程度垂れ流して空気抜きのようなものをしておかないと自らを滅ぼすだろうに。……人智を超えた魔力量と、それに耐え切る肉体を両立した存在……？」

言いながら少女は恍惚とした表情を浮かべ始め——。

「人体の神秘を見た気分だ……！　まさに、まさに魔術を極めるために生まれてきたような存在じゃないかっ！　もしや魔術の王となるべき器なのでは……素晴らしい……ああ、素晴らしい……ッッ!!」

少女を中心に、轟《ごう》っ、と魔力の重圧が吹き荒れる。

圧倒的な魔力の奔流。常人なら震え上がり、膝を突いてしまいかねないそれを——しかし、俺は涼風のように受け流した。

「……いいね！」

一切動じない俺の姿を見て、少女の笑みが一層深まる。

「特級魔術は使えないのかな？　わざわざ超級魔術にする理由がないし……それとも使えるけど使わなかったのかな？　周囲の被害を気にしたのかな？　ここは渓谷だし、むしろ特級魔術を放つのには絶好の場所だからそれはないか。ボクの師匠だって、週に一回は大陸の端とかで特級魔術を放っているし、気分で」

ドヤ、とした笑みを浮かべながら「私の師匠は週に一回気分で核ミサイルを放っています」と宣言した少女。

正気か？　とドン引きしながら思った俺は間違っているだろうか。

「あれほどの才能なら、間違いなく炎属性の特級魔術には至ることが——ああ、そうか。特級魔術となると、小国じゃあ属性に合った魔導書がない可能性があるのか……。いや、そもそも特級魔術の魔導書がないかな？　もし、もしもこの人が特級魔術を使えるようになったら——ああっ！　やばいっ！　そ、想像しただけで……ッ!!」

顎に手を添え、ブツブツと何やら呟く少女。時折顔を蕩《とろ》けさせている辺りに、変態性を垣間見ることができるだろう。そんな風にクネクネしていた少女は暫くして勝手に納得したのか、魔力を抑えてその桜色の唇を開いた。

「よしっ」

その少女のことを、俺は知っている。

「初めまして、ボクは【氷の魔女】の一番弟子。早速だけど、特級魔術に興味あったりしない？　ボクの直感的にキミは間違いなく最高の才能を持っている。是非とも特級魔術身につけちゃおうよ。特級魔術はあると便利なものでね。ストレス発散になるよ」

胡散臭《うさんくさ》い笑みを浮かべながら、俺に対してそんな提案をしてくる少女。

「その埒外な魔力量で安全に超級魔術を運用できるんだし、ボクの師匠のもとにくれば特級魔術も身につけられると思うよ。歴史に名を刻んじゃおうぜ」

少女こそが世界最強の魔術師、【氷の魔女】の一番弟子にして――第一部において、【レーグル】の一角を担う少女であった。

§

国を襲った魔獣の軍勢は【レーグル】を名乗る二人組の男によって殲滅された。

曰く、王直属の配下である彼らは魔獣による襲撃を察知した王の命令により魔獣の軍勢を殲滅し、国を守護したらしい。それを聞いた兵士や市民達は、王の采配に喜びを覚えていた。

この地は王の住まう都市からそれなりに遠く、辺境に位置する場所だ。流石に大国でいうところの首都と辺境ほど距離の差はないが、しかしそれでも結構な距離。にも拘らず、魔獣による襲来を受けてから、殲滅までの時間が非常に短い。これは間違いなく、王が自分達を気にかけてくれていることの証明だった。

誰かが言った。「王は我らを見てくださっているのだ」と。

加えて、派遣された【レーグル】という王の腹心達。彼らの戦闘能力は完全に常軌を逸していた。

キーランという男は視線を合わせて何かを呟くだけで魔獣達を絶命させ、ヘクターという青年は目には見えない速度で攻撃を加えることで魔獣を絶命させる。まさしく奇跡を起こした王とその腹心達に、辺境に住む彼らが強い畏敬の念を抱くのは必然だった。

「さてと、復興の手伝いだな。消火に瓦礫の撤去。ああその前に怪我人を集めねえと……」

「……随分と、手慣れているな」

「いや、国を抜けてからは結構な期間傭兵だからな俺一応。ていうかキーラン、テメェにも働いてもらうぞ」

「当然だ。この国がジル様の所有物である以上、手を抜く事は許されない。私一人で全ての瓦礫を即座に撤去してみせよう」

「その細腕でこのデカイ瓦礫とか撤去できるのか見ものだがな」

「口を慎めよヘクター。ふん、私ならこの程度……この程、度」

「言わんこっちゃねえ。テメェはどいてろ俺がやる」

「…………口を慎めよヘクター」

【レーグル】の二人は、何やら会話をしながら瓦礫の撤去を行っている。会話の内容は聞こえないが、おそらく自分達のような市民では計り知れない崇高な会話をしているに違いない。

会話の邪魔をしないよう、されど【レーグル】の二人を手伝うべく自分達も復興作業を行わなければ。幸いにして、死人はいない。ならばそれを喜ぼう。町はまた作り直せるはずだから。

──そう思っていた時だった。

「あん？」

「これは……」

町全体を何かが包み込んだかと思うと、みるみる内に瓦礫が宙に浮き、炎が消え、怪我人達の傷が癒えていく。家屋や地面は破壊された状態から逆再生するかのように元の形に戻っていき、最終的には魔獣の軍勢による襲撃などなかったかのように、今まで通りの当たり前の風景が出来上がっていた。

誰かが言った「奇跡である」と。

奇跡を目の当たりにしたとある老婆は涙を流し。とある子供達は「凄い凄い」とはしゃぎ。とある老人は両の手を合わせ。とある夫婦は互いを抱きしめる。

「……ま、」

常識外れの事態に皆が驚愕し、感動している中、キーランという男が何事かを叫び出した。

「ま、まさしく‼　まさしくこれは‼　な、なんという事ですかジル様‼　まさかこのような、このような……‼　わ、私は‼　お、おお‼　ジ、ジル様の波動が……‼　こ、この身に、この地に降り注ぎ……‼」

そんな風に叫んでいた彼は暫くして落ち着いたかと思うと——素早く服を脱ぎ捨てる。

突然の行動に驚く者半分、もはやそれくらいでは動じない者半分といったところか。

そして下着だけになった状態で彼は皆の前にやってきたかと思うと、ゆっくりとその口を開いた。

「お前達。今のは我らが王、神たるジル様によるこの地に対する救済の術だ」

——神。

普通に考えれば、そんな突拍子もない言葉を聞いたところで誰も信じないだろう。

何せ、誰もそのような存在を見たことがないのだから。誰も、神の奇跡の恩恵なんて受けた事がないのだから。

だが、この場にいる者達は違う。

何故なら、彼らは見たからだ。

王——神の奇跡を。

この場にいる誰もが、神によって救われた。

だから誰もがその言葉に納得の意を示し、顔も知らない王に対する忠誠心が増していく。

「これより、ジル様へと信仰を捧げる。——服を脱げ。国の民であるお前達であれば、ジル様もこの信仰の儀を快くお受けなさる事だろう」

服を脱ぐ。成る程、確かに服を着ている状態で信仰を捧げるのは失礼だろうと誰もが納得の意を示した。

遠い異国の地では、顔にマスクを付けた状態で接客業を行うことは非常に失礼な行為にあたると聞く。人と真摯に向き合う場面で、顔の一部を隠すのは良くないからという理由らしい。

ならば王に対して信仰を捧げるのに、服を着ているのは異常だろう。何せ服を着ているということは、顔の一部なんて小さな部分ではなく、体のほとんどを覆い隠していることと同義なのだ。即ち、マスクで顔の一部を隠していることの比ではないくらいの不敬である。

信仰を捧げるのに服を着ているなど、そんな非礼な存在は異常者に違いない。

彼の言葉通り、服を脱ぐのは当然であると言えた。

「ああ……下着を脱ぐのは、まだ我らには早い。我らの信仰を完全に神に認めていただくために、我らは日々信仰を重ねていくのだ」

成る程。確かに、突然下着の中まで曝すというのは、それはそれで非礼にあたるだろう。遠い異国の地では、付き合って間もない段階で神聖な行いをするのは不埒な真似にあたるという。

そして、信仰を捧げる儀も神聖な行いだ。

この二つは〝神聖な行い〟という点で繋がりを有する関係にあり、であるならば信仰を始めて間もない段階で、下着の中を曝すのは大変不敬に違いない。

自分達の知らない知識を伝え、しかし何故そうなるのかは自分達に気づかせる。

まさしく、目の前の存在は神の使徒なのだ。

彼らは神たる王のみならず、目の前のキーランという男に対しても尊敬の念を深めていく。

「……ふむ」

そうして何も言わずに服を脱いで下着のみになった皆を見て、彼は満足げに頷いた。

「では始める。何、難しく考える必要はない。ただこの状態で跪き、自らの内側にあるあらゆる全てを曝け出し、己の中を余すことなくお伝えし、信仰を捧げるだけなのだからな」

キーランが跪き、それに倣って民達も跪いて信仰を捧げる。


素晴らしく開放的だ、と誰もが思った。

皆の心が一つになり、神たる王に信仰を捧げるとはこれほどまでに清々しい気持ちになれるのだなと誰もが理解し、この神聖な行為を自分達に伝えてくれたキーランに対する尊敬の念をますます強め、町の中央に彼の銅像を建てることを決めた。

　そしてこの日からこの町では一日に三回、キーランにより伝道された信仰の儀が集団で行われるようになる。皆を救った理想の王。その王に対する忠義、信仰を示すのは当然のことだったからだ。

　またこの儀を行って以降、何故かこの町は多くの子供に恵まれることになる。近年は少子高齢化が進んでおり衰退するのではないかと危ぶまれていたが、この儀を行ってからは万事解決。

　まさしくこれは王《神》の祝福であり、この町の住民達から王へと向けられる信仰心は留まることを知らなかった。


「……」

　何十人もの人間が集まって体のほぼ全てを外界に晒し、その状態で跪いて想いを叫びだすその光景。

　この町は国の入り口であり、他国の人間がまず始めに訪れる土地である。この国に訪れた人間が、この信仰の現場を見た時どう思うのだろうか。頬が紅潮していたり、息が荒くなっている人間が複数見えるのは気のせいだろうか。

「……」

　俺なら間違いなく回れ右するな、とヘクターは思った。

同時に、ジルが見てたらどうするのだろうかとも思った。

「……」

おそらく、この国にまともな人間は自分とジルしかいない。決して、決しておかしいのは自分なのか？　などと思ってはいけない。

間違いなく異様な光景をそのまま暫し見て、そしてヘクターは天を仰いだ。

（助けてくれ、ボス……）

天を仰いだが、そこには雲ひとつない青空が広がっているだけだった。

§

魔獣騒動は滞りなく終わりを迎えた。

【氷の魔女】の弟子との会話を終えて別れた俺は、とりあえず王城に戻った。それから城や教会を爆発させた時にも使った魔術と治癒の魔術の二つを、前線があったとされる町に展開し、復興作業も済ませた。

治癒の魔術は所詮治癒の魔術でしかないため、死んだ人間がいたらどうしようもないが。

随分な大盤振る舞いと思われるかもしれないが、国の人間はもしかしたら今後に使えるかもしれないので、アフターケアを行うのは当然だろう。

「問題はなかったか。キーラン、ヘクター」

「はっ！　万事解決いたしました、ジル様」

「……まあ、問題はなかった……のか？」

自信満々なキーランと、どこか歯切れの悪い様子のヘクター。

（ふむ……成る程な）

どうやら問題はあったらしい。

「……そうか。もしや、死者が出たか？」

キーランは嘘をつかない。しかしそれは彼の主観では問題がないだけで、客観的に見たら問題がある事態があったのかもしれない。

キーランは元々殺し屋だし、一般人の命の一つや二つなら誤差と認識するだろう。ヘクターも傭兵だが、しかし彼はアニメにおいて一般人は巻き込まない主義をしていた。

ならばと思い、俺はそこを尋ねてみる。

「いや。それはなかったぜ、うん」

死者は出なかったか。

うん、まあ、なら良しとしよう。

完全にどうしようもない異常事態が起きたのならキーランだってこうも自信満々にならないだろうし、それこそヘクターも黙っていることはないだろう。

良し、良し！

魔獣の問題は解決したと喜んでおこう。

「……」

それに何故か、俺の体の調子が良くなった。本当に若干だが、能力が向上した気がする。その理由は定かではないが、まあおそらくこの体に慣れたからとかそんな理由だろう。体の使い方を覚えたら、能力が向上するのは当然だし。

（……それにしても、【魔王の眷属】）

連中が第一部の段階で至るところに出てくるなんてことになったら、どうなんだ……？　先の遭遇戦で、女は伝道師がどうのこうの言っていたが……伝道師は実在するのか？　したとして、それはどれくらい強いんだ……？

教会勢力に連絡を取れば安心できるのだろうが、しかし【熾天】とかいう第一部における過剰戦力を引っ張り出すのはどうなのか。

まあ幸いにして、【レーグル】の面々には神々由来の力の一種である【加護】がある。【呪詛】には抵抗できるはずだ。

（まあ、俺の戦闘経験値《レベル上げ》として使えそうな存在《モンスター》のようなものが湧いて出てきたとでも思えば良いか）

目的もどこにいるのかもよく分からない組織への対処法なんて、今考えたところでどうしようもない。今は脇に置いておこう。

（――ここからだ）

今はまだ、スタート地点に立ったばかり。

【天の術式】はある程度身につけた。だが、足りない。神々に対抗するには足りない。

最低でもグレイシーと同等かそれ以上の実力を有する神々。

……そう、神々なのだ。

グレイシーと同等かそれ以上の存在が、複数存在するのだ。

……考えれば考える程、絶望的な状況だ。今の俺では全然足りない。グレイシーを見てから、より一層そう思った。

だが、

(使い古された言葉だが……)

足りないということは、伸び代があるということ。

この世界には、まだまだジルという男が手にしていない力や技術が眠っている。俺の持つ原作知識の中でさえ、そういったものがまだあるのだ。ならば、グレイシーのような例外が……俺の知らない原作知識の範囲外に、神々を討ち滅ぼす〝何か〟があるかもしれない。


足を止めるな。

思考を巡らせ続けろ。

使えるものは全て使え。

されど状況は見極めろ。

強くなれ。

そして、そして――

(かませ犬には、ならない……)

——たとえ原作《本来の歴史》を壊してでも、俺は俺の目的を果たす。

これは、俺というちっぽけな人間が、ただ自分のエゴを貫き通す。

ただそれだけの、物語だ。

# 第六章　おいでませ魔術大国マギア

魔獣による襲撃から、一日の時が経った。

【レーグル】の評判はどうやらたった一日でこの王都にまで届いているらしく、奇跡の存在であると畏敬の念を込めてその名を呼ばれているらしい。

朝一番に俺の部屋へやってきたキーランが、跪きながらそう言っていたので間違いないだろう。

アイツは頭はおかしいが、嘘はつかない。心の声を読むまでもなく、そこは信用している。

（……さて）

よくアニメで見るような細長い形状の机。その上座に俺は一人腰掛け、キーランの用意した朝食を食べるべく内心で手を合わせた。

（いただきます……）

日本人なら言い慣れた言葉を、心の中で発する。

ジルが食前の挨拶をしていたかはアニメで食事の描写がなかったので知らないが、まあ、多分使わないだろう。ならば俺も当然、使う訳にはいかない。

この肉体はラスボスのもの。自らが世界全てを支配することで、今の世界の破壊を目論んでいたジルという男のものだ。そんな彼が、食事の前に手を合わせて「いただきます」なんてするはずがない。キャラ崩壊も良いところである。

まあしかし、食事の挨拶をしていたらギャップ萌えは狙えるかもしれないな。狙ってどうする。

(こういう細かなところにも気を遣って演技に徹しないといけないのが、キャラクターに憑依して辛《つら》いところだ)

気を抜けば間違いなく、前世の俺の素が出てきてしまう。その違和感からジルという存在を怪しまれてしまえば全てが終わりだ。

だからこそ、神経を尖らせる必要がある。俺という中身を、悟られる訳にはいかないからだ。

まあ、それはそれとして。

(今日も美味そうだ)

パン。肉料理。サラダ。卵料理。スープ。紅茶。デザート。

俺の舌を飽きさせないように所々変化したりはするが、大体朝食のメニューはこんな具合だ。正直、割と気に入っていたりする。

(あーベーコン美味い。サラダのドレッシングは新作か。スープはコーンスープに近い味な気がする。パンもサクサクしていてスープと合うし。……キーランは俺の頭を悩ませるが何故、何故こうも有能な部分は有能なんだ……初めてお前が料理を作ってる光景を見た時は、マジでビビったぞ。これで狂信者じゃなければ……狂信者じゃなければ……)

アレは非常に、シュールな光景だった。

何せ「腹が減った。今すぐ腹を満たせるものはないものか……」とか思いながら冷蔵庫を求めて厨房らしき場所に向かえば、全身黒ずくめのキーランが流れるような手つきで料理を作っていたのだから。

ジル専属料理人キーラン。得意料理は「ジル様のお望みになるもの全て」とのこと。

それを聞いた時は若干悪戯心《いたずらごころ》が湧いたので、ものは試しとばかりに俺は「寿司」と言ってみた。

了承を受けた。

暫く待った。

寿司が出てきた。

美味かった。

異世界ってなんだっけ。

（もう料理だけ作ってりゃ良いんじゃないかな）

そんな感じで朝食を取りつつ。

（さて……あの少女について、そろそろ考えないといけないな）

俺が【魔王の眷属】を焼き殺した後に現れ、【氷の魔女】の弟子を名乗った少女。

その少女のことを、俺は知っている。

原作においてジルが率いる第一部最凶組織――【レーグル】の一員たる天才術師。名を、ステラという。

（まさかあんなところで出会うとはな……）

原作にいたのに現在手元にいない【レーグル】の面々をどうやって仲間にするかは、俺の頭を悩ませる問題の一つだったが、まさか偶然出会うことになるとは思わなかった。

（さて。どうやって、こちら側に引き込むかね）

【禁術】を扱える【氷の魔女】の弟子という立場から推測できるように、ステラはあの魔術大国出身の人間だ。この時点で彼女の頭がおかしいのは火を見るより明らかであり、そんな彼女を引き入れるということは、即ちキーランに並ぶ悩みの種を生み出すことと同義である。

自殺願望者かと。お前は何を考えているのかと。ヘクターを呼べと。キーランと別ベクトルで頭のおかしい人間を周囲に増やしてどうするのかと。

そんな感じの天の声が複数聞こえてきた気がしたが、俺は無視した。

（スカウトしてもマイナスしか生まない存在なら、俺だって好き好んでスカウトしない）

俺の胃痛の原因になる可能性が高い少女なんて、受取拒否を選択してお帰り願いたい気持ちはある。だがしかし、非常に腹立たしいことに有能な存在であることが分かっているので、デメリットを多少無視してでも引き入れておきたい。

「ジル様、紅茶のお代わりをお持ちしました」

「いただこう」

彼女の有能な点は、まず第一に、彼女は稀少な氷属性の魔術の使い手であることがあげられる。

氷属性は特殊な属性であり、おそらくこの世界での使い手は【氷の魔女】とステラのみ。

脳内を探ってみても氷属性の魔術に該当する情報はなかったし、書斎を漁っても存在しなかった。

（何かしら理論はあるのだろうが……）

まあその辺は、直接本人達に尋ねれば教えてもらえるだろう。

稀少な氷属性という属性を扱える。この点だけ見ても彼女は優秀だし、まだ十代ということもあって成長性にも期待できる。

何かしらきっかけでも与えてやれば、覚醒とかしてインフレに追いつく可能性は十分あるんじゃないだろうか。


――何せ、師匠がインフレに付いていけたのだからな。


（……まあ、氷属性の魔術なんざ俺にとっては副産物に過ぎんが）

俺がステラを欲する真の理由。

それは、ステラが発現する【加護】の能力を是が非でも手元に置いておきたいからである。

なんと彼女、ファンタジー作品において最強格に位置する時間操作能力を発現するのだ。そんな稀少かつ強力な能力を、放置するのは無能の極みだろう。

「ジル様、ケーキでございます」

「いただこう」

まあ時間操作能力といっても世界の時を止めたりするほどチートじみている訳ではない。

彼女にできるのは、自身の時間の操作。

体内時間を操作して倍速で移動するだとか、腕が取れたから肉体の時間を巻き戻して腕を治すだとか、そういった能力である。なお肉体の時間を戻せるのは三日まで。

（まあ自分自身に対する時間の操作しかできないのなら、正直そこまで必要ないんだが……）

彼女の最も優れている点は、魔術と組み合わせて【加護】を扱える点だ。

本来なら自分自身にしか適用されない彼女の【加護】の能力を、彼女はあろうことか魔術と組み合わせることで他人にも効果を及ぼせるよう改造しやがったのである。漫画でよく見る「氷属性の究極奥義……それは、時間凍結だ（ドヤ顔）」を【加護】と併用することで実現化したのがステラという訳だ。

俺がそんな彼女に求めるのは唯一つ。

それは、神々と戦争を行う際に支援役に徹してもらうことだ。神々を相手に【加護】がどこまで通用するのかは分からないが、一瞬の差が明暗を分けるというのはよくある話。

神々の時間を一瞬でも停止させることができたなら、それだけでも大きな切り札となる。

（まあ、仮に通用しないならその時はその時だ。手札は多ければ多いほど良いというだけの話だし。やれることは全部やって挑むのが俺の主義だからな……）

ＲＰＧをやる時は、魔王に挑む前にレベルを上げまくるのが俺のスタイル。生死を分ける状況である以上、できることは全てやっておくべきだろう。通用する可能性が少しでもあるのなら、試す価値は十分だ。

（問題は、どうやって彼女を引き入れるかだが）

手元に置くと決めたのは良いが、ステラは人間なので市場に行って買えるものじゃない。

今の彼女は【氷の魔女】の弟子にして魔術大国に属する身。ならば、スカウトは慎重に進めなければならないだろう。

（国際問題に発展しても困る。……さて、どうするかね）

スカウトに大事なのは、向こうの心理状況や価値観など根底に存在するものを理解し、対象が食いつく適切な餌を提示すること。ようは欲しいものを渡すことと交換条件に、こちらに引き込むということだ。

だがそれを行うには、相当な情報収集能力が必要だ。何故なら、そんな情報は普通に生活を送っていても得られる情報じゃないから。

国に専用の工作員を送り込んで監視。彼女の周囲から彼女のパーソナルデータを掻き集める。その他諸々を行って得た情報の正誤を精査して初めて、策を考える段階に移ることができる。

だが、俺にそんな回りくどい真似は必要ない。

（……俺には、原作知識があるからな）

内心で冷笑を浮かべる。

原作知識。

俺がこの世界において、非常に大きいアドバンテージを得ることができる絶対的な代物。

この知識の素晴らしい点は、原作に出てきた人物であればパーソナルデータもある程度は叩き込まれている点だ。当然、ステラという少女のパーソナルデータもアニメで描写された範囲であればきちんと把握している。

（くく……）

教会勢力に対する「こちらを神に連なる存在であると誤認させることで交渉を有利に進める」という策も、原作知識があったおかげで生まれたもの。これと同様のことを、ステラという個人に対しても行えば良い。

まあ、教会勢力ほどあっさりと決めることは難しいと思うが。連中には「神々に絶対服従」という非常に分かりやすい価値観があったから、あっさりと決まっただけだ。

（アニメでの描写から察するに……ステラの根底に根ざす価値観や感情は、おそらく結構複雑だ）

アニメにおいて、ステラは自分から志願して故郷である魔術大国に攻め込み、目的たる【神の力】を持ち帰ろうとしていた描写がある。

更には【氷の魔女】相手にも苛烈な姿勢を見せ、狂気的な笑みを浮かべながら殺意の高い術式を放っていた。

そこだけ見れば魔術大国。ひいては【氷の魔女】が嫌いで過激な行動を取っていたように見えるだろう。

しかし、単純にそうであると結論づけるのが難しい描写も、存在していた。

『――やっぱり、師匠は……凄いなあ』

これはステラの原作における最期の独白だ。

この死ぬ直前の心の声。即ち、嘘偽りない本音から推測できる彼女の【氷の魔女】に対する想いは、負の感情だけとは思えない。

（負の感情だけではない。つまり、単純に嫌いなだけという訳ではないはず。だが現実として、ステラは【氷の魔女】を本気で殺しにいった）

嫌いだから殺しにいくのは常人でも理解しやすい感情だが、好きだけど殺しにいくというのは常人では理解し難い感情だろう。

負の感情だけではないが、しかし正の感情だけでもない。つまり、ステラの内心には正の感情と負の感情が両立していることを意味する。

であれば、彼女が【氷の魔女】に抱いている感情とは何か。

（――――嫉妬、かね）

あくまでも推測の域は出ない。しかし、それほど間違ってはいないと俺は睨んでいる。

（相手のことを自分より格上だと羨望する正の感情があるからこそ、それに対応する劣等感などの負の感情も生まれてしまう……）

嫉妬を動機とした殺意。

典型的といえば典型的だが、ファンタジー作品なんて王道を行ってナンボだろうというメタ視点的なものも加味すれば、この推測は正しいように思える。

（だが……）

しかし当然ながら、疑問も存在する。いや存在するというより、湧いたというべきか。

先の邂逅時の彼女の様子を見るに、どうにも嫉妬で狂うような人間には思えない。何故なら桁違いの魔力量を持つ俺に嫉妬するどころか、寧《むし》ろ好意的な反応を示していたからだ。

（時間が経過すると共に、単純な羨望が嫉妬に変異していった可能性もあるが……）

腑《ふ》に落ちないと俺は思った。

実際に目で見たからこそ、察することができるものだって存在する。特にジルの観察眼が人知を超越している以上、この肉体が抱いた〝違和感〟という感覚は無視するべきではないはずだ。

（……他にあるとすれば）

嫉妬したから敵対したのではなく――自分が想像していた理想の【氷の魔女】ではないという解釈違いに近い何かが【氷の魔女】に対して起きた可能性。

「ジル《ジル》様。ケーキのお代わりなどはいかがでしょうか」

「いただこう」

解釈違い故の敵対……成る程、あり得る話だ。

だがまあとりあえずは、アニメの描写だけで判断できるステラの人物像に対するアプローチを考えてみよう。勿論、後で解釈違い故の決別パターンでのアプローチ方法も考えることを前提とした上でだが。

（憧憬。羨望。嫉妬。野心）

【氷の魔女】に対して抱いているそういった複雑な感情と、魔術大国の魔術師特有の価値観。

これらが複雑に絡み合った結果、彼女は国を抜けて【レーグル】に属するに至ると仮定して――。

(――嫉妬――つまり――――であるからして――――ここは――――)

脳内でステラを手に入れるために必要な算段を整えていく。

必要な言葉。感情。表情。物資。人員。俺がステラに提示すべき利益やそれをするタイミング、その他諸々を計算し尽くしてステラ勧誘に乗り出すにはどういった行動を取るべきか。

原作通りになるならいずれ【レーグル】に加入すると考えるのは甘い。既に俺とステラが接触してしまっている以上、原作通りに事が運ぶとは言い切れないからだ。

そもそも、原作だっておそらくジルがステラを勧誘した形だろう。原作開始前――つまり各国に襲撃する前に、他国の人間《ステラ》が【レーグル】を把握する方法は存在しないのだから。

(となるとやはり、確実に接触できるこの機会を逃す理由はない)

向こうは俺に対して、一緒に【氷の魔女】に師事しようと持ちかけてきた。そして、返事を伝える待ち合わせの場所と時間に関しての約束も結んである。確実に接触できるこの機会を、見逃す訳にはいかない。

(……そもそも自然と入国できる機会が舞い込んできたのに、入国しないなんてのはあり得ないからな。魔術大国に関しては)

何せあそこにあるのは、ステラという少女だけではないのだから。

(魔術大国に眠る【禁術】――つまり、【天の術式】。なんとしてでも、手に入れてやろう)

現時点で、確実に在り処《あか》を把握できている【天の術式】。これを手に入れないなんて選択肢は、俺の中に存在しない。

（ステラと、【天の術式】を手に入れる。そのために、まずはステラという少女をこの目で直に見ることで事前情報《原作知識》との乖離具合を完全に測り……そして、掌握《しょうあく》する）

今の俺は、相当に酷薄《こくはく》な笑みを浮かべていることだろう。

だが、知ったことじゃない。俺は自分の運命を変えるため、あらゆるものを使う。それくらいしないと、神々になんて対抗できないだろうから。

（良し！）

一石二鳥という言葉が相応しい状況に満足感を覚えながら、紅茶を口に含んだ。

（……ああ、そういえばそろそろ紅茶の茶葉が切れるんだったか。……それはよろしくないな。可及的速やかに、ヘクター辺りに買いに行かせ――）

「ジル様。紅茶の茶葉を仕入れてまいりました」

「……」

――いや、いつの間に買ってきたんだよ。

俺お気に入りの茶葉の入った瓶を持ち上げて「褒めて褒めて」みたいな顔をしているキーランを見て、俺は内心で心底驚愕していた。


――あわよくば、魔術大国に眠る【神の力】もここで手中に収めてやろう。

§

「私はこれより、魔術大国へと赴く。その間の国の運営……キーランとヘクター、お前達に任せたぞ」

そう言って、俺は眼下に映る二人を見る。

キーランは片膝を突いていて、ヘクターは起立し自然体。二人の性格を完全に示しているな、というのがそれだけで分かる体勢だった。

「魔術大国……承知いたしました。その間における国の運営、このキーランが行わせていただきます」

「テメェ一人でじゃねえよ。耳付いてんのか」

「口を慎めヘクター。貴様はジル様のご慈悲を理解できんのか？　先のお言葉は私だけ特別扱いをすれば貴様が不憫だと、憐れだとお思いになったジル様のご好意に過ぎない。貴様如きが、ジル様の国の運営という大任を果たせるとでも？　図に乗るなよヘクター。何様のつもりだ」

「テメェが何様だよ叩き潰すぞ」

本当に大丈夫なんだろうか。

二人の険悪すぎる雰囲気を見て、俺は自身の判断が正しいのかどうか再度考える必要があるのでは？　と思い悩む。

（……ていうか、キーランを国に放置するのは怖くないか？）

手元に置いておくと腹が痛くなるので困るが、目に見えないところに置いておくのも怖すぎる。

俺がいない間の国の運営を任せて、国に戻ってきた時にとんでもない光景が広がっていたら、俺は耐えられる気がしない。

（……魔術大国から帰ってきた時に、国民全員が裸で生活とかしていたら、俺はもう立ち直れないんじゃないか）

そんな事態は起きないだろ、と思う俺がいる。

でもキーランだぞ、と叫ぶ俺もいる。

（教会勢力も、俺が止めなければ全裸で俺に向かって全てを曝け出しながら信仰を捧げる変態集団になっていたかもしれない。そう考えると……キーランを放置するのは……何より、ヘクターにキーランのブレーキ役を任せるのは可哀想だ）

悩んで。悩んで。悩んで、そして――。

「……いや、先の言葉は取り下げよう。キーランは連れて行く」

「はっ！」

やはりキーランは手元に置いておこう、と俺は結論づけた。

いつどこで、どんな風に爆発するか分からない爆弾は目に見える場所にある方が良い。

処理しやすいからな。

「哀れだなヘクター。貴様は、ジル様のお側に控える事ができない。本当に哀れだな、ヘクター」

「テメェさっきまで国の運営は人任だとかなんとか言ってなかったか？」

「口を慎めよヘクター。先程我々に国の運営を命じられたジル様のご心境と、今のジル様のご心境は異なるものだ。それは即ちジル様の中で優先事項が変わったという事であり、私の先の言葉との矛盾は一切生じていない。故に私は何も間違っていないのだ」

「無敵か？」

お前ら実は仲良いだろ。

（さて、ヘクターの補佐はセオドアに任せるとして……事前にヘクターに伝えておくことは――）

国の運営を任せるなんて暴挙も暴挙だが、当然ながら全てを任せる訳ではない。手を動かさないといけない作業の類をヘクターにやってもらうというだけで、指示を出すのは基本的に俺である。魔術大国での仕事と並行して行うのでやることは多岐にわたるが、まあこの肉体ならなんとかなるだろう。

「ところでジル様。今回の魔獣騒動により、辺境の地におけるジル様への信仰心は盤石なものとなりました」

「…………そうか」

そんな風に思考を巡らせていると、キーランが何やら満足げな表情で意味の分からないことを口にしてきた。

ちょっと言葉の意味を考えてみたが、やはり意味が分からない。

信仰心が盤石？　いや、魔獣に襲われて滅ぶところだったのだから、その危機的状況を救った俺に対する畏敬の念は増すだろうし、そこは狙った。そのためにヘクターとキーランには王直属である【レーグル】を名乗れと念話で言い含めておいたのだし……まさか、畏敬を超えて信仰心にまで昇華されたとでも言うのか……？

何故だろうか、俺は嫌な予感が拭えない。

「つきましてはジル様。この王都におかれましても、信仰心を盤石なものにすべきかと」

「……」

「──ジル様のお姿を、御威光を民達にお見せしましょう。御身がその姿をお見せするだけで、民達は貴方様に跪きます」

……信仰心どうこうは別として、確かに国の人間が俺に従うよう仕込みをするのは重要だ。国という勢力を自由に動かせるということは、それだけ取れる手札も増えるということ。個人ではできないことも、組織単位となれば話は変わるのだから。

(俺の配下が増えれば増える程、戦術の幅が広がる……。ふむ)

善は急げともいう。今やれるのなら、今のうちにやっておくか。

「……良かろう。ならば魔術大国に行く前に、疾く済ませるとしよう。民衆を集めておけ」

「はっ」

さて。民衆を絶対的な支配下に置くという行為を、ごく僅かな時間で完遂させるためにはどうするべきか。……一番手っ取り早いのは恐怖による屈服だろう。カリスマ性を示すという手もあるが、変な具合に狂信されても困る。一般人がギリギリ死なないラインの重圧を放ってしまえば、国という戦力は手中に収まるだろう。そもそも、この国は俺の国だし。

楽な仕事だ。

重圧を放った結果、何故か狂信者集団が爆誕した。

（……どういうことだ。何をどうしたら、恐怖政治を行おうとして狂信者が生えてくる……？）

まるで意味が分からない。

国という戦力を自由に動かせるようになったのだから良いだろう、と自分に言い聞かせはしたが、意味が分からないものは意味が分からないのだ。

（……よし、魔術大国に行こう。俺は何も見なかった）

現実から逃げるように、俺はキーランを引き連れてステラと待ち合わせをしている場所へと向かった。

§

魔術大国。

大国の一つとして数えられるその国は、その名の通り大陸の中で最も魔術に対する造詣が深い国であり、国民の生活に最も魔術が密接に関わっている国である。

国の中には魔術の学校や研究機関がいくつも建ち並び、そこではオリジナルの魔術なんかの開発も行われていたりする。国民のほとんどが魔術以外に興味がないため閉鎖的なのもあって、他国からすればさぞかし得体の知れない国として映っているだろう。

触らぬ神に祟りなしと言わんばかりに魔術大国は周辺諸国から接触されず、結果として独自の路線を突き進んでいるのであった。

まあどう考えても最も触らぬ神に祟りなし案件なのは、廃人確実と言われている【禁術】の魔導書を閲覧しに行って、当然のように廃人と化してる人間が大量発生しているという点に尽きるのだが。

しかもその魔導書は、全く破棄される気配がない。それどころか破棄なんて誰も言い出さない。周辺諸国からしてみれば、狂気としか思えないのは自明の理であった。

連中は魔術が第一の魔術大好き人間ばかり。国の上層部は強力な術を扱える術師を戦力として扱って軍事大国としてのし上がりたいようだが、魔術師達はそんなことに全く興味がない。そんなことをしている暇があれば「研究しろ！」「魔術を学べ！」と総すかんをくらうのが現実だ。

そんな国民ばかりで国を運営する連中は何故「軍事大国としてのし上がりたい」という俗物的な思考をしているんだ？　と思うかもしれないが、答えは魔術師達からしてみれば国の運営すら面倒臭いからである。

富にも権力にも執着心がない魔術師達にとって、権力者という立場は煩《わずら》わしさしか生まない。それ故に、上層部に就くのは研究より権力や富を優先したい人間ばかり。彼らは総じて魔術の才能がない連中であり、同時に魔術大国においては異端な思考を有している人間だ。

そんな彼らは己の欲を満たすため国を運営するポストに就いて――なんやかんやあって胃薬が手放せない生活になるという。

そして愛する我が子には同じ苦労をかけさせたくないという鋼の意思から国を運営するポストに就かせないよう魔術に興味が向くような教育を行い……結果、魔術狂いが爆誕し、そんな我が子の姿に親は涙を流す。そんなお決まりがあるらしい。頭おかしい。

こんな具合に魔術大国はどう考えてもヤバイお国なので、ぶっちゃけ行きたくない。行きたくないのだが、とある事情から俺はそんな国に向かっているのであった。

「ふんふんふんふーん」

空を飛びながら俺の隣で鼻歌を歌う少女。

白い肌が覗く服を纏いながら楽しそうに笑っているその可憐な姿は、多くの男性諸君にとって大変目の毒に違いな――

「魔術の王になる素質があるとしか思えない人と、大陸最強の魔術師である師匠……。そんな二人の魔力に当てられる生活……ぐへ、へへへ」

全くもって可憐じゃなかった。

「いやあ、ボクは本当に嬉しいよ。特級魔術を頑張って身につけようね」

可憐さと変態性を両立させた珍生物。

彼女こそが世界最強の魔術師の一番弟子にして——俺の目的の一つ。名を、ステラという。

「まさかお友達を連れてくるなんて思わなかったけど」

「……」

「……めっちゃ睨まれてるんだけど。ねえ、なんか物凄く殺気みたいなものを感じるんだけど。大丈夫？　ボク死なない？」

俺に対して軽口を叩くステラを、殺気の篭った視線で睨むキーラン。

視線だけで人を殺すことができるのであれば、確実にステラは即死だろう。それほどまでに、キーランが向ける視線は苛烈だった。

そんなキーランの心の声は……うん、殺意しかなかった。

「まあ。今のキミはボクに抱えられて飛行している状態だし。ここで落とせば死ぬのはキミだよね」

「口を慎めよ小娘。お前如きがジル様に対して軽口を叩くなど、到底許される事ではない。お前のやるべき事は神たるジル様に対してその命を燃やし尽くしてでも、粉骨砕身《ふんこつさいしん》する事だ」

「ふんこつさいしん？　ていうか神様って、そんなのいる訳ないじゃん頭大丈夫？」

「…………貴様」

神を侮辱した上に、神の存在を否定する。

それは確実に、キーランや教会勢力の人間にとっての核地雷。これまでと異なり、本気で空気が変化したことを察した俺は、キーランを落ち着かせるべく口を開いた。

「――良い、キーラン。私は気にしていない」

「……はっ」

「変なのー」

そう言って、ステラはキーランの体を揺らす。

自分に対して殺意を向けてきた相手に対して随分と呑気であるが、まあこれが彼女の美徳なのだろう。多分。殺気を収めたキーランが「落とすなよ小娘」と言い、ステラが「そこまで鈍臭くありませーん」と軽口を叩く。


今の会話でなんとなく察した方もいるかもしれないが、俺達は現在空の旅に興じていた。


というのも魔術大国に赴くには、立地の関係でこれが一番速いかららしい。キーランは飛行魔術を使えないので、ステラが抱えている形である。可憐な少女が、如何にもな雰囲気の全身黒ずくめの男を抱き抱えて飛ぶ姿というのは、非常にシュールなものだった。

それにしても。

（キーランを連れてきたのは間違いだったか？）

険悪な空気――といってもステラの方は能天気なので気にしてなさそうだが――を見て、俺の選択は誤りだったのではないかと思い悩む。国に置いて行くのは不安だったが……しかし、彼の俺に対する高すぎる信仰心の調整はどうしたものか。

（まあ俺に対して最低限のラインを超えない限りは自重しているから、問題ないと言えばないのだろうが……いや、念には念を入れておくか？）

ちなみに粉骨砕身とは、簡単に説明すると全力を尽くして取り組むということである。

「炎属性の特級魔術を見るの、楽しみだなあ」

そう言って、朗らかに笑うステラ。

「師匠の特級魔術を見ても思うけど、やっぱり違うんだよね。特級魔術とそれ未満の魔術とでは。高次元の領域に近いとでも言えば良いのかな？　でもなんていうか、特級魔術は高次元に近くはあっても高次元そのものではない気がするんだよ。出力とかじゃなくて、もっと根本的なものが。そう考えると、【禁術】は高次元の領域そのものなのかもね。【禁術】は、術師そのものが高次元じゃないと使えなかったりするのかな？　だから高次元に至ってない人間は魔導書を閲覧するだけで廃人化しているとか？　うーん。師匠、【禁術】は見せてくれないから想像の域を出ないなー」

――いや突然めちゃくちゃ鋭い考察し始めたなお前。しかも結構良い線いってるし。

自分が有する知識の範囲内で真実の一端に触れているステラの言葉に、俺は素直に感心していた。

アニメではぶっちゃけ〝冷徹なアホの子〟みたいな印象を抱いたので、鋭い洞察力を有していることを知れたのは収穫だ。魔術関連限定の洞察力かもしれないが、それでも鋭い洞察力を有する存在は貴重である。

「ボクも早く特級魔術を使いたいな。勿論、【禁術】も。ああ、両方使える師匠は凄いや……はあ」

特級魔術を会得した人間は、それだけで歴史に名を遺す偉人の領域。

それを越え、【禁術】を使うにまで至っている【氷の魔女】は、名実共に魔術界の頂点に位置する世界で唯一無二の怪物だ。

そんな師匠を持つが故に、思うところがあるのだろう。それが嫉妬なのかは不明だが、そこは事前情報から推測した部分と大きくズレてはなさそうだな。

横目に彼女を観察しながら、俺は彼女に対する評価などを随時アップデートしていく。能力面だけを目的にしていたが、研究者的な立ち位置に就かせるのも悪くない。セオドアとは別の分野で、彼女は優秀な人材になり得るだろう。

加えて、性格も悪くない。

キーランすら軽く流せる胆力や、優れた容姿も加味して、ゆくゆくは外交官的なポストに就かせて他国との関係を良好に――。

「……？　どうしたんだいジル少年？　なんかボク、視線を感じたんだけど」

「気のせいだろう」

ステラはジル少年と口にしたが――実はなんと、今の俺は少年の姿をしている。

ステラに対して、俺は「自分は他国の人間だから、弟子入りをするなら子供の姿の方が警戒心を抱かれにくいのではないか」と遠回しに提案した。

始めは「あーもしかして幻術で子供の姿になる感じ？　魔術大国の人達に幻術は一切通用しないから意味ないよ」との返事をくれたステラだったが、俺が薬を飲んだ瞬間に背が縮んだのを見て

「は？」という言葉を漏らしていた。セオドアが言うには「厳密には若返りの薬ではない」らしいが、結果だけ見るなら若返りである。

ちなみに『わ、若返りか……。いやはや凄いな。師匠でもできるかどうか……。不老は身につけてるけど……』とはステラの言。セオドアすげえな。

ちなみに外見年齢は大体小学校三年生くらいだ。完全にショタである。

「さてと、そんなことを話しているうちに着いたよ」

時間にして三時間ほどだろうか。

そう言って空中で立ち止まった彼女の隣で、俺は眼下に広がる光景を見た。

「ようこそ魔術大国マギアへ。歓迎するよ少年。キミの成長に、期待しているよ？」

魔術大国マギア。

大陸に君臨する大国の一角にして、世界最強の魔女の居城。

様々なものを胸中に浮かべながら、俺はその国を眺めていた。

§

——同時刻、教会。

「お兄様が私と同じくらいの外見年齢になって魔術大国とやらに訪れたわ」

「ジ、ジル様がグレイシーと同じくらいの外見年齢に⁉　ど、どのようなお姿なのですか⁉」

「可愛いわよ？　無表情なのは変わらないけど……なに、気になるのソフィア？　あなたにも経路を繋げれば見せてあげられるけど」

「え、ええ！」

「まあ、見せないけどね」

「…………………………………………………………………………………………………」

「教皇。魔術大国ってあの頭がおかしい国でしょう？　神が心配だ。教会の全勢力をもって、魔術大国に監視を付けるべきじゃないですかい？」

「……否……神のご行動は……全て正しい……なれば監視など……不敬に過ぎる……神のご行動を辿るのは……妹たるグレイシー様だけの……特権……」

「といってもダニエルさんよ、あの魔術大国だぞ？　神の身に何が起きるか、分かったもんじゃない」

「……貴様は……神に不信を……抱くと……？　……重要なのは……我らの意思では……ない……神の行く道に……我らは続くのみ……」

「俺達は神の信徒だ。神の行く道に対して、万全の整備を行おうとするのは当然ってもんでしょうよ」

「良い。二人の意見はよく分かった。両者共に、神を第一に考えておる。……ふむ、儂としてはダニエルの意見を支持する。おそらく、神は人間の肉体という立場を利用され、魔術大国に探りを入れていらっしゃるのだろう。我々は必要最低限の準備だけしておき、ここで待機するべきじゃ」

「……探り？」

「うむ。伝承によると、神が人間のフリをして人間と共に生活をなさるというのは、割とありふれた話のようじゃ。それと同様の事を、神は現在行っていらっしゃるのじゃろう。——魔術大国を生かすか滅ぼすか……それを裁定するために、の」

「……成る程」

「んじゃま、滅ぼす時が来た時のための準備だけしときますかね」

「なんでアイツらって、ああも極端なのかしら」

「…………………………」

「こっちは拗ねてるし……はあ。お兄様とヘクターに会いたいわ」

§

魔術大国上空に着くや否や、ステラが「とりあえずは観光みたいな感じで首都を紹介してあげよう。のんびりとね」と告げて地面に降りていく。

それを見た俺も彼女の後を追うよう下降していくのだが、その最中にふと思った。

（……待て。ステラは魔術大国で最も有名かつ高名な【氷の魔女】の弟子だ。そんな奴と一緒に首都を歩くというのは目立ちまくるというか、魔術大国の術師達に群がられて動けなくなる可能性があるんじゃないか？）

魔術狂いばかりの国、魔術大国。

そんな国であれば【氷の魔女】に対して弟子入りやら共同研究やらを志願する者は多いだろうし、実際に弟子であるステラもそれなりに有名だろう。ステラを通して弟子入りを申し入れたり、何かを伝えようとする輩は多そうだ。

（普段の肉体なら問題ないが……）

今の俺の体は子供のそれなので、人の波の中心になってしまえば簡単に呑み込まれてしまう。ジルの肉体のスペックであれば幼少期でも簡単に弾き飛ばせるが、それは流石によろしくないだろう。

そんな展開を危惧していたのだが、意外にもステラは対策を取っていた。

懐《ふところ》から魚のマスクを取り出し、顔全体に被せ始めたのである。だが、そのチョイスはなんなんだ。

（幻術による顔の隠蔽《いんぺい》じゃなくて物理的に隠すというのは意外と原始的手法だなと思ったが……ここ、魔術大国だもんなあ）

魔術大国は魔術が盛ん過ぎる国。

国民の全てが魔術師であり、そこら辺を歩いている小学校高学年くらいの少年少女だって他国では戦力として十分機能するレベル——中級魔術の使い手だったりするのだ。顔を誤魔化す程度の幻術であれば、簡単にバレてしまうだろう。

その辺の屋台のおっちゃんでさえ上級魔術を扱えるこの国は、第一部においては充分魔境だ。過去には他国の術師が幻術を用いて潜入した結果、駄菓子屋のおばあちゃんに「あんたタカシじゃないわね！」と怒鳴られながら放たれた超級魔術で死亡したとかいう悲しい事件もあったと聞くし。タカシ誰だよ。

（駄菓子屋のおばあちゃんが超級魔術撃ってくるとか普通に怖いな。いや、如何に魔術大国とはいえ滅多にない例ではあるだろうが）

とはいえ駄菓子屋のおばあちゃんでさえ、小国を壊滅させられる可能性がある国か……一般人だけで戦争なんてしたら魔術大国の圧勝だな。他国の犯罪組織による犯罪件数が最も少ない国というのは伊達ではないということか。

（義務教育で魔術を学んでいるらしいからなこいつら。戦闘目的の学びではなくとも、一般人同士の争いなら入門魔術を使えるだけでも普通に強い）

そうこうしている間に、俺とステラ、そして彼女に抱えられていたキーランは大地に降り立つ。空中をここまで長時間かつ長距離飛行したのは初めてだったので、大地の上に立つ感覚というのもなんだか久しい気がする。

（この辺も慣れないとだな）

ジルの肉体でできることは多い。その全てを反復練習して、体に馴染み込ませる必要がある。

人間、咄嗟に出せる動きなんて練習しなければ固定されたり限られたりする生き物なのだ。

例えば防御を【権能】に頼り切ってしまえば、【権能】が効かない相手には苦戦を強いられるだろう。原作のジルが瞬殺された理由の一端にはおそらく、【邪神】には【権能】が通用しなかったというのもあるだろうし。回避の練習は大切だ。……まあ便利なのと他を圧倒する絶望感の演出という意味では非常に便利なので、第一部におけるネームドキャラと戦う時は遠慮なく使わせてもらうがそれはそれ。

「さてさて。じゃあ行こうかジル少年、キーランくん」

「良いだろう」

「尊大すぎるね」

カラカラと笑うステラに、愉快なのはどう考えても今のお前だろうがと内心でツッコミを入れる。首から上は顔全体を覆い隠す形の魚のマスクを被っているくせに、首から下はオシャレな服装である。スタイルはスラリとしていて見目麗しいので、顔面が化け物のくせに首から下は美少女というアンバランスさ。

俺は横で何を見せられているんだという気持ちに——待て。

(この、絵面は……)

ステラは身バレ防止のために顔面を覆う魚の被り物。

俺は対外的に便利そうという理由から若返り薬を飲んで少年に擬態中。

キーランは普段通り全身ほぼ黒色の服装。

(……あかん)

魚の顔をした首から下が美少女然とした少女と、小学校三年生くらいの外見年齢をした美少年と、全身黒ずくめの成人男性という意味不明な三人組。それが大国の首都を観光するという地獄のような

絵面が誕生してしまうのであった。

……。

………。

…………俺は、このあまりにもあんまりな奇怪な集団の一員として、この国の首都を歩くのか……？

こんな絵面が平然と受け入れられるのは、大学の学祭くらいじゃないか……？　いやまあ、面白いと笑えると言えば笑えるが……いや、うーん……うん？

（いやいや待て。ここは魔術大国だ）

一瞬遠い目になったが、ここは魔術大国であると自分を落ち着かせる。

他の国であればともかくとして、この国なら問題ないはずだ。何せ、この国には頭がおかしい連中しかいない。

魔導書閲覧して廃人になるのが当然だよねみたいな価値観を有している人々が、不思議なおもしろ集団程度で動じる訳がないのだ。

だから大丈夫、と俺は二人と共に首都を歩き始めた。

「……なんだあれ」

「え、あれ……え……？」

「うわっ……引くわー……」

「魚……魚……？　頭おかしい……」

「あれ、不審者の二人が小さい子を拉致しようとしてるのか？」

「いや、魚の方も普通に十代なんじゃないか」

「ママー。なんか変なのいる」

「しっ！　見ちゃいけません！」

「……何かの演劇……？　いやしかし魚……高度すぎるな……」

「何あれこわ……」


何故だ。

何故アイツらはさも「自分は常識人ですけど？？？」みたいな顔をして俺達から数歩引いているんだ。おかしいだろ。なんで自分のことを全力で棚上げして他人を頭おかしい認定しているんだ。意味分かんねえよ。

（ていうかこの状況、キーランはどう思ってるんだ？）

キーランの頭はおかしいが、しかしそれは俺関連に限定されると言っても良い。ならばこの状況に対して少しくらいは疑問を抱いてるんじゃないか？　と思った俺は視線だけ向けて、キーランの心の内を覗く。

「（……ジル様の偉大さに、民衆達は触れ難いものを感じているようだな。多少は見込みがあるか）」

どう考えても違うだろ。

「（魔術大国。多少は、信仰心を有しているらし――）」

俺はキーランを視線から外した。

（……む）

そしてキーランから視線を外したことで、いつの間にかステラがいないことに気がついた。

どこに行ったんだと視線を動かして探せば、屋台に吸い込まれるように駆けていくコートを着た魚の後姿が視界に映る。

「い、いらっしゃい」

「おじさん。地獄トマト飴ちょうだい」

「わ、分かった！　分かったから顔を近づけないでくれ！　なんか変な呪いがうつりそうだ！」

顔を青褪めさせ、コートを着た魚の対応をする屋台のおじさん。

変な呪いがうつりそうという意見には激しく同意するが、お前が売ってる地獄トマト飴とかいう名称の飴も大概じゃないか？

「はいジル少年とキーランくん。ここ以外では売ってるの見たことないから記念に食べてみなよ」

ここ以外でも売ってたら驚愕だわ。

「さてと、とりあえずブラブラ歩きながら魔道具でも見て回る？　この国にしかない魔道具ってめちゃくちゃあるし、キミ達も飽きないんじゃないかな」

ステラの提案に対してどうするか数瞬考え――頷く。

インフレについてこられる魔道具なんてないだろうが、セオドア辺りに渡したら奇跡的に魔改造されて強化フラグみたいなものが立ったりするかもしれない。

それにまあ、折角の提案を断るのも悪いだろう。今後を考えると、ある程度の好感度は稼いでおくべきだろうしな。

そんな訳で、俺達の予定は決定された。彼女の案内のもと、魔道具を見て回るとしよう。

§

ベンチの上に座って、俺は天を仰ぐ。

——疲れた。

あの少女の体力は無限か？　何故ああも様々な店を見て回れるんだ。お前この国出身の人間だろ。この国の店なんて珍しくもなんともないはずだろうが。

「ジル様。お飲み物を買ってまいります。いかがなさいますか？」

「……冷たければなんでも良い」

「はっ！」

頭を下げて飲み物を購入しに行ったキーランの背を見送り、俺はステラの観察結果を脳内でまとめる作業に移る。

まあ、当たり前だが観光で有益なデータは得られなかった。

精々魔術が絡まなければ普通の女子っぽい性格をしているな、程度。

いや、普通の女子っぽいというデータは意外と有益か……？

「あの……」

そんな風に思考を巡らせていると、俺に声をかけてくる少女の声が聞こえた。上に向けていた顔を前に戻し、俺は声をかけてきた人物を確認する。

そこにいたのは一言でいうと、小動物的な少女だった。外見年齢は中学校三年生か高校一年生くらい。容姿は整っているが、しかしそれだけ。現段階において注意すべきだと思うような点は感じられず、特に突出した才能もない。そんな平凡な少女。

俺の見立てだと、死に物狂いで修練を積めば寿命で死ぬ直前くらいに超級魔術を一度使える才能があるかもしれないくらいか。

勿論力を秘匿している可能性はあるが、そこまで警戒に値する存在ではないだろう。

（原作にいなくてそこまで強くない人間だし、モブだとは思うが……）

グレイシーという例外が存在したため、原作にいない人物相手にはどうしても警戒心が募ってしまう。当然ながら警戒のし過ぎも良くないのだが。それこそチート持ちオリ主くんなんて考慮しだしたらもうどうしようもないのだし。

（それにしても、なんの用だ？）

今の俺はごく普通の少年に擬態している。わざわざ声をかけてくる理由なんてなさそうだが。

「すみません。あまり見慣れない男の子が、不審者二人組に連れ回されていると聞いて……」

声をかける理由しかなかった。

言われてみたら犯罪チックな状況だった。

普通に目立つし、被害者っぽい人間が一人でいたら普通に声かけてしまうわ。

「……私ではない」

「えっ？　で、でも男の子の特徴はあなたにそっくりというか」

「私ではないと言っている」

「あ、あなたの顔この辺じゃ見たことないし」

「不審者なんぞ知らぬ。故に、私ではない」

面倒事になりそうな予感を察知した俺はなんとか少女を回れ右させるべく知らぬ存ぜぬを貫くが、しかし少女は中々折れない。

「……そも、実際に話した訳でも見た訳でもない人間を不審者などと決めつけて……貴様はそのような事を言われた側の気持ちというものを考えられぬのか？」

「ご、ごめんなさい」

「その人間が不審者などという証拠はあるのか？」

「さ、魚のマスクを被っているのは不審者な気が……」

「魚のマスク被っていたら不審者だと？　その辺にいくらでもいるであろう？」

「うっ。確かに言われてみるとそんな気が……魚のマスクを被ってる人くらいその辺にも……」

いやそんなのどう考えてもその辺にはいねえだろ。そこは自信持てよ。……まあ良い。とっとと少女にはご退場願うとしよう。揺れる少女に畳み掛けるように、俺は口を開く。

「疾く去るが良い。今であれば私に声をかけた無礼。見逃してやらんでも――」

「いやあ待たせたねジル少年」

なんか背後から聞き慣れた声が聞こえた。

若干くぐもって変化してこそいるがその声は間違いなく不審者《ステラ》のそれであり、俺の知らぬ存ぜぬ対応が無意味になってしまった。

タイミング悪いな、と俺は内心で舌を打って後ろへと振り返り、

「いやあ記念にと思って生の魔蛇を購入してね。こいつが暴れ馬だから購入後に包丁で滅多刺しにして殺しちゃったら震えた様子で返金してもらったりしたけど……不思議なこともあるもんだね」

――頭から返り血を浴びた人語を話す魚の怪物を見て、思わず絶句する。

「――」

「ひっ」

右手には血の滴る包丁を持ち、左手で巨大な蛇を引きずりながらこちらへと歩み寄ってくる怪物。

その怪奇的な姿はまさしく人の精神を汚染するに足る領域に達しており、禍々しさは【魔王の眷属】によって変容させられていた魔獣にすら匹敵するものを感じさせる。

間違いなく、人類の敵である。

「あれ？　どうしたのジル少年……女の子の声したけど。ははーんさてはナンパか……な……」

その怪物は俺の背後にいる少女を確認するなり、若干硬直する。

そして。

「……成る程少年。ボクはお邪魔なようだから帰るとするよ。またいつか遊ぼう」

次の瞬間、怪物は目の前から消えていた。

「えっ、き、消えた？　お化け？」

普通に超高速で走り去っていっただけだが、まあ別に訂正するほどのことでもないので放置しよう。

〈ジル少年。ボクは先に師匠の屋敷に行ってるよ。屋敷までの道順は教えるから、現地で合流しよう。分からないことがあったら、気軽に訊いてね？〉

と、ステラから念話が送られてきた。ここから距離はそう遠くなさそうなので、迷うことはなさそうだ。とっととこのよく分からない少女と別れて、ステラと合流しよう。

「……ふん。私は急用を思い出した。ではな小娘」

「え、あ、うん」

あっさり頷いたな。なんだったんだ本当。

いやなんだったのかと言えば、ステラもなんだったんだろうか。突然走り去っていくなんて、何か異常事態でもあったのか？

そんな疑問を抱きながら、俺は【氷の魔女】の屋敷とやらに向かうため、キーランを探しに行くのであった。

§

【氷の魔女】の住む屋敷は、まさしく魔女の棲家と呼ぶに相応しい立地にあった。

首都から離れた位置に存在する森。その森の奥深くに、その屋敷は存在していた。そのせいで日光は届かず、辺りは薄暗い。屋敷自体も年季があるせいで、ただでさえ暗いのに余計に陰鬱な雰囲気が漂っている。仮にホラーゲームの舞台と言われても、俺は疑わないだろう。

ていうか実際に、ここホラーゲームの舞台だったりしないだろうか。中になんかホラーゲーム特有の完全無敵エネミーがいたりしないだろうか。ホラーゲームの無敵エネミーに、バトルファンタジーの攻撃は通用するのだろうか。

そんなアホ過ぎる思考に至る程度には、目の前の屋敷は不気味だった。

(ジルの国にしろ教会にしろ、明るい場所だったからなんか……勇気というか覚悟がいるな)

グレイシーと相対した時とはまた異なる緊張感に内心で思わず喉を鳴らしてしまうが、まあビビっていても始まらない。ビビるのは【邪神】や神々と相対する時くらいにしたいものである。

何より、ジルのキャラ像を考えて「なんか不気味だから入りたくない」なんて選択肢はあり得ない。

故に俺は、意を決して門を越えて扉を開くことにした。

「――キーラン。貴様に私の代わりにその扉を開く権利を与える」

「御意に。神たるジル様より賜わりし大任、このキーランが務めさせていただきます」

開こうとして、俺は考えた。

こういう扉を開くだとかの雑用は配下の人間が行うべき行為であり、上に立つ人間がするような行為ではないのではないかと。

考えてみてほしい。大体お偉いさんには秘書だとか執事だとかメイドさんだとかそういう存在が付き従っていて、扉を開けるとかそういった行為は全てそういう人達がやっている。

ならば俺がキーランに扉を開かせるのは当然のことであり、それによってジルというキャラ像が崩れるなんてことはあり得ないのだ。それどころか、ジルという男は扉を配下に開かせるんだからお偉いさんに違いない……という印象を見る者達に与えるはず。

だからこれは俺が扉を開くのが怖いからとかそういう情けない理由ではないのだ。これは当然のことなのだ。俺の命令は何もおかしくない。俺は怖がってなんかいない。

「では、失礼いたします」

丁寧な所作で頭を下げてから、俺の前に躍り出るキーラン。

彼が扉の前に立ったのを見た俺は、五歩ほど後ろに下がった。これは後ろの方に立っている方が大物感が出るだろうという思考のもとの行動であり、そこに他意は一切存在しない。

キーランが扉の取っ手に手をかける。

角度的に今の位置は微妙かな、と高速で演算を終えた俺が更に一歩下がる。

キーランが扉を開き始める。

そして――

「古びた絵画から飛び出してきた女のモノマネ！　二人とも喰っちゃうぞ！　死ねえ！」
突如現れたホラゲ特有のエネミーを見て、俺は後ろに下がっていて良かったなと心の底から思っ
――

「……死ね、か。小娘。謀《はか》ったな？」

――殺気を立ち昇らせたキーランが、手刀をステラに向けて放たんとする。


マズイ。ジルに対する敵対行為と認識したキーランであれば、間違いなくステラを殺しに掛かる。

あの距離だと、ステラ自身では反応できても間に合わない。ならば俺が――……いや、その必要はなさそうだな。

「貴様小娘……。いや、違うな」

「おおー」

キーランが放った手刀。

常人では目視することも不可能な速度で振るわれたそれは、しかしステラを貫く直前で静止した。

「何者だ？」

よく見れば、キーランの腕は完全に凍結していた。

いや正確には、床から生えてきた透明な氷壁のようなものが、彼の腕を半ばから完全に固定している。氷壁から腕を引き抜こうとするキーランだが、しかし氷壁は微動だにしない。

そして――

「……ここではあまり、騒がないでほしい」

そしていつの間にか、キーランのすぐ隣に一人の少女が立っていた。

その声を受けたキーランはゆっくりと顔を少女の方へと向け、目を細める。

次いで彼は身を刺すような殺気を少女へと放ったが、しかし少女は一切動じない。

「……不肖の弟子が迷惑をかけたことは謝罪する」

雪のように白い髪と、透明感のある肌。

「……でも、流血沙汰はやめてほしい」

感情を一切見せない鉄壁の無表情に、消え入りそうな程に小さな声。

「……お願いする」

そして小中学生のように低い身長……それは間違いなく、世界最強の魔術師【氷の魔女】その人の特徴であった。

§

突如現れた、無機質な少女。

特徴的なのは小柄な体躯と、雪のように白い髪と青い瞳。首元のリボンが特徴的な服装に身を包んでいて、肌の露出は少ない。魔女的な印象を抱かせる大きな円形帽子から顔を覗かせる白い少女は、僅かばかり地面から宙に浮いた状態で、静かに佇《たたず》んでいた。

（現れたか……）

彼女こそが大陸表舞台最強の一角、【氷の魔女】。

ジルには劣るものの過去に特級魔術に至った術師達の五倍以上の魔力量と、最高難易度の魔術である特級魔術を苦もなく扱う卓越した技量と才能。更には【禁術】をも操る彼女を相手に、魔術戦を挑むバカはこの世界には存在しな――いやステラがいたわ……。

（いずれにせよ）

実際に目にすると分かるが……成る程、強い。【熾天】には及ばないが、大陸頂点の一角として君臨するだけのことはある。

原作においても、ジルが「では頂上決戦といこうか？　貴様らが今の世を是とするなら、それを否定するこの私を打倒してみせよ」などと口にしていた対象の一人。傲岸不遜を地で行くジルがそう口にするだけの価値が、【氷の魔女】にはあるということだ。

それに何より、【氷の魔女】には覚醒すればインフレに追随できるという恐ろしい事実が存在する。万が一ここで覚醒なんてされたらたまったもんじゃない。気を引き締めなければ。

「……【氷の魔女】か」

「そんな風に呼ばれてもいる」

――と。

そんなことを考えている間に、キーランも自身の隣にいる存在の正体に至ったらしい。目を細めたまま、彼は【氷の魔女】に対して言葉を続ける。

「……お前の謝罪など必要ない。オレは、そこの小娘にジル様への不敬に対する処罰を下そうとしただけだ。流血沙汰をお前が嫌うのであれば、それ以外の手段でも構わん。単にこれが最も早かっただけの事」

「……不肖の弟子の相手をするのは、あまり推奨しない」

「オレが不肖の弟子とやらに劣ると？」

「そうではない。あなたはおそらく、ステラを上回る実力を有している。少なくともその距離から戦闘を開始するのであれば、その子が術を発動する前にあなたは彼女に致命傷を与えられる」

「ならば」

「……でも、その子の相手をするのは推奨しない」

「……話にならん。もう良い。この氷の壁を砕いて、小娘を――」

そう言ってステラの方へと顔を戻したキーランは、しかしそこでピシリと硬直した。

「し、師匠の魔術がこんな近くに……！　ぐへ、ぐへへへ!!」

「――――」

キーランの視線の先、そこには氷壁を舌で舐めたり顔を押し付けたり太ももで挟んだりと、完全な奇行に走っている少女がいた。腕の動かないキーランの足が僅かに後退し、【氷の魔女】は無表情のまま……されどどこか疲労感を感じさせる雰囲気を放っている。気がする。これは勘でしかないので、なんとも言えない。

「キーランくん、ボクと、ボクと位置を代わってくれよ！　ボクも師匠の魔術を体で感じたいんだ……!!　ボクも凍結させられたいんだよ!!　ねえ、どんな感覚なんだい!?　ああ！　我慢できないいいい!!」

「――――」

キーランの足が更に後退する。

だが、腕が固定されているせいでそれ以上動けない。

俺がこの世界に来てから初めて焦った様子を見せるキーランは、心の中で絶叫していた。

「(なんだこの頭のおかしい小娘は!?　訳が分からない！　一体どういう思考回路を有していたら、このような意味不明な発言が出てくる……!?　頭が、頭がおかしい……！　なんだ、なんなんだ……!?)」

どんぐりの背比べって知ってるか？

「(くっ、このような小娘からは距離を置かなければ、オレまで頭がおかしくなってしまう……！　そんな事になれば、ジル様は私に失望されるに違いない……！　オレは、オレは頭がおかしくなる訳には……）」

とっくに頭がおかしいと思っているが？

（どいつもこいつも……）

何故頭のおかしい連中というのは、自分を全力で棚に上げて他人を批判できるのだろうか。

やはりヘクター。ヘクターが世界を平和に導く存在なのだと、俺は改めて思う。ヘクター。俺は今からお前を連れて来たいぞヘクター。

（しかし、あのキーランの精神を乱すとは……）

原作では冷静沈着な仕事人。

狂信者と化したこの世界においても、頭がおかしくなり過ぎたが故にか強固な精神を有していた。

そのキーランがドン引きするレベルで、精神を乱すという偉業。

俺の中ではもはや、ステラという少女は歴史に名を刻む偉人にすら匹敵する存在と化していた。

（もしやステラは、キーランに対する特効薬になるのではないだろうか？）

ステラの変態性を見れば、キーランは奇行に走る暇がなくなる。

そしてそんなステラがここまでの変態と化すのは【氷の魔女】に対してであって、俺に対してではない――

（成る程、勝ったな）

彼女を勧誘する理由がまた一つ増えてしまった。是が非でも彼女を勧誘するとしよう。

「【氷の魔女】、この小娘をどうにかしろ。このような汚れた存在をジル様の視界に入れるなど、あってはならない」

「私には不可能。何をしても、その子を喜ばせるだけに終わる。一度頭以外を凍結させたこともあったけど、その際も彼女はだらしない顔を晒してよだれを垂らしていた」

「無敵か？」

「無敵」

「そうか……」

「そう」

そこまで言って、【氷の魔女】は俺の方へと視線を向けてきた。

向けてきて、彼女は首をこてんと傾げる。

「誰？」

「【氷の魔女】。まさか、ジル様を知らないとでも言うつもりか？」

「知らない」

「――――」

「……良い、キーラン。此度は我々が乞う身だ。ならば多少の無礼は許してやるのが度量というもの」

「はっ！」

俺がそう諌めると、キーランはそのまま何も言わずにステラから全力で顔を逸らす。

足を震えさせて額から汗を垂らしているが、しかし俺はどうもしないしするつもりもない。

もっと変態を味わえ。

（さて）

【氷の魔女】の性格は分かりにくいようで分かりやすい。一時期サブカル界で大人気を博した「無表情系ヒロイン」のようなものとでも言えば良いか。こういう手合いには、素直に言葉をぶつけるのが一番である。

軽く思考をまとめて、俺は言葉を紡いだ。

「お初にお目にかかる、【氷の魔女】」

「うん。初めまして」

「私の名はジル」

「私の名前はクロエ」

「そこな小娘……ステラの紹介により、【氷の魔女】の弟子に――」

「おそらく、ステラはあなたより年上」

「……そこな女、ステラの紹介により【氷の魔――」

「私の名前はクロエ」

「……クロエの」

「分かった」

マズイ会話のペースを全く掴める気がしない。

アニメでは淡々とした無表情なキャラだったのに、どういうことだこれは。

（何故だ……【氷の魔女】もといクロエはここまで積極的な性格だったか……？　もしや、マイペース……？）

いや、そんなはずはない。

クロエは第二部以降でも出番が多くあったが、しかしマイペースな気質なんて一切見せていなかった。

基本的に相手の言葉を全て聞き終えてから、ゆっくりと自分の言葉を語る性格だったはず。場合によっちゃ何も語らずに出番が終わることすらあった少女だぞ。

だというのに、目の前の彼女はどういうことだ？　何故、俺の言葉を遮るように、食い入るように言葉を発している……？

おかしい。自己主張が強すぎる。

何故だ……と俺がそんな風に思考していると。

「……」

クロエがフワフワと俺の目の前まで来て、その青い瞳でじっとこちらを見つめてくる。

その表情に一切の変化はなく、まるで氷のようで。

こちらを呑み込んできそうな美しい青眼が、ただただ俺を見下ろしているという不思議すぎる状況。

なんだ、なんなんだ……まさか、俺のこの姿が偽りだと見抜いて——

「かわいい」

待って。

「【氷の魔女】。貴様、ジル様をかわいいなどと――」

「私は事実を述べたまで。この子は私が大切に育てる。あなたは帰って良い」

「貴様……」

「問題ない。ステラは破門にする」

「師匠!?」

「……一考の余地はあるか」

「キーランくんもそれなら良いの!?」

クロエとキーラン達のコントを横目に、俺は高速で目の前で行われた会話から【氷の魔女】の有する性質を分析。

ジルの優秀すぎる頭脳と、本来の俺が持つサブカル知識。これらを駆使すれば、大抵の人間の属性は見抜けてしまうのだ。

即ち――【氷の魔女】は、ショタコンであると。

待て、本当に待て。クロエにショタコン属性があるなんて聞いていない。

何故俺は若返りの薬なんて飲んでしまったんだ。想定外もいいところだぞ。くそ……どうするべきだ、と思考を巡らせて――

（いや、問題ないのか？）

むしろ好都合では？　と思い直す。

クロエが本当にショタコンなら、ショタの要求は大抵呑んでしまうのではないだろうか。

【禁術】の閲覧は勿論、もしかすると穏便な方法での【神の力】の入手も可能なのでは……？）

最悪の場合ショタになった俺による全力のショタムーブという精神的に死にかねない黒歴史を刻むことになるかもしれないがしかし、それで神々に対抗する力を得られるならやる価値は……ある。

想定外の事態には陥ったが、しかしそれが良い方向に転がるなら問題ない。

ショタが死ぬほど嫌いという場合は絶望的な展開になるところだったが、ショタが死ぬほど好きという場合には問題なんて存在しない。

それにショタコンとはいえ、キーランやステラのような変態性は見受けられない。

ならば俺の胃にも悪くない。

高速で今後の道筋を修正した俺は、ジルのキャラを崩壊させない程度に微笑んだ。

「よろしく頼む。我が師」

「任せて。あなたには特級魔術を完璧に仕込んでみせる」

でもその前に、と彼女は続ける。

「今晩は食事を作ってくれる使用人が不在。そして私もステラも、料理はできない。ジルとそこのあなた、どちらでも良い。料理というものは……できる?」

§

森の中を少女が駆ける。

少女は、とある偉大な女性の使用人のような立場だ。

そんな彼女は「今日は体調が悪くなったので夕食には間に合いません」と主人に伝え――主人は料理をするくらいなら魔術の研究に没頭することを思い出し、慌てて屋敷に向かっているという状況である。

(急がないと急がないと急がないと――!)

少女にとって、敬愛する主人の体調管理は大事なものだ。それこそ、自分の体調が優れないことなんかよりずっと。

食事や睡眠を無視して魔術の研究に没頭すれば人間は死んでしまう。そんな恐ろしく、そして衝撃的な情報がこの国を揺るがしたのは、今となってはもう数百年以上も前の話。

『恐ろしい事実が明かされました。なんと魔術師は――食事と睡眠をせずに魔道に励むと、死んでしまうのです』

大賢者アタ・マオカシーンが発見したその新事実に、当時の魔術大国の誰もが未知への恐怖に錯乱し、涙を流したという。あわや恐慌状態に陥った国民による隣国への魔術爆撃が始まるかと思われたが、続けられたアタ・マオカシーンの言葉によって世界は救われることとなる。

『しかし、これを解決する方法も見つかりました。なんと魔術師は——食事と睡眠を適時取りながら魔道に励めば、死なないのです』

国中の誰もが、彼を天才だと讃えた。魔術師全てを悩ませる迷宮入り大事件の原因を突き止めたばかりか、その解決方法までも提示する大偉業。

その偉業をもって、アタ・マオカシーンは大賢者としてこの国の歴史に名を残した。

なお国がその情報を他国にも伝えたところ、どこの国も「バカにしてんのか」という返答をよこしたという。魔術師の生死に関わる情報を信じないなど愚かな連中だ、とは当時の国民の総意であり、少女も全くもって同意見だった。

(主のためにも、急がないと!)

幸いにして、薬を飲んで少し横になったら体調は良くなった。あんな意味の分からない者を目撃しなければこんなことには、とあの頭のおかしい魚女に腹が立って仕方がない。

そして森の中を暫く走っていると、見慣れた屋敷が目に入った。彼女は門をこじ開け、勢いそのままに扉を開く。玄関を抜けて、その先の部屋へと足を踏み入れて——

「すみませんクロエ様！　これより夕餉《ゆうげ》の準備をさせていただきたく――」

　踏み入れて。

「わー！　キーランくんのご飯おいしいねー！　エミリーとは別の意味で！　キーランくんのはなんだろう、高級食って感じ！」

「貴様小娘！　オレがジル様のために作り上げた食事をどれほど食らうつもりだ……！　後、食事中は静かにしろよ小娘……！　その口を永久に閉ざされたいか……！」

「……」

「やめろ。私は自分で食べられる」

「……弟子は師匠から様々なものを学ぶべき。食事の仕方も、学ぶべきものの一つ」

「それは既に習得済――」

「貴様【氷の魔女】！　ジル様のお口に食事をお入れする栄誉を有しているのは！　このオレだけだ！」

「そのような栄誉は存在しない」

「私は彼の師匠。師匠こそが、これをするに相応しい」

「そのような話は聞いた事もない」

「貴様！　信仰を持たぬものがそのような……！」

「信仰の有無は関係ない」

「その通り。必要なのは師弟愛」

「師弟愛とやらも同様に関係ない」

「信仰だ！」

「師弟愛」

「私の話を聞く気があるのか？」

「あ、来た来た。入りなよエミリー！」

「え、あ……ええと、はい」

踏み入れて、思ってもみなかった状況に目を回していた。

§

慌てた様子で部屋に入ってきた少女。

特徴は茶髪にベレー帽。外見年齢は中学校三年生から高校一年生くらいのエミリーと呼ばれたその少女は——間違いなく、ベンチで休んでいた俺に話しかけてきた少女であった。

「使用人のエミリー」

「そっちの子は初めまして……じゃないけど、よろしくお願いします」

ステラが変な様子になって逃げだしたのに納得した。

知り合いにあんな魚マスクを被っている頭のおかしい奴と思われたら、死にたくなるに違いな——

いや、普通に魔術狂いの変態だから問題なくね？

（俺には違いがサッパリ分からん……）

魔術狂いの変態は問題ないが、魚マスクを被る変態は問題あり。その基準は、一体どこで設けられているのか。同様にして神を信仰する変態は問題ないが、魔術狂いの変態は問題ありのキーランも俺からしたらよく分からない。

（それにしても……）

エミリーが体調を崩したのは、完全に仕方がない。どう考えても、エミリーはステラのアレで体調を崩したのだろうから。

「二人は、その……この国出身の魔術師じゃない……ですよね？」

テーブルの中央にある豚の丸焼きをナイフで小さく切り分けながら、エミリーは確認するかのように尋ねてくる。別に隠すような情報でもないので、特に考えることなく俺は頷いた。

「……この料理の品々は……二人が？」

「正確にはキーランくんが、だよ」

「えっと、料理は普段なされるんですか？」

「ジル様のためだ、当然だろう。何を当たり前の事を訊いている。ジル様は全てにおいて優先される。ならば料理を作るのは、従者として当然の務め」

そうキーランが答えると、エミリーは呆然とした様子で。

「えっ、天才？」

お前は何を言っているんだ。

「え、凄い！　ご飯を食べないと死んじゃうことに気づくだなんて天才！　天才だよ……!!　こんな天才がいるなんて、私ちょっと信じられない……！　本当に凄い！　ちゃんとご飯を作って食べるなんて、誰にでもできることじゃないんだよ？　それを当たり前のようにこなして、しかもそれを自慢しようともしない。あなた達は間違いなく、立派な人になる。いえ、それどころか歴史に名を残すかもしれない……私、そう思う」

異性から褒められてイラっとしたのは、生まれて初めてだった。

（バカにしてんのか……いや、もしかしなくてもこいつも頭がおかしいのでは――）

表情は変えず、されど俺は内心で絶望していた。

……ヘクター。ヘクターはどこだ。どこにいるんだ俺のヘクター。なあヘクター。助けてくれ。

「ところで二人は、何しにここに――」

「――弟子になった。キーランじゃなくて、ジルの方が」

ピシリ、という音が聞こえた。気がした。少なくとも俺には。

その音の発生地であるエミリーはギギギと錆《さ》びついた人形のような動作で首を動かし、クロエの方へと顔を向ける。

「……今、なんと？」

「だから、ジルは私の弟子」

「……」

「……？」

「…………ません」

「ん？」

「……めません」

「エミリー？」

「認めません!!」

両の手で机を叩きながら、身を乗り出すかのようにエミリーはそう叫んだ。

残るのは呆気に取られたような顔をしているステラと、表情は一切変えていない俺とクロエ。そして、眼を光らせ始めたキーラン。

それらを無視して、殺気立ったエミリーは指を突きつけてくると。

「他国のこんな小さな子がクロエ様の弟子だなんて、私は認めません!!」

§

——同時刻、教会。

「お兄様が食事中に、殺気立った子犬みたいな女の子に指を差されたわ。可愛らしいわね。勇ましい小動物って」

「……私も、小動物のようになるべき……?」

「ソフィア。あなた最近何かおかしいわよ」

「殺気立った様子で……神に……指差し?」

「……教皇……」

「………………」

「いやいや待ちなさい。お兄様何も言ってないでしょ」

§

「【禁則事項】は――」

キーランの輝いた瞳がエミリーと呼ばれた少女を捉え、彼女に聞こえる声の大きさで言葉が紡がれる。

その事態にステラは頭上に疑問符を浮かべ。エミリーは俺に指を突きつけたままキーランの方へと顔を向け、そのままキーランの視線に表情を凍りつかせ。クロエは豚の丸焼きを頬張りながら目を細めると、右手を翳《かざ》そうとした。

それらを眺めながら――

「良い、キーラン」

俺は語気を強めて、キーランの名前を口にした。

「……はっ」

「先の言葉は物を知らぬ小娘の戯言だ。加えて……小娘を見ろ。貧弱ではあるが、愚者ではない」

「承知いたしました」

「――だが、貴様の私に対する忠義は受け取った。今後も励め」

「はっ！」

そして、と俺はエミリーに視線を向けた。

俺の視線を受けたエミリーはビクリ、と体を震わせる。

「自発的に喧嘩を売る相手はよく見て考える事だ。仮にも従者を名乗るのであれば、自らの軽率な行動が己の主の首を絞める場合もあると知っておくと良い。私が貴様の主人に対して何かしらの不敬や危害を与える行為を働いたのならばともかく、貴様のそれは完全な私怨。……まあ尤も、私の力を未だ示していない以上、貴様の言い分も分からなくはないがな」

そこまで言って、俺はエミリーから視線を外した。

（自分にも跳ね返る言葉を素知らぬ顔で語るのは、中々に疲れるな……）

今の自分を客観視すると鬱になりそうだが、しかしこれもジルというキャラ像を保つためである。

（まったく……）

ジルという存在が周囲に与えているであろうキャラ像は、売られた喧嘩は買うというもの。故に、侮辱や挑発の類を受けて何もしないなんていうのは違和感を与えかねないので、基本的に売られた喧嘩自体は買うと決めている。

（だが……）

だが、避けられる戦闘は避ける方が無難だし、買わない方が利のある喧嘩は極力買いたくないというのが俺の本音だ。

今回の場合でいうと、エミリーを虐めてジルの格が上がるとは到底思えないし、魔術大国が消滅して【神の力】や【天の術式】が失われるなんて展開になったら俺は詰むかもしれない。

故に、俺としては戦闘を避けたい。

けれどもジルのキャラ像を崩さないのは絶対条件。であるならば向こうが自ら手を引くように誘導する必要がある。

そして、俺の近くには打って付けの人材がいた。

そう——ジルに対する無礼に非常に敏感な、キーランという男が。

（俺以上に俺に対する挑発を見過ごせないキーランであれば、少し放置していれば勝手に動いてくれる）

俺の思惑通り、キーランは行動してくれた。ありがたい話だ。

俺自身がキレてその矛を収めるのは違和感的な問題で困難を極めるが、俺の部下がキレてその矛を収めるのはそこまで難しい話じゃない。

幸いにして、エミリーは俺達と比較すれば非常に矮小。そして同時に愚者ではなかった。

これが物語によくいる実力差を理解できずに喧嘩を売り続ける愚者であれば血腥《ちなまぐさ》い展開になっていたが、実力差を理解して身を引いてくれるのであれば問題ない。

挑発を受け続けて何も言わないのと、格下を見逃すのでは大きく見え方が変わる。

前者は「臆病者ではないか？」と思われるかもしれないが、後者は「度量があるのだな」と思われるはず。格下を見逃す分には俺の格は落ちないし、【神の力】の消失という最悪の展開も回避できる。

故に、俺はキーランを泳がしてから諌めた。

（それに、エミリーを通して釘を刺すこともできたはず。キーランは元より、グレイシーから俺の発言を聞いているであろう教会の連中にもな）

以前、ふと思ったことがある。

ここまで信仰されていると、キーランや教会勢力が勝手にどこかしらに喧嘩を売ったりしないだろうかと。意外にもキーランはその辺を配慮しているようではあるが、それでも暴走する可能性は否定できない。教会勢力に至っては人数が多いし、大陸外の連中だから無自覚に喧嘩を売る輩がいるかもしれない。

別に直接「あちこちに喧嘩を売るな」と言っても良いが、犯罪者などを集めて組織を作ったジルの台詞としては違和感だらけだ。なので俺は、自分自身で「あちこちに喧嘩を売ったら主人の格が下がるかもしれない」と気づいてもらう機会をどこかで作りたかった。それが今回巡ってきたので、これ幸いと思いエミリーを通して彼らに釘を刺したのである。

即ち、自分勝手な判断で良かれと思って多方面に喧嘩を売るな、という釘を。

地獄への道は善意で舗装されているなんて言葉があるように、善意からくる行動というのは良くも悪くも厄介なものなのだ。良かれと思って俺の与り知らぬところで虎の尾の上でタップダンスなんてされてたらたまったもんじゃない。俺に対する不敬にキレるのは今回のような落としどころを作れるので構わないが、勝手に格上に喧嘩を売っていたなんて話が浮上してきたら非常に困る。

（基本的には格上なんて存在しないし、その格上にしても神々を筆頭に普通はエンカウントするような存在ではないが……）

念には念を入れてみた。

まあ我ながら、中々悪くない展開だったと思う。

個人的には、良い具合にキーランと教会勢力に釘を刺すきっかけを作ってくれたエミリーに対して賞状を与えても良い。確実に意味不明なのでやらないが。

「うわー」

そんな風に俺が今回得られた成果に内心で満足していると、ステラが呆れた様子を隠そうともせずに口を開いた。

「ジル少年とキーランくんなんか凄いね。ボク食欲失せたよ」

お前の【氷の魔女】相手に対する変態っぷりよりマシだと思うのは俺だけか？

ステラの言葉に釈然としないものを感じる。が、自分でもどうかと思うくらいオーバーなリアクションを取った自覚はあるので、まあもう仕方あるまいと諦めた。

「エミリーもどうしたんだい？　キミらしくもない」

「……ステラさんには分かりませんよ、私の気持ちは」

「ええーひどいなー」

「エミリーがどう思おうと、ジルは私の二人目の弟子。それは事実であり、あなたが何を言おうが変わることはない」

「……っ」

「……」

——成る程な。

どうやらエミリーという少女は、本当に従者以上の存在ではないらしい。クロエの弟子には該当しないようだ。

一目見た時から分かっていたことだが、エミリーに才能はない。

といってもそれはあくまで【氷の魔女】や俺基準であって、他国であれば優秀な魔術師として扱われるだけの才能はある。

井の中の蛙《かわず》の逆だ。即ち、大海の中の蛙、井を知らずである。

灯台下暗し……じゃないが、まあ上ばかり見すぎると視野が狭くなるのは必然だろうし、才能や自分にないものを持つ存在に絶望するのも当然か。それ故に、ぽっと出の俺という存在に嫉妬したのだろう。自分ではなく、突然湧いて出た幼い少年が自身にとっての憧れの立場に立つなんて、人によっちゃ発狂しかねない。中高生くらいの年齢なら感情的になるだろうし、魔術大国の人間である以上魔術関連であれば尚更だ。俺はそれを、否定しない。

（……しかし、ふむ）

エミリーとかいう少女は原作で見た記憶がないが——それなりにキーパーソン的な立ち位置にいてもおかしくなさそうな位置付けにいる。

【氷の魔女】の従者にして、魔術云々を抜きにすれば食事中の会話からしてステラともそれなりに仲は良い人物。原作の魔術大国編でステラが登場して以後、出てこない方が不自然なレベルの位置付けとしか言いようがない。

（これは……）

せめて、せめて終盤の終盤に出てきたクロエが何かしら言及すべきじゃなかろうか。

にも拘らず原作では影も形もないとなると……エミリーには、この後何かが起きるのかもしれない。

この世界ではありふれた、されど残酷な悲劇のようなものが。

（それが原因で、ステラが元々【氷の魔女】に対して抱いていた何かを拗らせたりするのか？　いや、それならステラに独白があってもおかしくない気もするが。悪役に悲惨な過去は不要とかそんな理由で削られたんかね？）

——さてどう動こうか。

食事を取りながらも、俺は淡々と思考を巡らせていた。

§

そして時は経ち、翌日。

「今日から特級魔術の指南に入る……と言いたいところだけど、ジルには私と一緒に学校や主要な研究機関を回ってもらう」

「ふむ？」

「私の直接的な弟子ともなると、色々と面倒ごとが付きまとう。だから、手っ取り早くジルには力を示してもらおうと思う」

「そもそも弟子である事を隠しておくというのは？」

「ほぼ不可能。私は意外と有名人らしい」

でしょうね、という言葉を飲み込んで俺はクロエの言葉に了承の意を返す。

（それにしても意外と、か）

前世でもそうだったが、突出した才能や実績を持ってる奴は意外と自分に対して向けられる評価に無頓着な面がある気がする。

まあそんな風に他人を気にせず我が道を突き進めるからこそ、突出していくのかもしれないが。

「といっても既にステラという前例があるし、私は魔術の研究には正直そこまで興味はない。学ぶのは好きだけど、それだけ。だから、研究機関ともそこまで親しくない」

研究機関ともそこまで親しくないというのは初めて知った情報だが、前者についてはアニメでも【氷の魔女】が似たようなことを言っていた。

曰く、『魔術を学ぶのは好きだから【禁術】に手を出したが、自分で開発したりだとかにはそこまで興味がない』だったか。

魔術大国の術師の多くは新しい理論の開発や発見、魔術の真理に至ることを目的としているため異端といえば異端なので、言われてみればそこまで意気投合しなくても不思議ではない。

（そうは言いつつ氷属性の魔術を独自に開発しているし、【天の術式】から新技術の開発も行っているが……。魔術愛という根幹に関しては彼女も他の国民と変わらないだろうしな）

それに【氷の魔女】は魔術的な面ではジルをも上回る技量を有しているらしいので仕方がない。天才というものはそういう生き物であると納得しておこう。

「私は研究機関の人達とはそこまで仲良くないから、嫉妬とかはないと思う。だから安心してほしい。これは念のためという面が大きい。緊張する必要はない」

そういうものなのだろうか。

いくら意気投合せずとも、クロエレベルの存在になると知識の一端だけでも得たい人間は多発しそうだが。まあこればっかりは本人が一番理解しているだろうし、そういうものなのだと思っておくことにする。

「あ！　ボクも！　ボクも行く！」

「……？　珍しい。ステラが私以外の魔術師に興味を示すなんて」

「いやいやジル少年の魔術は普通に興奮できるはずだよ師匠。ボクもう凄いことになるよ。ジル少年と師匠が同時に魔術なんて使ったら、興奮し過ぎて失神しちゃうかも」

「その感覚は私には分からない。つまりそれはあなただけのもの。大切にしたら良いと思う。自分の中だけにしまっておいて」

「えへへ褒められた」

「……」

相変わらずの無表情のままだが、俺にはクロエが若干呆れたような雰囲気を放った気がした。

いや事実、呆れているんだと思う。ステラの言葉を直接受けたら、間違いなく俺も呆れる。

そんなコントを横目に、俺はエミリーに視線を送った。今朝に彼女からは昨夜の件に関しては謝罪を受けたが、どうにもこちらを気にしている様子なのが気になる。

（いや、まあそんなものか……）

——と。

「……私も行きます」

「神たるジル様が行く以上、私が行かないなどという選択肢は存在しない」

ステラに続き、エミリーとキーランまでもが俺とクロエについてくると言う。

こんな大所帯で大丈夫なのか？　という視線をクロエに向けると「問題ない」と返ってきた。

「何人いようと構わない。秘匿しないといけない情報に関しては、どの道触れさせることはないのだから」

クロエがそう言うのなら、まあ、良いのだろう。

アニメにおいて、魔術大国はそこまで大きく取り上げられた訳ではない。

いや正確には、クロエと魔術大国の関係性はというべきか。アニメで描写されたのは魔術大国の頭のおかしい国民性くらいなので、実を言うと直接的に登場した人間はあまりいない。魔術大国に関してはこの世界に来てから耳に入った情報の方が多いまであるのだから。

（まあ、そこまで問題はないだろう）

そんな風に、俺は軽く考えていた。


その情報は、魔術大国中を瞬く間に駆け抜けた。

「なに⁉　クロエ殿が新しく弟子を⁉」

世界最強の魔術師【氷の魔女】。

なんの感情も示さない無機質で無表情なあの魔女が、新しく弟子をとった。

「ステラちゃん並に有望な子ってこと⁉」

「つまり、特級魔術に至る可能性が――」

「いや待て、【禁術】も習得できるかもしれないぞ！」

「お、おお……おお……！　き、【禁術】の新たな使用者……！」

「い、今すぐにでも魔導書を閲覧させてあげたい……！」

「クロエ様は順序を大事にされる方だから、いきなり【禁術】はないって聞いたぞ。だからステラくんも魔導書を閲覧していないのだろう」

魔術狂いが多く存在する国家、魔術大国マギア。

「う、羨ましい……！」

「そんなポッと出の術師が？　ずるくないか？」

「ステラさんの時と同じように、見せつけてくれるものがあるわよきっと！」

そんな国において、歴史上最高にして最強の術師である【氷の魔女】。

彼女の主な特徴は魔術大国史上初の【禁術】を習得した存在という点と、一切感情を示さない無表情無感情な点。

言葉数は少なく、著名な人物でありながら森の奥深くに拠点を構え、とっている弟子はステラという少女唯一人。

自身で進める研究は何もかもを独力でこなすその姿に、誰もが【氷の魔女】の研究を邪魔する訳にはいかないと距離を置いた。

謎という謎のベールで包まれまくった魔女。

それが、クロエという少女に対する周囲の抱いている印象だ。

そんな孤高の超人が、新しく弟子をとる。

その意味を、それが周囲に与える影響を、実のところ【氷の魔女】本人が一番知らなかったりする。

「き、来たぞ……」

「あ、相変わらずの冷徹な顔……！」

【禁術】を身につけた際も特に喜ぶ事もなく、何も変わらないままに帰宅して研究に励んだという……伝説の御方……」

「どころか、【禁術】を編み出したと思われる魔導書の著者に対して『これを書いた人物は頭がおかしい』と言ってのけたらしい……」

「間違いなく、あの御方は森の奥深くで次なる【禁術】の開発に勤しんでいるに違いない……」

「あのストイックさこそ、我々が目指すべきもの……」

「ああ……【禁術】なんて、通過点に過ぎないんだ……」

「そうだな。俺、まだ超級魔術を身につけたばっかだけど、魔導書を閲覧してくるよ」

「頑張れよ」

「廃人になっても、お前の肉体はホルマリン漬けにされて保存されるしな。たまに会いに行くよ」

「ありがとうみんな」

「俺も行くぜ」

「私も」

無表情無感情無機質な少女、クロエ。

「……？　国が、騒がしい……？」

「私は、猛烈に選択肢を誤った気がしている」

「？　どうしたの、ジル」

「貴様はもう少し、己の価値というものを知るべきであろう。魔術大国において、貴様はどれほどの価値を有しているのかを」

「……？　私、何かした？」

その本質はなんと、本人も周囲も勘違いした結果表面上上手く機能してしまう勘違い系主人公気質の少女であり。

そんな彼女の影響で「【禁術】なんて通過点に過ぎないんだ！」と勘違いした魔術師達の信奉化や廃人化が指数関数的に増加している事実を、本人は全く知らず。

（……なにこれ）

超常的な聴力をもってしてなんとなく魔術大国とクロエの関係性を理解したジルは、内心で思いっきり頭を抱えていた。

§

【氷の魔女】。

その性格は冷酷無比。

なんの感情も示さないその少女は、魔術大国多くの魔術師達の夢である【禁術】を習得した際にも何の喜びも抱かず、それどころか「……この魔導書を書いた人物は頭がおかしい。不愉快」と【禁術】を編み出したとされる存在に対して、術式の不完全さを嘆き駄目出しまで行うという伝説を生み出した。

その駄目出しを聞いた周囲の魔術師達は、傲岸不遜な言動を取る【氷の魔女】に対して不満や怒りを――抱かなかった。

むしろその逆。

【禁術】ですら通過点でしかないと言わんばかりの魔女の言葉に、誰もが感動の涙を流したのだ。

そしてそんな魔女に続けと。

魔道を歩む者にとって【禁術】は通過点に過ぎないのだと。

そもそも魔術のためなら廃人になろうと構わないと。

そんな感じのノリで【禁術】を閲覧する魔術師が、【氷の魔女】を間近で見た魔術師達から続出した。上層部は泣いた。

勿論、魔術大国の国民とて一枚岩ではない。

単純に研究が好きな奴だったり、入門魔術をこよなく愛し過ぎたが故に入門魔術以外の魔術を身につけない者だったり、新術開発以外には興味がない魔術師だったり、魔術で建造物を破壊するのが好きなヤベエ奴だったり、魔術によって世界の根幹を明かそうとする者だったり、魔術師の肉体そのものに興味関心を持った結果廃人化した魔術師の肉体を購入して研究しまくってるやべえ奴だったりと様々だ。

そんな連中は【禁術】には興味ないので、全員が全員そう廃人になりにいく訳ではない。

とはいえ、それでも【禁術】を閲覧する魔術師の数は決して少なくはないし、明らかにやべえ案件なので他国にその情報は普通に広まった。

ちなみにソフィアが【天の術式】講座の最中にさらっと言っていたが、【天の術式】の使用者が出たことを察知した教会勢力が「新たな同志か?」と魔術大国を調査したものの、廃人化することを理解しているにも拘らず笑顔を浮かべて魔導書を開き、そのままバッタバタ廃人化していく連中を見て「うわ頭おかしいこいつら……こわっ関わらんとこ……」とドン引きして退散したらしい。

インフレの象徴たる教会勢力《きょうかいせいりょく》をも退ける魔術大国を褒めるべきか、非常に悩む一幕である。

『……魔術大国。彼らの思考は、よく分かりません。魔術のためなら廃人になるなど……神のためではなく、魔術などというもののためなど……私には理解しかねます』

健常者から見れば大差ねえぞ、と言わなかった俺は間違いなく優しかった。優しかったのかな……。

(まあそれはそれとしてだ……)

現在、俺は頭を抱えていた。

その理由は当然、クロエという少女を取り巻く周囲の勘違いという環境にある。

冷酷無比? 誰だそれは。

魔導書を書いた人物に対して「頭がおかしい」と駄目出しができる偉大な人物? それは狂信者相手に「頭おかしい」と思った当たり前の思考から来るものだ。

なんの喜びも抱かず? 表情筋が皆無なだけだ。聞けば普通に「嬉しかった」と言ってたぞ。

人の目に触れない森の奥深くで新たな【禁術】開発？　森の深くに住むのが落ち着くからなのと、そもそも研究自体そんなにしてないらしいぞ。

（なんなんだろうか。なんなんだろうかこの……この気持ちは……）

アニメでは勿論、この世界に来てからも全く知ることのなかった魔術大国の一面。それに今、俺は直面している。

普通なら勘違いを訂正するのだろうが、クロエの場合そもそも気づいていないせいで勘違いが加速している。しかもクロエは魔術大国の魔術師として外れた行動を取ることも特にはないので、誰も勘違いに気づくことはない。そして当たり前のこと過ぎるが故に、誰もそれに対して特に議論も交わさないので他国にその情報が回ることもない。

アニメはアニメで別に【氷の魔女】は主人公でもなんでもないので、わざわざ焦点を当てて描写されることもなかった。

（なんという悲劇だ……）

まさかこんなアホみたいな話があるとは思わなかった。

別にどうでも良いといえばどうでも良いのだが、何故だろうか。自分と似たような境遇に思えなくもないので同情心が湧いてしまう。

（まあだからといってどうすることもできんが……）

せめて、せめてもの情けだ。

俺くらいは、俺くらいはクロエと仲良くしてやろう。

「……？　どうしたの、ジル」

「……なに、少しばかり私の行動に修正を加えただけだ」

「？」

そんなこんなで、俺とクロエはとある研究機関の応接間に通されていた。

この研究機関ではかなり特殊なものを取り扱っているらしい。具体的にどういうものを扱っているのかクロエに尋ねてみると、「知らない」という素敵な返事をいただいたので何も分からないが。

「お待たせしました【氷の魔女】殿とそのお弟子殿」

暫く待っていると、白衣のようなローブを着た小太りの中年男性がいそいそとした様子で入ってきた。

その男性を見たクロエは軽く頷くと、俺の頭の上に手を置いて口を開く。

「新しい弟子、ジル。（ステラが言うには）とても才能がある」

「!?　それは……凄まじいですね」

「……」

一言足りないと言いたいが、まあ【氷の魔女】の弟子という立場になるんだからナメられないという意味では問題ないか。

肉体の幼さもそうだが、ここに来るにあたって魔力量を抑えているので他者からは侮られやすい。

なのでまあ、俺の強さを勝手に上方修正して想像するのは全然ウェルカムだ。

畏怖の念が篭った視線でこちらを見てきた小太りの男性がその後暫くクロエと会話を交わすのを、

俺はなんとなしに眺めていた。

§

――かの【氷の魔女】が他国の子供を弟子にとった。

その情報は、当然ながら魔術大国の上層部も掴んでいた。

「その子供の外見的特徴は？」

「銀髪に青紫色の瞳を持ち、無表情の超然とした子供と聞いたぞ」

「無表情……となると【氷の魔女】と似通った性質を有しているのか？」

「そこまでは分からないわよ」

魔術大国上層部。

彼らは魔術大国において異端な価値観を有している人間達だ。

それ故に権力を欲するし、財力を欲するし――他国に侵略するための武力を欲する。

「しかし子供だろ？」

「他国の子供だから良いんだ。子供は染めやすい。早めに手を打たなければ、この国の魔術師と価値観を共有しかねんが……」

「いやいくら子供とはいえ、十を超えているならあの異常な価値観に染まることはないと思うぞ」

「【氷の魔女】がとった二人目の弟子だ……間違いなく、超級魔術を超えて特級魔術に至る才能はある」

「唯一無二の弟子であるステラとかいう少女は、まだ超級魔術止まりと聞いたが？」

「超級魔術を無詠唱で行使可能な時点で鬼才だが？」

「そもそもあの年齢で特級魔術に至る訳がないだろ。歴史上で至った人間の数を考えろ。……【氷の魔女】が異常なんだ。至るにしても、普通は爺さん婆さんの年齢になってからだぞ」

「なら、その子供とやらも特級魔術を習得するのはまだまだ先ではないか？」

「大局を見て物事を考えるべきよ。目先の利益にばかり目を向けたら、後々損するのは私達」

「その通り。これはあくまで未来への布石であり……投資だ」

だが、この国で他国に侵略できるような武力は悲しい程に手に入らない。

何故なら他国に絶大なアドバンテージを取れるであろう超級魔術の使い手は、誰一人として他国への侵略などに興味を持たず、研究に没頭するか特級魔術や【禁術】を見据えるから。上級魔術の使い手もほとんどが似たような感じで、中級魔術止まりの中年連中がたまに志願するくらいだ。そんな戦力で他国に侵略したところで、なんになるという話である。

「特級魔術の使い手が国の駒となれば、特級魔術を修めたい魔術師達が釣れるだろう」

「そう上手くいきますか？　侵略に時間を取られるくらいなら独学で——とかいうのがオチでは？」

「そうなるかもしれんが、しかし特級魔術の使い手が駒になる時点で十分すぎるだろう」

「【氷の魔女】の名を他の大国からの侵略への抑止力に使いつつ、その子供を攻めに扱うという事か」

「特級魔術の使い手を二人抱え込んだ時点で、小国であれば属国になる事を希望するかもしれないわね。超級魔術の使い手でさえ他国からすれば異次元だから、それを大量に抱え込んでいるこの国を恐れているのだし」

そんな彼らにとって、他国出身の優秀な術師という存在は是が非でもこちら側に引き込みたい存在なのだ。とはいえ、他国の術師の多くは「魔術大国の魔術師達は頭がおかしいから……」とスカウトを拒否するので、引き込めた例は皆無だが。

「特級魔術の使い手を二人も抱え込めば、我が国が頭一つ抜けるのではないか？　他の大国同士が同盟を組み、こちらを牽制する可能性は？」

「あの【龍帝】が連合を組むような玉《たま》か？　大陸の支配を目論んでるんだぞ」

「【人類最強】を擁しているあの国はあの国で、今は完全に鎖国しているから連合を組むとはあまり思えん」

「あの国は何故鎖国を始めたんだ？」

「なんだったかしら……確か【神の力】とかいうものの解析を始めたとかなんとか……」

「【神の力】？　オカルトか？」

故に、彼らはジルという存在を欲する。

他国の魔術師で、幼く、才能を有している原石を。

「哀れな事だな。神なんて存在しないと、この国ではとうの昔に証明されているというのに」

「人間ではどうしようもない災害を、神の怒りということにしていたという説だったかしら」

「太古の昔は、魔術なんてものがなかったらしいからな。未知を神と名付けて、既知の存在という事にして恐怖を誤魔化していたのだろう」

「今じゃ雷も暴風も何もかも、大抵の事象は魔術で再現できる。といっても、一人で全てを操る事は不可能だが」

『あえて神という存在を定義するならば、全ての魔術を操る者であろう』だったか」

「そんなバカげた存在、いる訳がないから机上の空論だな」

「あの【氷の魔女】でさえも【禁術】の全てを習得できた訳じゃないし、炎属性の術の行使は不可能と聞く。そんな存在がいたとしたら、それこそ〝神〟なんてものくらいだろう」

「全ての魔術を操るって、理論上はこの世界の法則の全てを操る事だものね」

「その理論を逆手に取り、大人数で術を並行して発動する事で、世界の法則を操り真理に至る事を目的としている研究機関があったような……」

「その研究機関に【禁術】はおろか、特級魔術を使える人間がいない時点で論外だがな」

「そもそも再現や観測ができていない事象がいくつもあるから、ほぼ机上の空論という結論を別の研究機関が出していただろう。第一、事象一つにしたって観測してから数式に当てはめ、術に落とし込むまでに必要な時間が膨大だ」

「未観測の事象のピースを埋める手段の一端が【禁術】に違いないといった仮説もあるが……」

「話が脱線してきたぞ」

とはいえ、困難であることは彼らも重々承知している。

しかしそれでも、彼らは欲しているのだ。

俗物的であるが故に、彼らは自分達の立場を優位にするものを手に入れたくて仕方がない。

「しかし、【氷の魔女】の弟子とやらをこちら側に引き込むのは困難ではないか？　その弟子も、【氷の魔女】の名声を知るからこそこの国に来て弟子入りしたのだろう？」

「他国の人間なんですから、【禁術】の魔導書で釣れませんかね？」

「それで釣れるのなら元よりこちら側に引き込むのは不可能だろう。魔術のために廃人になるようなイカれた価値観を持っているのだから。冗談でも笑えない」

「子供であるが故に、金や女で釣るのは難しいだろうな」

「拉致で良くないか？」

「【氷の魔女】に殺されないかしら」

「アレが他者に情を持つような女か？　弟子を凍結させたりする輩だぞ？　拉致される程度の不出来な存在なら必要ないと言うんじゃないか？」

「仮に情があったとしても、足が付かなければ問題ないだろう。外部の人間を雇って、その子供の顔を変えて記憶も消せば良い」

「そんな上手くいく訳がない。やめておけ。物語とかだと、それで死ぬのがオチなんだ。俺はそんな理由で死ぬなんてごめんだし、国益のためだとしてもその手段はどうかと思う」

「私も反対ね。流石にそこまで外道に堕ちる気はないわ」

「……一度三十分ほど休憩を取る。各々、何かしら考えておけ」

そう、彼らは俗物的だった。

全員が全員、俗物的な人間だったのだ。

故に――


（……特級魔術に至るかもしれない弟子……か）

一人の年若い男が、壁に背を預けながら思案する。

男の脳裏によぎるのは、先日接触してきた【魔王の眷属】などという輩を名乗る胡散臭い青年と、青年の扱った【呪詛】と呼ばれる未知の力。

『いやはや貴方様であれば、この国を手中に収める事も可能でありましょう。さすれば大国の覇者になるやもしれませんぞ。なに、頂点に立つのに必要なのは何も武力だけではありません。貴方様のような賢しい存在こそが、頂点に立つに相応しい。私はそう思ったからこそ、こうして貴方様への助力を願っているのです』

男は自身の未来を思い描く。

特級魔術の強大さは、過去の歴史と【氷の魔女】が証明している。大陸の端で特級魔術を定期的に放つ【氷の魔女】の様子を一度だけ直接目撃したことがあるが故に、あの力の持つ魅力に溺れている。

そして【呪詛】という未知で異質なあの力――

（俺だけが、その弟子とやらを手に入れちまえば……この国を――）

男は俗物的な人間だ。

野心を持ち、欲をかくどこにでもいる人間。
故に、欲をかいて自分本位となるのは、十分にあり得ることだった。

§

綺麗な魔術だと思った。

でもそれ以上に、彼のその姿勢を、信念を綺麗だと思った。

彼が何を思っているのかは分からない。
何を根源としているのかも分からない。
でも、ただ確かに分かるのは、

「……」
確かに分かるのは、彼が理想に向かって突き進もうとしていることで。

『【氷の魔女】様！　私をあなたの従者にしてください！』

それは、その姿勢はとても——

研究機関への顔見せは特に何事もなく終わった。

まあ魔術大国は教会勢力と違って、神々を信仰したりしている国ではない。

故に、これは当然の結果なのだ。

§

嘘である。

正確には何事もなく終わってほしいという希望を抱いていたが、全くもってそんなことはなかったという悲しい現実が残されただけだった。


『ジ、ジル少年の魔術から感じ取れる魔力の純度……！　ぐへへへ!!』

『ジル様の！　ジル様の魔力の波動がこの身に……この身にいいいい!!』

『【氷の魔女】の弟子の名は伊達じゃない！　す、素晴らしい……！　炎水雷風地……五大属性全ての超級魔術を扱えるのか……！』

『も、もしかして全属性の特級魔術に至る可能性が……!?』

『氷属性は⁉　氷属性は⁉』

『こ、【氷の魔女】様と並列すれば……机上の空論とされていたあの理論が現実味を帯びるのでは……！』

『な、なんだって⁉』

『そ、そんな……そんな……あ、あ……！　あ、あれが現実と化す可能性が……⁉　お、おおおだ、ダメだ……こ、興奮してきた……！』

『な、なんてことなの……⁉　【氷の魔女】ちゃんとジルくんがセットになれば……更なる先の世界に至れるということなの……⁉』

『更なる……先……っ！』

『そんな……そんなんっ、そんな世界の……ほおああああああああ！』


地獄のような光景だった。

力を示すということで研究機関の実験室で実演のようなものを行ったら、こんな恐ろしい光景が完成してしまった。ちなみに先のセリフ達だが、最初のステラ以外は全て成人済み男性諸君によるものである。

……もう一度言おう。地獄のような光景だった。

（……この世界は、どうなっている）

ある種平常運転のステラとキーラン。

暴走した研究者達。

私も負けないっと拳を握っていたエミリー。

一瞬だけ若干遠い目になったクロエ。

俺はジルとしてのキャラ崩壊を防ぐために鉄壁の無表情を貫いたが、しかし……精神が、精神が辛い……。

（しかも俺と【氷の魔女】が揃えば神に至るだとかなんだとか言い出して……当然のようにキーランがそこに反応して……）


『無知蒙昧《もうまい》もここまで来ると滑稽だな……【氷の魔女】とセットで神に至るだと？　ジル様はあの御方一人で神なのだ。何故それが理解できん』

『貴方こそ何故理解しないのですか！　この論文に目を通してくださいよ！　今はまだ机上の空論ですが……あの御二人は二人で神になるのです！』

『そのようなものに目を通す価値などない。ジル様こそ神であると、私は言っている。これが世界の真理であり、道理だ』

『真理⁉　真理と言いましたね⁉　我々が探求している真理を騙るなど……！』

『貴様こそ、いつになったら理解するのだ……！』


俺としては論文の内容が非常に気になった。

机上の空論らしいが、しかしそれを実現できる可能性自体は原作知識やメタ視点、そしてこの肉体を利用すればあると思うから。

(しかし魔術大国で〝神〟というワードを聞くなんて思わなかったな)

そんなこんなで白熱する議論に、更なる火薬が解き放たれる。

なんと後からやってきた別の研究機関の人間が論争に混ざり『神なんてオカルトは存在しないところの国では証明されてるだろいい加減にしろ』という言葉を言い放ったのだ。

そこから先のことは言うまでもない。

自分の主張を絶対に曲げない者達による不毛すぎるレスバトルは更なる混沌を形成し、なんの生産性もない時間だけが過ぎていく地獄と化す。

当然ながら、俺は無言でその場を後にした。

「……ジルくん」

——と。

先の光景を思い出して内心で嘆息していると、エミリーが俺の近くにやってきた。

彼女は緊張した様子で俺の瞳をじっと見つめると、やがて弛緩したように表情を緩ませた。

場を張っていたものが消え去り、穏やかな空気が流れる。

「……ジルくんは、とても凄い子ね。人を見た目だけで判断しちゃ、ダメ。そんな当たり前のことさえ、私はできずにいた……」

「……」

「私はクロエ様の弟子になりたくて、でも才能がないって言われてて。それでもって頑張っても頑張っても、無属性の上級魔術を一つだけ習得するのが精一杯。それすら無詠唱は勿論、短縮した詠唱でも使えない。それでもって頑張って……そして暫くしたらあなたが現れて……」

　そこまで言って、彼女は朗らかに笑った。

「昨日は本当にごめんね。ジルくんの言う通り、私のやったことはただの八つ当たり」

「……」

　一体、どうしたと言うのだろうか。

　謝罪は今朝に受け取ったし、そんな二度も言う必要はないだろうに。

　……いや、それ以上に彼女の瞳が、昨日までとは全く異なるような──

「ジルくんの魔術からは『理想に向かって突き進んでやる』っていう……強い信念を感じた」

「──」

「あなたの理想や目的が何かは分からないけれど……届かないかもしれない理想に突き進んでやるってその信念は私の心に、とても強く響いた」

　だから私も諦めずに頑張ってみる、と彼女は拳を握って。

　そんな彼女に、俺は。

「……そうか。精々、励むが良い。貴様は世界最強の術師の、弟子を志願しているのだから」

「うん！」

　俺は。

――

――

――

「……ジル」

クロエが俺の服の袖を引いてきた。

俺が顔を向けて「何用だ」と尋ねると。

「これから私は、大陸の端に行って魔術を放ってくる。一緒にきて」

「…………」

もしやクロエが特級魔術を定期的に放つ理由は、魔術大国の頭のおかしい人間達によって溜まるストレスを発散させるためではないか、という仮説が俺の頭に浮かぶ。

研究者達の暴走の後というこのタイミング。間違いなくそうとしか思えない。

そう考えると、その辺で定期的に核ミサイルを放つのは仕方がない気が……いやどうなんだろうな……。

「……私は、先に帰ってます。昼餉《ひるげ》の下準備と、上級魔術の理論の勉強をしようかと」

「んー。じゃあ、ボクも町を見て回ってから帰ろうかな」

「……珍しい」

「だってほら。ジル少年を連れてくのって、そういう意味もあるんでしょ？　悔しいけど、良いものを見れたから良し！　ぐへへへ」

「……時々だけど、ステラは鋭くなる。常にそうであれば良いのに、最後で台無し。やはり、不肖の弟子」

エミリーとステラは帰宅。

エミリーはともかくとして、ステラも帰宅するのは意外だった。

是が非でもついていくぜ！　と言うような性格にしか思えんが。

ステラの言葉から推測するに、クロエは何かしらを俺に仕込もうとしていて、それの邪魔にならないように身を引いたということだろうが。

……しかし、ふむ。

「キーラン」

「はっ」

「貴様に一つ、命じたいものがある」

「何なりと。この身は全て、御身に捧げたものです」

§

大陸の端。

その先は水平線しか見えず、広大な海の向こう側に何があるのかは何も分からない。

アニメでは大陸の地図しか描写されなかったし、この世界に来てからも特に別の大陸の話を聞いたことはない。

（こういうアニメではよく突っ込まれる部分だよな。世界の存続が大陸一つで決まる世界ってやばいよね、みたいな）

まあ、この世界にはこの大陸以外存在しないかもしれないので、そんなことを深く考えても仕方ないのだが。

「実演を見て思った——おそらく、ジルは特級魔術に至ることのできる段階には既にいる」

そんなことを考えていると、俺の隣に立つクロエが口を開いた。

「特級魔術を行使する人間を目で見て学べば、おそらくジルは特級魔術を放てるはず。特級魔術には属性付与、魔力調整、放出量、事象の法則への理解、詠唱の暗記、その他諸々とやるべきことは多いけれど……ジルは少なくとも個々でならそれらを高水準で会得している」

あの実演だけでそこまで読み取ることができる辺り、やはりクロエは魔術面で別格の存在だなと実感する。

何せアニメで彼女は、魔術の面においてジルをも凌駕すると言われているのだ。

氷属性というオリジナルの属性を生み出したり、原作では【天の術式】を参考にした新技術の開発の試験段階に至ったりと、趣味の産物が齎す功績も偉大である。

まさしく神話の領域。

それが、【氷の魔女】。

（俺は少し、強引に特級魔術を使っている部分があるからな。……ここで、本物を見て学ぼう。本来のジルに近づき——超えるために）

そう。俺がクロエに弟子入りするという手段を選んだのは、何もステラや【神の力】、【天の術式】確保のためだけではない。クロエに弟子入りすることで、俺自身の直接的な成長にも繋がると確信していたからなのだ。

「……今回は特別に、詠唱も行って術を放つ。私の魔力の変化を、よく見て感じ取って」

クロエが、一歩前に足を進めて俺の前に立った。

そして彼女は一瞬だけ振り返って口元を軽く緩ませると、すぐさま表情を無に戻して前を向く。

そして、

「世界を侵すは我が魂——」

——莫大な魔力が、クロエを中心に唸りをあげた。

「零れ出すは万象の理《ことわり》――」

この世界に来てからは初めて見る。
ラグナロク第一部において、初めて披露された最高位の魔術。
【氷の魔女】を冠する少女が編み出した、唯一無二の術式。

「構築されるは天地の理《ことわり》――」

漏れ出す魔力が彼女を中心に周囲を凍えさせ、術として顕現していないにも拘らず大地が凍てつき始める。
いつしか俺の吐く息は白く染まり、肌を刺すような凄まじい冷気に身が震えそうだ。
青かった空は曇り始め、やがて吹雪が吹きすさぶ。

周囲一帯を巻き込み、環境すら塗り替える特級魔術。
その名は。

「――そして世界は凍結する……詠唱完了《フルスペル》　永久凍土」

# 第七章　忍び寄る魔の手

何かがおかしい、とエミリーは思った。

食材の買い出しを終え、屋敷に戻るまでの道中だった。

自分はいつも通りの道を歩いて、森の中を突き進んだはずなのに――違和感。

「……？」

周囲を見回す。

おかしな点は何もない。

いつも歩いている……森の、中……？

「……誰？」

「おやおや、勘は鋭いようですね」

声のした方向へと振り返る。

そこには濃い紫色の見慣れない服を着た、藍色の髪の胡散臭い青年がいた。

「流石は【氷の魔女】のお弟子さん……いえ、弟子ではないんでしたか。いやはや、哀れな者ですね。健気な者ですね。決して届かぬものに手を伸ばし続けるなど――滑稽。実に、実に滑稽です。愚か、とも言えるでしょうか」

「……」

青年の言葉にエミリーの視線が鋭くなるが、しかし青年は意にも介さない。

むしろより一層胡散臭い笑みを深め、両の手を合わせてパチパチと鳴らし続けていた。

「……何者ですか」

「おやおやおやおや？　警戒心があるのですね。【氷の魔女】に連なる者ならば、この国には半球状の結界が張られていて、部外者が立ち入る事は不可能とご存じのはずですが？　不審者や犯罪者なんてあり得ません。もう少しリラックスされては？」

「残念ながら、先日不審者らしい人物が出たんですよ。それに考えにくいとはいえ、内部の裏切り者による手引きがあれば犯罪者でも入国は可能ですしね」

「…………なんとタイミングが悪い」

青年の言葉は確かに正しい。

この国には魔術的な結界が張られていて、許可証を持った者かその同行者しか入ることができず、不審者なんてその結界を張ってから何十年とこの国には現れていないのだ。

だが先日、魚の女と全身黒ずくめの不審者が現れている。ならば新たにそういう存在が湧いて出てきてもおかしくはない。

青年にとっては不幸なことに、タイミングが悪かったのである。

「……まあ良いでしょう。想定外ですが、やる事に変わりはありません」

青年はそう言うと、手を二回叩く。

すると、森の奥から同じような服装をした男が三人現れた。

「我々の目的は【氷の魔女】、ひいてはその弟子の少年です。さてさてさてさてさて、このような無能を側におくような物好きであれば、多少なりとも人情を有しているのでしょう――という事で皆様方、死なない程度に叩き潰しなさい」

青年の命を受け、殺到する三人組の男。

それを見て苦々しい表情を浮かべたエミリーは、買い物袋を地面に置き、そして両の手を突き出した。

「クロエ様とジルくんが狙いなのね……っ！　でも！」

エミリーの手元に、掌以上の大きさの水の塊が現れる。それを見た青年は「フム」と顎に手を添えると。

「ああ成る程成る程。魔術大国では中級魔術の使い手でも大した事がない扱いなんでしたね。フムフム……時間がかかるのは面倒です」

エミリーの足元の影が蠢き、彼女の両手は切断された。

「――――――ッッッ!?!?!?」

「ああうるさいですね、たかだか両手を切断されたくらいで。我々【魔王の眷属】は正気の状態で一度全身の皮を剥がし、臓器という臓器を抜き取り、魔王様への忠義を示すのですよ」

では捕らえなさい、と男三人に再度命令を下す。

顔を青褪めさせてぐったりとした様子のエミリーを見ながら……そこで青年は眉を顰《ひそ》めた。

「……はて、おかしいですね。血が出ていな——」

言葉を終える前に、青年はその場から飛び退く。

直後、先程まで彼がいた地点に黒塗りの短刀と氷の礫《つぶて》が降り注いだ。

地面を穿つ程のその一撃を受けていれば、人間は容易く絶命するだろう。それが雨のように降り注いだという事実。

「フム」

自身に殺到した殺意の雨を見て、しかし青年の表情は崩れない。

顎に手を添えて、ゆっくりと頷くだけだった。

「無作法ですね。不意打ちですか」

「は？　無作法もクソもある訳ないだろ。お前マジで殺すぞ」

「ジル様の命故に、オレはこの小娘を守護し、貴様を殺す。生きて帰れるとは思わない事だ」

青年の視線の先。そこには無傷なエミリーを抱えたまま般若が如き形相を浮かべたステラと、悠然とした様子で短刀を持ったキーランがいた。

三人の男は、既に物言わぬ体と化している。

そして、二人の近くには両手の欠けた氷の人形。

「……フム。氷人形による虚像……？　あるいは幻術か……フムフムそして貴方達は……」

再度、視線を二人の男女に向ける。

その二人に共通するのは自分を絶対に殺そうとする殺意が放たれている点と、世界有数の強者という点。

片やかの【氷の魔女】の弟子の少女。片や大国に忍び込み、王子を殺害した実績を有する殺し屋の男。

成る程、実に手強い存在だ。

成る程、エミリーとかいう少女とは比較にならないレベルの手練れだ。

成る程、成る程成る程成る程。

「……くひっ」

そんな二人の強者と対面して、しかし青年の顔は喜色に濡れた。

「好都合！　実に、実に好都合！　手間が省けました!!　いやはや幸先が良い！　操りやすい愚者の手引きで魔術大国に入り！　前金として金を貰い！　しかもその愚者の魂を魔王様に焚べ！　そしてそしてそして！　目的までもが目の前に転がり込んでくる!!　実に実に実に実に実に……！」

禍々しい紫色のオーラが、青年を中心に漂い始める。

それを見たステラは冷気を周囲に拡散し始め、キーランは瞳を輝かせた。

「――実に！　実に素晴らしい！　では始めましょう！　伝道師のお言葉の下、我はこの国の人間全てを魔王様に捧げ！　【氷の魔女】と〝ジル〟とやらを変容させ！　世界を魔王様へと献上いたす足掛かりにさせていただきましょう！　我が名はサンジェル！　誉れ高き【魔王の眷属】最高眷属でありますぞ！」

「うるさい」

【魔王の眷属】最高眷属、サンジェルを名乗った青年の前口上。

それをうるさいと一蹴し、ステラはエミリーを抱えた右手とは反対の手を振るう。

途端、ステラの周囲で待機していた氷の針がサンジェルに向かって放たれた。その数は八つ。いずれもが音速の五倍を優に超えているそれら。当たれば瀕死は必至で、常人には視認すら不可能な速度。

「直線的ですねえ」

が、サンジェルは横に移動するだけでそれらを軽々と回避する。

回避された氷針はサンジェルの背後にあった大木を貫通し、そのまま突き進んで岩を木っ端微塵に打ち砕いた。

「ほうほう……中々に鋭い一撃――」

「随分と、余裕だな」

「っ！」

岩を砕いた一撃を横目に見ながら笑っていたサンジェルの背後に、瞬時にキーランが張り付く。

目を軽く見開いたサンジェルの首を刈り取ろうと、キーランは黒塗りの短刀を横薙ぎに一閃。

黒線と化したそれを、サンジェルはほぼ反射的に身をかがめることで回避した。

「死ね」

しかしその回避行動は、キーランにとって予測していたものだった。

キーランは腕を横に振るった体勢を変えることなく、手首だけ動かして短刀をサンジェルの頭に向けて投擲《とうてき》する。

キーランの手から一直線に放たれた短刀は、彼の狙い通りサンジェルの頭に突き刺さる――

「危ないですね」

事はなかった。サンジェルの足元の影が蠢いて隆起《りゅうき》し、必殺の一撃を完全に防ぐ。自身の一撃を防いだ影を見たキーランは目を細めると、すぐさまその場から跳躍して近くの木の上に乗り移った。

「……面妖な」

一瞬遅れて、キーランのいた地面から影の刃が飛び出す。

仮にあの場に留まっていれば、今頃キーランの足は串刺しにされていただろう。

「経験が豊富ですね。動きだした影を警戒してすぐさま移動する。悠長に分析でもしていただけると、助かったのですがね」

「分析か……残念だが、オレにその必要はない。理屈は不明だが、結果だけ見ればお前のやっている事は〝影による攻撃〟だ」

影は絶えず蠢いている。

それを確認しながら、キーランはその瞳を輝かせた。

「【禁則事項】は影による攻撃。【罰――】」

「何故か悪寒を感じるのでさせません。【呪詛】漆――」

「余所見《よそみ》し過ぎだよ」

キーランを中心に世界が変化したことを感じ取ったサンジェルが、影を収めて人差し指をキーランに向ける。その人差し指に漆黒の球状の塊が形成される寸前、サンジェルは頭上から声を聞いた。

そして反射的に顔を上に向けたサンジェルの視界が、白に染まる。

「こ、これは……」

それは上空からステラによって放たれた、局所的な吹雪の渦。

凄まじい勢いの雪の波に埋もれながら、サンジェルは吹雪から逃れようと身を動かそうとするが

――


「そして、こう」

その前に拳を握り締めたステラにより、足元を完全に凍結させられた。そこから徐々に、サンジェルの全身は凍結していく。やがて氷像と化して動かなくなったことを確認したキーランは、再度懐から短刀を取り出して。

「死ね」

短刀が投擲され、それを受けた氷像がサンジェルの肉体ごと砕け散る。

血飛沫すら上がることなく、凍りついた肉の塊は周囲に四散した。

「終わったねえ。まったく、不愉快な奴だったよ」

そう言って、気を失っているエミリーを優しく地面に下ろすステラ。

軽くエミリーの髪を撫でて、ステラはふと首を傾げた。

「あれ？　キーランくん？」

「…………」

木の上から降りることなく、砕けた氷の肉塊《にくかい》を注視しているキーランの姿に疑問を抱く。

早く降りて来なよ、とステラは言おうとして。

「なっ」

言おうとして、ステラは息を呑んだ。

肉塊に纏わりついていた氷が弾け飛び、徐々に肉塊が動きだしたのだ。

やがてそれらは中心に固まっていき、そして。

「やれやれ。私が普通の人間だったら死んでましたよ」

そして、サンジェルという男は蘇った。

「嘘……」

「貴様。何者だ」

「何者、ですか……」

絶句するステラと顔を顰《しか》めるキーランに向けて、サンジェルは嗤う。

嗤って、言った。

「【魔王の眷属】……その最高眷属ですが。何か？」

次の瞬間、サンジェルに向かって人一人押し潰すのに十分な質量を持った氷柱《ひょうちゅう》が驟雨の如く降り注ぐ。木々を押し倒しながら落下してくる氷柱達を、サンジェルは嗤いながら眺めて。

「私は一人で健気に頑張っているというのに。貴方達は二人で組むなんてズルいじゃないですか」

サンジェルがパチンと指を鳴らすと、どこからともなく濃い紫色の着物を着た謎の集団が現れる。その集団の大多数は一斉に膝を屈め、降り注ぐ氷柱に向かって弾丸のように飛びかかった。

「ですので……まあ、やり方を変えましょう。……【呪詛】人間爆弾」

そして氷柱ごと、その集団は爆発する。

それを見たキーランは舌を打ちながら木の上から離脱し、ステラは爆風に目を細めた。

「そう、そうです。貴方達がやっているように、私も協力プレイというものをしてみようかと思いまして。……【呪詛】羅刹変容」

空が血のように紅く染まる。

サンジェルの足元を中心に闇が広がり、氷柱に飛びかからずに残った集団を呑み込んだ。

「さあささあさあお行きなさい、物言わぬ骸《むくろ》達よ。貴方達の魂は魔王様に捧げられた。であれば歓喜に咽《むせ》び泣きながら、職務を遂行するのが当然でありましょうぞ」

肌の色が変色した、人間ではない〝何か〟。

その全てが、異質な挙動でキーランとステラに向かって走り出した。

「ふん」

気味が悪い、とキーランは内心で吐き捨てて短刀を構えた。

とはいえ、いくら異質とはいえ所詮は格下の相手。

動きは素人のそれだし、速度も大したことはない。故に簡単に殺すことができる。

そう思考をまとめた彼は相手の心臓を突き刺し、首を刈り取り、次々と屍《しかばね》を量産して――

「……っ！」

何事もないかのように腕や足を振り上げる〝それ〟を見て、軽く目を見開きながら後方に向かって跳躍した。

（……なんだ）

悲鳴をあげず。

血も流さず。

一切怯むこともない。

何より心臓を突き刺しても首を刎《は》ねても動き続けるなど、人の道理に反している。

（最初の三人組は、当たり前のように死んだ。サンジェルと名乗る輩は、四散しても死ななかった。

……そして目の前の者達は、そもそも自意識がない）

冷静に、冷静にキーランは状況を分析する。

体を動かし続けながら、キーランはこの場で最も適した行動を叩き出した。

（理屈は分からんが、おそらくこの者達は不死身。しかし、サンジェルと異なり頭部が再生したりはしない。ならば――）

そして、キーランの姿が掻き消える。

黒い線が幾重にも空間を奔り抜け、それらが不死身達の四肢を切断する。

四肢を失った彼らはその身を地面に崩れさせ、ピクピクと動くだけの木偶《でく》の坊と化した。

（四肢を奪いさえすれば動きは封じられる。それでも動こうとしているのが、奇怪だが……）

しかしやりようはいくらでもある。

そう締めたキーランは、ステラの方へと視線を送った。

「ムカつくなあ」

不機嫌そうな表情を隠そうともせずそう言って、ステラは目の前の不死身達に向かって吹雪を放った。

雪の猛攻によって不死身達の動きが鈍り、それを見たステラは足元から氷の波を噴出。

「はい、氷漬け」

そして、波に飲まれた不死身達の氷像が完成する。

不気味な氷像を冷めた視線で眺めていたステラは、次いで視線をサンジェルへと移した。

「流石に超級魔術を完全無詠唱で扱う術師は手強いですね」

胡散臭い笑みを絶やすことなくステラの視線を受け流し、手を叩きながら口を開くサンジェル。

ステラの表情が歪むが、彼は意にも介さない。

「ノータイムで放たれる魔術。もはやそれは魔術なのか分かりませんよ、私には。しかもその氷属性とやら……非常に汎用性が高いですね」

「うるさいよお前。ていうか凍らせてからバラバラにしたら復活したけどさあ……案外、凍らせてそのまま放置すればどうしようもないんじゃない？」

「着眼点は悪くないですが……最高眷属の私を侮り過ぎでは？」

【呪詛】羅刹変容

空が血のように紅く染まり、サンジェルの足元から闇が広がっていく。

広がる闇は魔力を滾らせたステラ――ではなく、気を失って動くことができないエミリーの方へと地を這って進む。

「お前!!」

闇がエミリーを捕らえようとした瞬間、ステラはエミリーを抱き抱えて空中に躍り出た。

空が元の色を取り戻す景色を背中に、サンジェルは口角を吊り上げる。

「やはり、そこが狙い目のようですね」

「ツッツ！　殺す！」

サンジェルの頭上に、先程とは比べ物にならない質量の氷柱が顕現した。

それを悠然と見上げつつ、サンジェルは言葉を続ける。

「まあ直接私に短期決戦を望むのは必然ですが……私自身の実力が大した事ないと思われるのは、心外ですね」

【呪詛】魔性門

禍々しい巨大な門が、サンジェルの頭上に横向きに現れた。門の扉が開くと、落下した氷柱はその門の中に呑み込まれ、次いで門も空間から消え去っていく。

「くそ」

「ではこちらの番です。【呪詛】混沌舞踊」

影が鞭のようにしなる。

それは瞬く間にステラのいる高さにまで至ると、彼女を叩き潰さんと振り下ろされた。

「【呪詛】ってのはよく分からないけど……そっちがこちらに干渉する以上、ボクの術が干渉できない道理はないだろうが！」

それを防ごうと、ステラは半球状の透明な氷の防壁を前方に顕現させる。念には念をと超級魔術を放つのに必要な魔力量と同等の魔力を込めたそれは、鞭の一撃を完全に防ぐ、

「!?」

事はなく、通り抜けてきた影を慌ててステラは回避した。そして、標的を失った影の鞭が着弾した木に一切衝撃が走っていないことを把握。

「フェイク!?」

「ご名答。いやはや、一度で看破するとは察しが良い」

「めんどくさいなあ！」

ステラを中心に冷気が拡散した。拡散していく冷気は木々の表面を白紙化させていき、地面を氷の床に塗り替えていく。

「これは……空間そのものを自身の魔力で満たす事で、世界を自身にとって都合の良い空間に変化させようと？　……【氷の魔女】の立つ領域に、今この瞬間に至ろうとでも？」

「うるさい。師匠と違って国全域とは言わないし、出力も全然だから環境全体を支配とはいかないけど……。お前を封殺する程度の範囲なら、ボクにだってできる」

「いや不可能でしょう。貴女は特級魔術を身につけていな――」

次の瞬間、サンジェルの足元から巨大な氷の棘が噴出した。

それを跳び上がって回避したサンジェルだが、次々と現れる氷の棘に方針を変更。紫色のオーラを放出して自身を襲う氷の棘を吹き飛ばし、自身の足を凍結させようとしてきた氷の床を踏み砕いて大地を露出させる。

「……フム」

露出した大地が一瞬で凍結した様子を視認したサンジェルは、中空に顕現させた闇に飛び乗ることでステラの攻撃を回避しつつその口を開いた。

「成る程、思ったより厄介ですね。【氷の魔女】には及ばずとも、下位互換程度としては成立していると。面倒です。こうしましょう」

空が血のように紅く染まる。

サンジェルの乗っていた闇が下降して氷の大地を塗り潰し、そしてサンジェルはステラを見上げながら右手を掲げ、

「【呪詛】羅刹――」

「させると思うな」

ステラに意識を集中させたサンジェルの頭部に向かって、背後からキーランの蹴りが放たれた。ステラに向けていた右手をガードに回してそれを受け止めたサンジェル。

「フム。身体能力も非常に高い。俊敏性に特化していると思ってましたが、蹴りの威力も凄まじいのですか……。貴方も欲しくなってきましたね」

「寝言は寝て言え。私の全ては、神たるジル様のもの」

「そう言わず」

「【禁則事項】は影による攻撃の使用。【罰則】は――」

「ああ。それからは何故か嫌な予感を覚えるので、させませんよ」

言葉の間にも、応酬は続いた。

身を翻したサンジェルが人差し指から漆黒の弾丸を放つ。

それを紙一重で回避したキーランは懐からナイフを放ち、それは的確にサンジェルの心臓に突き刺さる。

「チッ」

「素晴らしい」

「黙れ」

キーランがサンジェルの首を刈り取った。

次の瞬間には頭部の生えたサンジェルが、影の刃をキーランに放つ。

顔だけを傾けたキーランの頬に赤い線が走る。

笑みを深めるサンジェルと、表情を変えずに次の短刀を取り出したキーラン。

「無駄ですよ」

「無駄かどうかを決めるのはお前ではない」

サンジェルの四肢が切断され、切断された四肢の断面から闇が噴出される。

それを回避して、キーランは続けざまに瞳を輝かせた。

【禁則事項】は」

「させません」

「だろうな」

「でしょうね」

互いが互いの先の手を読み尽くす殺意のぶつかり合い。

拮抗する二つの殺意はしかし、サンジェルの不死性によって徐々に形勢が傾いていく。

そして遂に必殺の影の刃が、キーランの顔面を捉え、

「おや……いえ、もしやこれも計算のうちでしたか」

ようとした瞬間、サンジェルの膝下が凍結したことで影の刃の軌道が逸れる。

それを確認するより早く、後方に飛び退いていたキーランはナイフを手元から射出。正確に、サンジェルの頭部と心臓を貫いた。

「良いタイミングだったぞ、小娘」

「ボクが凍結させるタイミングも操作してたくせによく言うよ」

「さて、どうだかな」

ステラの近くに着地したキーランはサンジェルの方へと視線を向け、分かりきってはいたがそれでも現実的ではない光景に僅かに表情を硬くする。

「脳と心臓を同時に破壊しても、死なないか」

「素晴らしい。咄嗟に飛び退きながら放ったナイフで正確無比に頭と心臓を貫きますか。一体どれほど、殺しの技を磨き上げた事やら」

サンジェルの頭と心臓を貫いたはずのナイフは、しかし笑みを浮かべたサンジェルによって投げ捨てられた。そのナイフには血すら付着しておらず、サンジェルという存在が人間ではないということを嫌というほど思い知らされる。

「いやはやお強い。正直、ここまでやるとは思いませんでした。片や汎用性が非常に高い術を操る魔術師の少女。片や卓越した殺しの技量と嫌な予感を抱かせる力を持つ男。……私がここまで時間をかける事になるとは。これはまだまだ、時間がかかりそうですね」

「……なんだ、お前のその不死性は」

「伝道師より賜わりし〝力〟。魔王様のお力の一端ですよ。貴方のその不便そうな力と異なり、私は絶対的な力を有しているのです」

「…………貴様、ただで死ねると思うなよ」

「事実でしょう？　完全無欠の力であるならば、その力をもっと高頻度で使用すれば良い。にも拘らず、貴方は使用しない。それは何かしらの欠点があるからに他ならない。違いますか？」

そして、とサンジェルは視線を動かす。

「そちらの魔術師の少女も手強いですが……その魔力には限りがあり、私を追い込もうとすればするほど消費する魔力の量が増加している。つまり、このまま持久戦に持ち込めば私に敗北はあり得ません。加えて、貴方達は気を失っている小娘を庇う必要がある」

「……」

「しかし、私には何も制限がない。そう、何もないのですよ。不死という特性を有する私は、ただただこの無為な戦闘を継続しているだけで良い。そうすれば、いずれ私の手元に勝利は必ず転がり込んでくる。少しばかり戦闘の真似事なんてものをしてみましたが、そんな酔狂に付き合う必要は私にはありません」

パチン、とサンジェルが指を鳴らす。

すると、先程と同じ服装に身を包んだ多くの人間達が、奥から姿を現した。

「では始めましょうか。結末の分かりきった三文芝居を」

§

「凄いですね。まさか一時間以上もこんな戦闘を継続させるとは……」

短刀やナイフがあちこちに散らばり、地面や木々が凍結している。

世界は白銀色に染まり、雪や氷の結晶が舞っていた。

そしてそんな景色を彩るのは、多くの人間の形をした何か。凍りつき、四肢を失い、頭部を失い、氷像と化したそれらが、何十とそこらに転がっていた。

そんな歪な氷の世界で、サンジエルは笑みを浮かべながら周囲を見回す。

見回して……両膝を突く少女と気を失っている少女。そしてそれらを庇うように前に出て、頭から血を流している男を見た。

「弱者の盾《たて》になる、ですか。涙ぐましい姿ですね」

そう言って、サンジエルは言葉を続ける。

「貴方の勝ち筋は、その足手まとい二人を早々に切り捨てる事でした。羅刹変容をチラつかせるだけで、貴方はその二人を抱えて移動する必要がある。貴方が【加護】とやらを撃とうとした瞬間にさえ気を遣っていれば良い私と異なり、貴方は並列して考える事としなければいけない事が多すぎた」

それはそれとして、とサンジエルは思考する。

(あのキーランという男。明らかに異常すぎる)

一体何が彼を突き動かしているのか分からないが、とてもじゃないが人間とは思えない。

ステラという少女も、予想以上に手強かった。ただ、あれは怒りという感情により出力が増加していたからであって、その分魔力を無駄に消費していたのでそこは問題ない。

目を僅かに細めて、サンジェルはキーランという男を見る。

（【加護】という異質な力。アレはなんだ……何故、私にもはや存在しないはずの悪寒を抱かせる？

いやそれ以上に……体力や精神力、そして状況判断速度も異常に過ぎる。何故だ。私はあの男の勝ち筋を提示したが――おかしい。事前の情報と違う。【騎士団長】から逃げ帰るしかなかった殺し屋風情が、何故ここまで強い？）

理解できない、とサンジェルは内心で表情を歪めた。

二人の足手まといを庇いながら、あの男はこの心臓に何度刃を突き立てたことか。

その異常性に、流れないはずの汗が背中を垂れる感触を錯覚してしまう。

これでは――

「私が貴方に劣るみたいではないですか……不愉快な……」

一瞬だけ顔を顰《しか》めて――まあ良いでしょうとサンジェルは微笑んだ。

別に、自分の強みはそこじゃないのだから。

一瞬だけ不快に思ったが、今となっては穏やかだ。

「では、貴方達を……」

「世界を垂れるは我が魂――」

突如周囲に響いた声に、サンジェルはキーランに向けていた視線を右の方に動かした。

「フム？」

そこにいたのは、

「！」

「エミリー⁉」

そこにいたのは、顔を蒼白く染めた茶髪の少女。

その少女の足は震えていて、手の照準も合っていない。

しかしそれでも、それでも少女は立ち上がっていた。

「……」

懸命に呪文を唱えるエミリーとかいう少女。

必死な様子だ。

懸命に足掻く者の姿だ。

成る程、少女の在り方が示されている。

それを見てサンジェルは軽く頷き、

「滴り落ちるは――」

「くだらない。実にくだらない」

「あぐっ！」

頷いて、エミリーの顔面を蹴り飛ばした。

「まったく……」

詠唱を中断し、地面に崩れ落ちたエミリーを不愉快そうに見やりながら、サンジェルは言葉を続ける。

「ここにきて上級魔術ですか？　しかも、魔力の流れがめちゃくちゃ。まだ身につけてもいないものを、この私に放とうと？　滑稽。実に滑稽」

そしてそのまま、サンジェルはエミリーの頭を踏みつけた。

「貴様！」

サンジェルの行動を止めようとキーランはナイフを放ったが、しかしサンジェルはナイフを見ることすらしなかった。自身の頭部に突き刺さったナイフを気にすることなく、サンジェルは何度も何度もエミリーの頭を踏みつける。

「才なき貴女が、【氷の魔女】を理想として手を伸ばしたところでなんになるというのです？」

目を血走らせたステラが魔術を放とうとし……もはや氷の礫すら出せない現実に、己を呪いながら地面を殴りつけた。

「不愉快。不愉快極まります。非合理的です。自分の身の丈に合った立場を取るべきところを……」

世界が紅く染まった。

闇がサンジェルの足元から広がり、エミリーの体を侵食していく。

「まあ良いでしょう、予定変更です。まずは貴女から、私の傀儡にしてくれます」

「……！」

「エミリー！」

全身に力を込めて、立ち上がろうとするキーラン。

悲痛に表情を歪め、叫ぶステラ。

「……」

闇に呑まれながら、二人の顔を見たエミリーは薄く微笑んで――

§

才能がないと、言われた。

「……」


致命的に魔力が足りないと言われた。

魔力操作のセンスがないと言われた。

属性付与ができないのかと言われた。

詠唱の暗記に四苦八苦してたら見限られて、事象を示す数式の意味に頭を悩ませると呆れられた。

あなたの魔術の面倒を見る暇はないと言われた。

別に魔術師にならなくても良いと言われた。

他国への移住を勧められた。

上層部狙えば良いんじゃないと適当に扱われた。


他の人達と同じように魔術が好きなのに、私には才能がない。

学術書を読んでも、よく分からない。

感じ取れと言われても、何も分からない。

動かすだけと言われてもピンとこないし、理論立って説明されても専門用語が多すぎてパンクしてしまう。


私には、魔術師なんて不可能なのだろうか。

……そんな時に、私は見た。


全てが白銀に染まった世界。

その中心で、悠然と佇む白い女王の姿を。

【氷の魔女】

魔術大国の歴史においても最も優秀で、強く、賢しい彼女は私と対極の存在だ。

目指すなんてあり得ない存在だ。

でも。

「綺麗――」

……でも、仕方がないじゃないか。

届かないと分かっていても、憧れたんだから、仕方がないじゃないか。

憧れて、羨望して、自分もそうありたいと思って――それに手を伸ばすのは、当然じゃないのか。

気がつけば私は、使用人にしてくださいと頼み込んでいた。

【氷の魔女】……クロエ様は表情を変えることなく頷き、その日から私は使用人になった。

まずは弟子として認めてもらうところからだと奮起して、私は使用人として働きながら勉強を始めた。


学術書を読んだ、よく分からなかった。

魔力を練ろうとした、何も分からなかった。

そんな私を見てもクロエ様は、特に顔色を変えない。

無表情のままに、けれど少しだけアドバイスをくれる。

アドバイスをもらう。分からない。

アドバイスをもらう。分からない。

アドバイスをもらう。分からない。

アドバイスをもらう。分からない。

アドバイスをもらう。分からない。


分からない。分からない。分からない。分からない。分からない。分からない。分からない。分からない。分からない。分からない。分からない。分からない。分からな——


「……ぁ」

「うん、できた」

少しだけ、ほんの少しだけだけど、前に進めた。

明らかに遅すぎる進捗に、けれどクロエ様は何も言わない。

まだだ、まだ弟子の立場なんて望めない。

まだ、そんな畏れ多いことを頼む訳にはいかない。

そんな風に思っていると、初めてクロエ様に弟子が出来た。

凄い才能を持った少し年上の女の子だった。

初めて、クロエ様以外で氷属性の術を習得するほどに。

そしていつの間にか無詠唱で、超級魔術なんてものを扱えてしまうほどに。

私は。

私は――。

§

闇がエミリーを呑み込んだことを確認したサンジェルは、不愉快そうに口を歪める。

歪めながら、言った。

「まったく、届かぬモノに手を伸ばし、足掻く事しかできない無能めが。滑稽極まる。【氷の魔女】への保険として人質に利用したかったですが……まあ良いです。どうせ、私の不死性は突破できない。では貴方達も――」

「――ほう。届かぬモノに手を伸ばし、足掻く様が滑稽か。随分と愉快な事を口にするではないか……【魔王の道化《けんぞく》】」

世界が割れた。

紅く染まっていた天は蒼天と化し、地を覆う闇が黄金の光によって吹き飛ばされる。

「…………ッッッ!?」

一瞬の出来事にポカンとした間抜け面を晒していたサンジェルだったが、次の瞬間体を襲ってきた重圧に目を剥き、勢いよく空を見上げた。

そこに、

「生憎と、私は貴様とは異なる見解を有していてな。故に、ここで決しようではないか。届かぬ最強《モノ》に手を伸ばし、見果てぬ夢を追い求めて足掻く事が嘲笑に値するか否かをな」

そこに、傷の癒えたエミリーを横向きに抱いた状態でこちらを睥睨する、絶対者が君臨していた。

§

「おやおやおやおやおやおやおや」

始めの内は驚愕に目を剥いていたサンジェルだが、しかし次の瞬間にはいつも通りの胡散臭い笑みを貼り付けていた。

「いやはやいやはや。【氷の魔女】と貴方を一度に相手するとなると非常に時間がかかりそうだと思っていましたが、実に、実に幸先が良い。単身で私の手元に転がってきてくれるとは」

くつくつ、とサンジェルは笑う。

自身の目的が楽な形で手に入る未来を想像してサンジェルは愉悦に浸り、そしてジルの先の言葉でより一層笑ってしまうのだ。

「それにしても、随分と愉快なご冗談を口になさりますね。届かぬ理想に手を伸ばす事が滑稽なのは、自明の理でありましょうに」

嘲るような口調。

いや事実、サンジェルは嘲笑っているのだろう。天に輝く星を綺麗だと思い、それに手を伸ばし続けて足掻くことの愚かさを。

何故、無駄だと理解して大人しくしないのか。叶いもしないことに時間を割くなど無意味だとは思わないのか。その他にも様々な価値観や思想を込めて、サンジェルは嘲笑う。

無意味で醜く無価値で無駄で愚かで滑稽な少女を、サンジェルは嘲笑うのだ。

「……」

それに対して、ジルは一切顔色を変えないままだった。あからさまな挑発に乗ることなく、いっそ不気味な程の無表情。周囲を圧する超然とした空気を放ちながら、彼はゆっくりと口を開いた。

「貴様如きがこの小娘の積み上げたものを推し量り、侮辱するなど笑止千万。見果てぬ夢に手を伸ばし、研鑽を積まんとする高潔な精神、積み上げてきた誇り、何よりその姿勢。——その全てが、私には好ましい。私にとって、彼女は敬意を表するに値する存在だ」

故に、と。

エミリーを抱く手の力を強めてジルは言葉を続ける。先程まで静かだった空間に歪みが生まれ、世界が少しずつ震撼していく。

「故に私は貴様の言葉を否定する。……ふん、先の言葉は訂正するぞ道化。決しようなどと言ったが、これは論議でもなんでもない。私のエゴだ。私のエゴをもって、私は貴様の全てを否定する。貴様の全てをぶつけるが良い。私はその悉くを真正面から上回り、打ち破り、貴様の全てを叩き潰してくれる」

瞬間。ジルを中心に空気が逆巻いた。

空間ごと押し潰してやろうと言わんばかりの魔力の奔流が世界を軋ませ、サンジェルに襲い掛かる。木々が騒めき、氷の大地に蜘蛛の巣のような亀裂が走り、サンジェルの足元が僅かに陥没した。

特に何かをした訳ではない。

ただ抑えきれない感情が溢れて、魔力という形でこの世界に漏れただけだ。純粋性の発露、とも言えるかもしれない。

そんな、あまりに純粋すぎるそれを受けて。

「純粋。なんともまあ、純粋な方ですね。冷然とした表情を装ってこそいますが、中身は見た目通りの精神性……幼いと言っても良いでしょう。それにまあなんとも長々しく講釈を垂れていましたが、結局言いたいのは『ムカつくから潰してやる。かかってこい』ですか。まさしく現実を知らぬ若造の戯言であり、力に溺れた者の傲慢であり……くひっ」

人を小馬鹿にしたような声音と共に、口元に弧を描いたサンジェルは悠然と両腕を広げた。

直後、彼の足元から闇と影が溢れ出し、ジルの放つ威圧と真正面からぶつかり合う。先程までの戦闘は本気であっても全力ではないと言わんばかりの禍々しいオーラが、サンジェルを中心に空間を満たしていく。

「くひっ。ああ、本当に——鬱陶しくて仕方がない。不愉快、不愉快ですよ本当に。多少優れているだけの人間風情が、思い上がらないでください」

「貴様如きがこの私に思い上がるな、か。吠えたな道化」

「見下す相手は選んだ方が良い。己の無知を晒しますよ」

「ほう、私に無知と申すか。面白い。では、どちらが無知か裁定といこう」

「っ！」

黒い炎が舞い上がる。

それをサンジェルは自身の周囲に漂う闇を噴出させることで凌ぎ、そのまま闇の波に飛び乗ってジルのいる上空まで躍り出た。

「成る程、その若さで無詠唱で超級魔術を放つ程の魔力と技量。鬼才というのは真実のようですね」

だが、とサンジェルは嗤う。所詮は先程の三文芝居の焼き直しだ。確かに炎によって焼却されては再生に多少なりとも時間がかかるが、それだけ。この身を殺すには到底足りず、それ故に自身に敗北はあり得ない。

「【呪詛】天蓋羅刹《てんがいらせつ》——」

天を覆う程の闇を展開する。そしてその闇を洪水のように大地に降り注がせて、この範囲にいる全ての生命を魔王様に献上させてみせよう。

この森の上空全てを覆う闇となるとそれなりに呪力を消費するし目立つことになるが、目の前の少年を傀儡にできるのであれば安いもの。潜在能力では【氷の魔女】をも凌駕するかもしれない存在を前にして、出し惜しみなどしていられるか。

そして。

「変――」

「神威解放」

そして、天を覆う闇は吹き飛ばされた。

「……は？」

「貴様は、大地を覆う闇を消し飛ばした先の出来事を忘れたのか？」

呆れた、といった様子のジルの言葉に、サンジェルは己の理解が追いつかない。

「莫迦な……」

目の前の少年が【呪詛】に対する何らかの対抗策を有していることは把握していた。だがしかし、これはまるで意味が分からない。先程祓われたそれとは規模も質も全てが異なる闇だった。比較的狭い範囲の大地を侵食していた闇と、森の上空全てを覆う闇とでは、完全に規模が異なるはずだというのにその全てを、払拭するだと……？

「あり得ません!!」

叫びながら、サンジェルは言葉を唱えた。

持てる力の全てを目の前の少年にぶつけて完膚なきまで叩きのめすと言わんばかりの気迫を滾らせて、彼は両腕を振るう。

「【呪詛】双頭修羅！」

サンジェルの両腕から顕現せしは、二つ頭の修羅。眼光をジルへと向けたその修羅は、森を揺るがす咆哮をあげ、人間を握り潰せる威容を誇る拳を振り下ろした。

「ぬるい」

だが、そんなものは意味がなかった。

質量攻撃に切り替えたところで、ジルにはまるで通じなかったのだ。四つの拳を片手で軽くいなすジルは、その場から微動だにしていなかった。

時に流し。時に弾き。時に指一本で受け止める。加えて、片腕でエミリーを抱えているにも拘らず、彼女に一切の衝撃を走らせない緻密な体裁きも両立させている。絶望的なまでに隔絶した力の差が、ジルとサンジェルの間には存在していた。

「暫く遊んでみたが……所詮はこの程度か」

失望を隠そうともしないジルの視線。それを受けたサンジェルが、一瞬たじろいだ瞬間。

「くだらん」

ジルが片腕を横薙ぎに一閃し、修羅の胴体が真っ二つに割れる。肉体を保てなくなった修羅が闇に還るより早く、黄金の光が修羅を消し飛ばした。

「……っ」

目を見開き、歯噛みするサンジェル。その姿を見て、ジルの口元が酷薄に歪んだ。

「もう終わりか？　準備運動にすらならぬぞ」

「ッ！　舐めないでいただきたい！」

逆る殺気と、心臓の存在しないサンジェルの胸部を掴む謎の圧迫感。それらを振りほどくかのように、必死の形相を浮かべてサンジェルは吠えた。

【呪詛】羅刹変容
【呪詛】混沌舞踊
【呪詛】魔性門
【呪詛】漆黒弾
【呪詛】双頭修羅

【呪詛】【呪詛】【呪詛】【呪詛】【呪詛】【呪詛】【呪詛】【呪詛】【呪詛】【呪詛】【呪詛】【呪詛】

――――ツッツ!!


莫大な呪力の奔流。

もはや言霊だけで人を殺せると周囲に錯覚させる程の、禍々しさ。余波の着弾した森の木が一瞬で枯れ、大地が死に、動けないはずの屍達から呻き声があがる。

空間を塗り潰す影と闇。

その全てがジルに向かって殺到して。

「無駄だ。貴様のその【呪詛】とやらは、私には通用しない」

「は、ぁ……？」

殺到して。その【呪詛】の全てが、ジルに届くことなく霧散した。

それどころか、余波で飛んでいった闇すらもがいつの間にか消滅している。それこそ、始めからそんなものはなかったと言わんばかりの呆気なさ。

何も、何もジルという人間には届かない。

自身の絶対が、絶対たり得ない凡百に成り下がっている。

（あり得ない……こんな事は、あり得ない）

伝道師により選ばれた誉れ高き【魔王の眷属】の中でも、最高眷属に位置付けられている自身の操る【呪詛】が、何もかも通用しない。そんなバカな話が、あるというのか。ここまで、ここまで無力化されるなど、そんなことがあるのか。

（いや、違う……これは）

無力化ではなくこれは――否定ではないか？　と、サンジェルは唐突に思い至った。

【呪詛】という力を、あの少年は根本から否定する〝何か〟を放っているのではないか。

何もなかったかのように【呪詛】が消え失せるのは、それが原因ではないのか。

（なんだ、それは……）

一方的にこちらの【呪詛】を否定する力。

そんな理不尽が、今自分の目の前に君臨しているとでもいうのか。

「ふざけるな!!」

そんなものは許されない。

我らの【呪詛】を否定するということは即ち魔王様を否定するということであり、そんな横暴は到底許されることではない。

闇に乗ってジルの近くに移動したサンジェルは、そのまま鋭い蹴りを放つ。

「貧弱に過ぎる」

だがそれは、蝿でも叩き落とすかのような単純な動作で振り払われた。

「速すぎる……!?」

「違うな。貴様が遅い」

足が消し飛んだ。

単純だが速すぎるジルの動作に目を剥いてしまう。だがしかし、この程度であればすぐに再生——しない?

「貴様のその不死性。【伝道師】とやらによって仕込まれたものだろう?」

「っ!」

混乱するサンジェルを見向きもせずに、意趣返しとばかりにジルが踵落としを繰り出してきた。咄嗟に回避しようとするが、間に合わない。

「くっ⁉」

右腕の肩から先が消し飛ぶ。

痛みはないが、やはり再生しない。

（何故、何故……⁉）

焦燥に駆られるサンジェルと、最初の定位置から動くことすらしないジル。

その一方的な戦況が、両者の間に隔たる壁の大きさを如実に表していた。

「【伝道師】とやらも面妖な術を編み出したものだ。物事の道理に反する術。道理の否定に近いその力。いや、これは現在の世界そのものを否定……？　現在の世界は……いや、まあ良い。不愉快な事に、貴様に人の術は効果が薄いらしい。正確には効果はあるのだろうが、少なくとも最適解ではない。必要な出力が高すぎる」

ゾクッ、とサンジェルの背中に悪寒が走る。

キーランが【加護】を使用しようとした時の比ではない悪寒に、サンジェルは反射的に【呪詛】を発動させようとして――

「貴様には過ぎたるものだが、【伝道師】とやらの業には興味が湧いた。故に、私の真髄を見せてやろう」

そして次の瞬間、ジルの存在としての格が上昇する。

自らの〝死〟を錯覚したサンジェルは、顔を青褪めさせながら足場の闇ごとその場から大きく飛び退いた。

「な、なんだその……その……なんだ!? それは、それは間違いなく魔王様への冒涜に他ならない!!」

「憶測に過ぎんが、貴様のそれは人の理《ことわり》への叛逆だ。ならばそれを否定するのは、神の法に他ならない」

「訳の分からない事を……!」

【呪詛】を放つ。腕を振るわれて消し飛んだ。

ならば、と捨て駒達を爆破させる。何事もなくその場に君臨していた。

【呪詛】を放つ。何も通じない。

【呪詛】を、【呪詛】を——

「魔王様を否定する力など……!」

もはや勝敗は決した。

サンジェルではジルに、万に一つの勝ち目もない。

「言ったであろう。私は、私自身の身勝手で貴様の全てを否定すると。故に私は、貴様が信奉する魔王とやらも否定する」

そして、サンジェルは終わった。

上半身と下半身が分かれ、頭部の六割が消滅する。

再生は——しない。

§

——私は、終わったのか。
上空から落下していく。
——死にたく、な。
己の全てが消失していく感覚。
初めて訪れる死。
それに絶望しながら、サンジェルは。

**『いや、お前にはまだ働いてもらおう』**

——ガッぼ gぎゅ y m!?

サンジェルは。

**『面白い。実に面白い。俺様とは異なる手法で、あの幼子は〝絶対〟に踏み込もうとしている。互いに道半ばだが、だからこそ異なる見解を得るのは効率的かもしれんな』**

サンジェルは。

『あの幼子はどこまでの知識を有している？　俺様が知らない情報をいくつ保有している？　何より、どの段階まで生物としての昇格が進んでいる？　興味深い。実に興味深い』

サンジェルは。

『お前達は所詮、俺様の捨て駒だ。ならば精々役に立てよ。どうせ死ぬのなら、いくら使い潰しても結末は変わらんだろうしな』

サンジェルは。

『ああそれと、お前は愉快な事を口にしていたな。自分の力を絶対とかなんとか……莫迦め、そんな訳があるものか。俺様も、あの幼子も、絶対には程遠く、故に今はまだそれに手を伸ばし続ける存在でしかない。俺様やあの幼子に劣る以上、お前は絶対なんかじゃあない。滑稽なのはお前だ。その場に停滞しかできないゴミが。まったく、俺様直々に殺してやろうかと何度思った事か』

サンジェルは。

**『さて、ではそれなりに〝力〟をくれてやる。欲しかったんだろう？　良かったじゃないか。おめでとう。祝福してやるよ。さてさて、少なくともあの幼子を装った怪物の底を見られる程度にはお前の肉体には働いてもらうぞ……。さてさて……はて、お前なんて名前だっけ？』**

§

「あ、ありがとうジルくん……」

「……」

「ジルくん……？」

困惑したような表情を浮かべるエミリー。

俺は、それに返事をしなかった。

いや正確には、返事をする余裕がなかった。

轟音が響いた。

次いでドス黒い闇の霧が【魔王の眷属】の死体から噴出され、周囲一帯を覆い隠していく。

「ひっ」

「……神威解放」

上空に飛翔しつつ、俺は神威を解放。

闇の霧を消し飛ばそうとする。

先程まではこれで、全ての闇が消し飛んでいたが――。

「チッ」

それだけでは足りなかった。

少年の姿では【神の力】を放出できる限界値が低すぎる。元の姿ならともかく、今の姿で闇を消し飛ばすのは不可能。俺やエミリーの周囲を覆う闇を吹き飛ばす程度の出力しかない。

(俺とエミリーの安全は確保できるが……)

あまり闇が広がればクロエが森全体を覆ってくれている結界に綻びが生じるかもしれないので、この状況は好ましくない。

「何が起きている……?」

が、それ以上に好ましくないのは目の前の事象の原因を掴めないことだ。

闇の異質感と、体にのしかかる圧力。俺《ジル》の肉体が弱体化していることを踏まえても、妙だ。

(なんだ、何が起きようとしている?)

そして――。

「さあ、見せてもらおうか。俺様と志を同じくする者よ」

そして俺は、勢いよくその場から飛び退いていた。

「きゃっ！」

「……」

急激に動いたせいか、エミリーが悲鳴をあげる。あの場に留まり続けるのはよろしくない、という直感に従っての行動故に、エミリーに負荷がかかってしまった。

（とはいえ直感的に、俺は問題なくても間違いなくエミリーは無事じゃやすまないからな……悠長にしてられん）

そんな風に考えた直後。

先程まで俺達がいた場所。そこに、天を穿つ黒い柱が顕現する。

「目指す地点は俺様と同じ〝完全な存在〟でありながら、俺様とは全く異なるアプローチでそこを歩む人間。俺様は、お前の事を知りたくて知りたくて仕方がないんだ」

やがて細くなっていく柱の中から、悍《おぞ》ましい声が響く。

「さあ、共に研究の成果を見せ合おうじゃないか」

そして。

「お前の底を、俺様に見せてくれ」

血のように紅い髪と手の甲の刺青が特徴の青年が、紫色の和装を纏った状態で眼前に君臨した。

# あとがき

この「あとがき」が皆様に読まれているということは、本作の書籍化は実現したのでしょう。

はじめましての方ははじめまして。そんなことないよって方はこんにちは。弥生零と申します。

この度は『かませ犬から始める天下統一～人類最高峰のラスボスを演じて原作ブレイク～』をお手に取って頂き、誠にありがとうございます。


本作は『小説家になろう』様にて連載していた『かませ犬から始める天下統一』に、GCノベルズ様から書籍化のオファーを頂き、加筆修正やらなんやかんやを経て、こうして書籍となったものです。

こう書くと割とあっさりしていますが、ヤバいですよね。WEB連載開始から結構な年月が経過していたのもあり、「オファーって実在したんだ」って思いました。

正直、オファーを頂いた当時は現実味がなかったです。イマジナリー担当編集者さん的な存在とやり取りをしているのではないか、と思う日がありました。知人に「書籍化の話がなかったことになったら闇堕ちするわ！」って言っていたりもしました。ジルの神キャラデザを拝見した時くらいから「流石にこれは現実か」と思い始めました。「流石にイマジナリーイラストレーターはないだろう」という素敵な理由です。

これ現実味がなかったというかあれですね。現実を疑っていたって感じですね。

そんなこんなで、本作は書籍となりました。非常に感慨深いものがあります。

本作は「自分が高校生の時、ラノベを初めて読んでから暫くした頃に抱いた『少年漫画のノリと中二ラノベの空気感が同居した作品を創りたい』を実現させよう」って想いを原点に書き始めたものになっております。

この想いをベースに「勘違いものって面白いよね」だったり、「個性豊かなキャラクターが多いの大好き」、「シリアスとコメディどっちも書きたい」、その他諸々……とにかく自分が好きなものを並べて「よし、全部やるか」で組み上げた作品となっています。闇鍋かな。

さて。本作お読みになった方々は、どのようなご感想を抱かれたでしょうか。

まずはWEBサイト時代からお読みになっている方々へ。本作は楽しんで頂けたでしょうか。

書籍化に辺り、許された文字数の範囲内ギリギリまで加筆修正を行いました。

読みにくかった部分の修正だったり、WEBサイト時代には伏せていた新情報をお見せしたり、裏話的なものが当社比で分かりやすくなったり、当時はふわっとしていたけど固まった設定のお出しを行いました。

原作ジルの戦闘方法とか、真面目だった時代のキーランと現在のギャップとか、ジルが抱いている緊迫感だとか……そういったものがより伝わっていたら嬉しいなと思っています。

次に、本作を初めてお読みになった方々へ。楽しんで頂けたでしょうか。

本作品のキャラクターは、かなり個性豊かなんじゃないかなと思っています。「別にそんなことないけど」って感じだったらすみません。

そんな個性豊かなキャラクター達がやりたい放題するコメディだったり、ジルのツッコミだったり、先にあげた闇鍋要素だったりを楽しんで頂けたら幸いです。

まあ結局のところは、どちらの方々にも「面白かった!」って満足して頂ける作品として仕上がっていれば安心です。仕上がっていてくれー。

長くなりましたので、この辺りで謝辞に入りたいと思います。

まずはこの作品を発掘してくださった担当編集のY様。いつも大変ありがとうございます。どうやって発掘したのかが気になっていたりします。後、「この作者、無駄に拘り強いし要望多い！」って思われている自覚があります。もしも思っていなければ、多分聖人かなんかなんだと思います。最後に、「キーランのファン」とのことですが、大丈夫でしょうか。この作品に人気が出て、長いお付き合いができたら幸いです。

次に、本作品のイラストを担当してくださった狂ｚｉｐ様。「この方ならジルを描いて下さる」と思いながら、Ｙ様を通してオファーさせて頂きました。多忙の中、ご担当して頂き感謝の極みでございます。表紙のイラストを拝見した時に「実際に神話の世界だとか、神の降臨だとかをご覧になられたことがあったりしますか?」と思いました。実際どうなんでしょうか。天界から降りた御方なのでしょうか。

ＷＥＢ連載時代から応援してくださった読者の方々。皆様の応援のおかげで、ここまでこれました。本当にありがとうございます。これを書いている時はまだ書けてないのでアレなんですが、アンケートＳＳも楽しんで頂ければ幸いです。

他にも、色々相談に乗ってくれた友人氏や応援してくれた仲間達。印刷所や校閲に営業の方々、他にも本作に携わってくださった全ての方々。大変感謝しております。

最後に、この本をお手に取って頂いている全ての方に向けて、大きな感謝を！　ありがとうございます！

次巻でお会いしましょう！

ちなみにコミカライズ企画も進んでいますので、こちらもよろしくお願いします。

# 設定資料

## ジル

頭脳、魔力、身体能力、観察眼、その他あらゆる面で人類最高峰の才能を有した傑物。
少数精鋭組織【レーグル】を率いており、バベルという国では王として君臨している。
大学生だった青年が転生あるいは憑依したことでその内面は大きく変化しており、『自らの世界を創るために世界に喧嘩を売り、目的達成寸前まで辿り着くも、第二部ラスボスのかませ犬になって死亡してしまう』という未来を変えるべく、原作ブレイクを決意。
傲岸不遜で何事にも動じない原作ジルを演じるために、狂人を前にしても無表情を貫いているが、内面では狂人達の行動にドン引きしていたりする普通の感性の持ち主。また、計算高く合理的であろうともしているが、義理人情を捨てきれない部分もある。

## ソフィア

神の血を引く少女にして、教会最高戦力【熾天】の一人。
真面目で穏やかな性格な持ち主。神々の降臨によって人類が救済されると信じて研鑽を積み上げており、信仰心が強い。
なお本人に自覚はないが、ジルとの交流を経て変化が起きた模様。
その速度は人間の領域を遥かに超越しており、【天の術式】による遠距離攻撃と槍を用いた白兵戦による近距離攻撃の両方を得意としているため、隙がない。

## キーラン

大陸最高の殺し屋にして、ジル率いる少数精鋭組織【レーグル】の一人。

冷静沈着で仕事人気質の人間だったが、ジルと真の意味で対面したことにより、彼の中で革命が起きた。自分の理想をジルに押し付けるつもりはないらしく、全てに従うと誓っている。

ジルが絡まなければクール で優秀。ジルが絡めば変態で優秀。服を脱げ。

## ヘクター

大陸最強の傭兵にして、ジル率いる少数精鋭組織【レーグル】の一人。

強者を求めて国を抜ける程の戦闘狂なのだが、常識を持ち合わせていたことと、別ベクトルの狂人達に囲まれたことにより苦労人枠となる。

戦争に一般人を巻き込まない主義の持ち主であり、人質作戦だとかは「気に入らねえな」と思うが、敵にそれを強要したりはしない。面倒見が良い兄貴分気質。

## ステラ

大陸最強の魔術師【氷の魔女】の一番弟子にして、大陸で二人目の氷属性の使い手。

魔術に対する造詣が非常に深く、その考察力は世界の真理に迫りかねない領域。

サッパリして物怖じしない性格の持ち主で、イタズラも好き。ただ、人の心の機微に聡く、人情に厚いのもあって気配り上手。

一方で、人類最高峰の魔術の才能持ちを見ると興奮してしまう。至高の魔術を直接喰らうことが大好きな女の子。

GC NOVELS

# かませ犬《いぬ》から始《はじ》める
# 天《てん》下《か》統《とう》一《いつ》 1
## ～人類最高峰《じんるいさいこうほう》のラスボスを演《えん》じて原作《げんさく》ブレイク～


2023年11月5日　初版発行

著　者　弥生零《やよいれい》

イラスト　狂zip《きょうじっぷ》

発行人　子安喜美子

編　集　弓削千鶴子

装　丁　横尾清隆

印刷所　株式会社平河工業社

発　行　株式会社マイクロマガジン社
〒104-0041　東京都中央区新富1-3-7　ヨドコウビル
［販売部］TEL 03-3206-1641／FAX 03-3551-1208
［編集部］TEL 03-3551-9563／FAX 03-3551-9565
https://micromagazine.co.jp/

ISBN978-4-86716-489-1　C0093




本書は小説投稿サイト「小説家になろう」(https://syosetu.com/)に掲載されていたものを、加筆の上書籍化したものです。